思与境偕：中国古代诗词文化探究

刘 云 ◎ 著

吉林出版集团股份有限公司
全国百佳图书出版单位

图书在版编目（CIP）数据

思与境偕：中国古代诗词文化探究 / 刘云著. --长春：吉林出版集团股份有限公司，2022.11
ISBN 978-7-5731-2763-1

Ⅰ. ①思… Ⅱ. ①刘… Ⅲ. ①古典诗歌 – 诗歌研究 – 中国 Ⅳ. ① I207.22

中国版本图书馆 CIP 数据核字 (2022) 第 220958 号

思与境偕：中国古代诗词文化探究
SI YU JING XIE ZHONGGUO GUDAI SHICI WENHUA TANJIU

著　　者	刘　云
责任编辑	宋巧玲
封面设计	李　伟
开　　本	710mm×1000mm　　1/16
字　　数	220 千
印　　张	11.75
版　　次	2023 年 3 月第 1 版
印　　次	2023 年 3 月第 1 次印刷
印　　刷	天津和萱印刷有限公司

出　　版	吉林出版集团股份有限公司
发　　行	吉林出版集团股份有限公司
地　　址	吉林省长春市福祉大路 5788 号
邮　　编	130000
电　　话	0431-81629968
邮　　箱	11915286@qq.com
书　　号	ISBN 978-7-5731-2763-1
定　　价	71.00 元

版权所有　翻印必究

前　言

中国古典诗词文化传承千年，蕴含着中华泱泱大国的底蕴、气度，展现了中国独有的文化魅力、文化自信。中国人以"诗词"为文化基因，在内心深处，始终眷慕着这种优秀传统文化。诗词给心灵以美的熏陶，给生命以丰厚的馈赠，给人生以深沉的激励。

意象这种文学形象可谓意蕴丰富，其在文学语言中以深刻、独特的方式存在着。在创作诗歌的过程中，对于创作者来说，天地万物都能成为他们创作时的意象。中国古典诗词创作者经常对客观景物赋以主观情感，从而对意象进行建立，对抒情、表意等功用加以表达，一方面能够形成中国古典诗词的鲜明特征，另一方面也对中国古典诗词创作者创作模式的特点予以彰显。诗词中有着内涵丰富的意象，对人们的追求、情感、生活的现实予以体现。唯有真正走进诗词意象，才能更好地领略古典诗词的人文精神。

无论有着怎样的抒情方式，无论是否直接出现了抒情主人公，我国古代诗歌总能将一幅幅优美的画面呈现于人们眼前，对各具特色的意境进行创造。这些意境或朦胧如烟，或凄清萧索，或隽永清新，或动人优美，或形神兼备。当读者在情景交融的诗歌意象中深深沉浸，在诗歌意象营造的境界中流连忘返时，就能聆听诗人最真切地对生命、社会、自然的倾诉，与诗人最细腻、最真实、最丰富的情感进行对接，享受最具人文精神、人文关怀的美趣，真正得到美的熏陶与享受，深深体味中国古典诗词独与天地精神往来、充盈生机的审美状态与人生观念。

本书共包含五章。第一章对文学意象和诗词文化进行论述，包括中国古代诗词的发展脉络、"意象"说的起源与发展、中国古诗词的意象及其文化内涵。这一章为以下章节的展开起着重要的铺垫作用。第二章的内容是"意境"理论与古代诗词，包括"意境"理论概述、"意象"与"意境"的界说、古诗意境的生成和古词的意境营造。第三章对古代诗词的艺术风格进行探究，包括边塞征战诗的艺术风格、山水田园诗的艺术风格。婉约词的艺术风格及豪放词的艺术风格，第四章探讨了诗词理论对古代诗词的推动作用，以时间为轴线，论述了南北朝诗歌理论与唐诗的繁荣、宋代的词学理论与宋词的发展、金元明清的诗歌理论及金元明清的词学理论。第五章研究古代诗词的文化传承，并结合当今社会的发展特征，分析古代诗词的现实意义和文化传承路径。

  本书理论观点清晰新颖，实践论述详尽实用，不仅做到了理论与实践的有机结合，也体现了最新的研究方向和成果。此外，本书结构严谨合理，语言通俗易懂，便于读者阅读和理解，对于教师的教学、学生的学习以及相关专业人士的研究有着重要的借鉴意义和实用价值。

  在成书的过程中，受到学院领导及同仁的大力支持和帮助，他们提供了很多资料、书籍以及有价值的观点和意见。此外，作者参考了大量的文献和专著，并引用部分专家和学者的观点，在此一并表示感谢。由于写作水平有限，书中难免有疏漏和不妥之处，还望广大读者批评指正。

刘 云

2022 年 10 月

目　录

第一章　文学意象与诗词文化 ·· 1
第一节　中国古代诗词的发展脉络 ·· 1
第二节　"意象"说的起源与发展 ·· 16
第三节　中国古诗的意象及其文化内涵 ································ 31
第四节　中国古词的意象及其文化内涵 ································ 38

第二章　"意境"理论与古代诗词 ·· 48
第一节　"意境"理论概述 ·· 48
第二节　"意象"与"意境"的界说 ···································· 63
第三节　古诗意境的生成 ·· 68
第四节　古词的意境营造 ·· 78

第三章　古代诗词的艺术风格及文化意蕴 ···························· 85
第一节　边塞诗的艺术风格及文化意蕴 ································ 85
第二节　山水田园诗的艺术风格及文化意蕴 ························ 89
第三节　婉约词的艺术风格及美学特色 ································ 95
第四节　豪放词的艺术风格及精神内涵 ······························ 103

第四章　诗词理论对古代诗词的推动作用 ···························· 115
第一节　南北朝诗歌理论与唐诗的繁荣 ······························ 115
第二节　宋代的词学理论与宋词的发展 ······························ 123

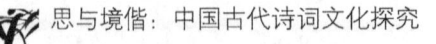

第三节　金元明清的诗歌理论及其价值 ……………………… 131

　　第四节　金元明清的词学理论 …………………………………… 155

第五章　古代诗词的文化传承 ………………………………………… 168

　　第一节　古代诗词的现实意义 …………………………………… 168

　　第二节　古代诗词的文化传承路径 ……………………………… 176

参考文献 ……………………………………………………………………… 181

第一章 文学意象与诗词文化

意象，是中国古代文学中的一个重要概念。南朝刘勰在《文心雕龙·神思》中提出："使元解之宰，寻声律而定墨；独照之匠，窥意象而运斤。此盖驭文之首术，谋篇之大端。"意象的建构与表现被他看作文学与诗词的准绳之一。

所谓意境，指的是诗人在诗词作品中，通过组合意象，对生活图景进行描绘，而所描绘出的内容又融合了诗人的主体审美情感，继而形成一种艺术境界。总的来说，意境就是虚实相生、情景交融的，能对丰富审美想象空间进行开拓的整体意象。

可以说，意境的深远与否与诗词的意象密切相关，只有领悟意象寓意，才能把握诗歌内容，领会诗歌主旨，进入诗歌意境，感知诗人情感。

第一节 中国古代诗词的发展脉络

一、古诗的发展脉络

（一）先秦两汉时期的诗歌

1.古典诗歌的产生：原始歌谣及其他

在中国文学史上，诗是一种源远流长的文学样式。沿着中国诗歌历史的长河向上追溯，我们能够看到尽头处的原始歌谣。我们都知道，音乐诞生于劳动节奏之中，而歌词又诞生于音乐之中。《广雅》说："声比于琴瑟曰歌。"[①]《尔雅》

---

① 王念孙.广雅疏证[M].北京：中华书局，1983：215.

说："徒歌谓之谣。"① 从歌谣这个词中，我们能看到乐与诗存在同源关系。诗歌的诞生历经了如下阶段：其一，韵律先行产生。在原始人类进行集体生产、劳动过程中，产生了节奏性的呼号。这些呼号有一定规律，有着间歇、高低的区别。其二，基于韵律的基础，诗歌也随之诞生。节奏是构成诗歌的因素之一。例如，"杭育杭育派"的歌谣，其节奏便来自劳动工具所发出的声音、劳动的动作步调之中，因此有着明快、简洁的特点，大致为一音一顿或两音一顿。之所以最早的诗歌句式是二言、三言，从上述阐述中我们便能得出原因。

诗歌刚刚诞生的时候，与舞蹈、音乐密切结合，而节奏正是一种纽带，能够紧密结合这三种古老的艺术——乐、舞、诗。在节奏的作用下，乐、舞、诗得以彼此协调、彼此互补。

通过《尚书·尧典》的记载，我们能够了解，从很早开始，乐和诗就已经具备了教书育人、抒情言志的功效。早在文字都未曾产生的时候，依靠乐，诗在人群中得到广泛传播。不过，这时的诗其实属于"歌"，也被称为"声诗"。声诗于民间诞生，人们不仅配合音乐对其加以演唱，更在歌唱时伴随舞蹈。并且，这种歌唱大多是集体歌唱。为了易记、易唱，声诗通常篇幅较短，人们常常对其反复歌唱。基于此，中国古代诗歌形成了自己的民族特色，即多为短篇，以抒情为主。

2.由杂言到齐言的过渡：《诗经》

汉语诗歌有齐言体和杂言体之分，齐言体指的是每句字数都相等的诗体，杂言体就是长短句。《诗经》成就了一种新的以齐言为主的诗体，那就是四言诗。

《诗经》是我国历史上第一部诗歌总集，共收入从西周初年至春秋中叶的诗歌305篇。它最早被称为《诗》或《诗三百》，后来儒家奉之为经典，才有了《诗经》的称呼。在相当长的时间里，《诗经》其实是乐工演奏演唱时所用的一个"唱本"。《诗经》的分类同音乐有关，305篇分为风、雅、颂三类，后世学者多认为分类的依据就是音乐的不同。

"风"字本身即有音乐曲调之意。《诗经》中有十五国风，所谓"国风"，即地方民谣土乐，国是地区、方域之意。十五国风包括《周南》《召南》《邶风》《鄘风》《卫风》《王风》《郑风》《齐风》《魏风》《唐风》《秦风》《陈风》《桧风》《曹风》《豳风》，共160篇，除少数是西周作品外，多数产生于东周。

"雅"训为"正"，指朝廷正乐，这是相对地方土乐而言的。当时出于尊王

---

① 郭璞. 尔雅[M]. 北京：中华书局，2014：46.

的正统观念，将西周王畿之乐称为雅乐。雅分为《大雅》《小雅》，共105篇。

颂是宗庙祭祀之乐，乐调典雅舒缓，与国风和雅乐明显不同，故单立一类。颂分为《周颂》《鲁颂》《商颂》，共40篇。《周颂》31篇是西周早期作品；《鲁颂》4篇都是歌颂春秋时代鲁僖公之作；至于《商颂》5篇，产生的时间学界有争议，未有定论。

《诗经》的作者，绝大多数已不可考，既有贵族，也有一般平民，在流传过程中又经过不断修改、加工，属于集体创作。

《诗经》的内容涉及当时社会生活的各个方面，非常广泛丰富，称得上是周代社会生活的一面镜子，或者说是周代生活的百科全书。《诗经》在艺术上有很高的造诣，有许多创造发明，成为后代作家学习和借鉴的典范。其对后世影响最大的莫过于"赋、比、兴"这三种表现手法。赋、比、兴手法有不同的作用，但在具体写作中，这三种手法的运用又是彼此结合、互相渗透的。

《诗经》有着富有表现力、音乐性、形象性的语言。在当时，诗人已经对调声十分了解，普遍运用叠字、叠韵、双声。清代李重华在《贞一斋诗说》中写道，"叠韵如两玉相扣，取其铿锵；双声如贯珠相连，取其宛转"，表明叠字、叠韵、双声等的运用，不仅让诗歌妙于形容，更让诗歌诵读起来朗朗上口、音韵和谐。

《诗经》有着崇高的地位，长久而深远地影响着后世。立足思想内容角度，其所具有的"刺美见事"的现实主义精神对后世影响很大，并被汉代以后的古体乐府和唐代新乐府继承、发展，在中国诗史上形成了歌诗的光辉传统。立足表现形式角度，《诗经》赋、比、兴的创作手法，也被楚辞、乐府以及历代文人诗继承、发展。

《诗经》对诗人的深刻影响，并非仅仅一朝一代，而是绵延数千年，一直至今。

3.四言桎梏的突破：楚辞体

在《诗经》之后，诗坛一度沉寂，而楚辞的出现，一方面使诗坛重新活跃，另一方面对《诗经》格式（四字一句）予以打破，开创了中国诗歌史上另一辉煌时代。

诗人屈原创造了楚辞体，但是我们也要看到，这种创造并非凭空而生，而是基于一定借鉴基础的。立足文学继承层面，楚辞体直接关联于楚地的民间文艺，即楚歌、楚声。所谓楚歌，指的是楚地民歌；所谓楚声，指的是楚地的曲调。春秋战国时期，人们用"南音"或"南风"称呼楚国的民歌、曲调。楚歌的有关记载很多，如《史记》中描绘垓下之战时提及的"四面楚歌"、《说苑·善说》的《越人歌》、《孟子·离娄》的《孺子歌》、《论语·微子》的《接舆歌》、《对楚王问》中宋玉提到郢人所唱的"阳春""白雪"、《离骚》中的"九歌""九辩"、《招魂》中的"采菱""涉江"等。楚歌不同于《诗经》中的诗篇，并非齐齐整整的四言体，另，几乎所有楚歌都会使用"兮"这个语气助词。

　　立足章法层面来看，楚辞体与《诗经》也有很大不同。《诗经》中，每首诗的"章"都有着很清楚的划分，而楚辞体的分章却并不明确。楚辞体有着与《诗经》大致相同的用韵，基本是偶句用韵，其用韵定则为"四句二韵"，也有的是每节四句、句句押韵。在语言上，楚辞体对大量楚地民间方言、口语进行吸收，有着灵活参差的句法，对六言较多地使用，当然也有的使用四言、五言、七言，主要采用两句一联的形式，从而形成唱叹。在汉代，通常用"赋"指代辞，然而，尽管赋、辞有着形式上的承继关系，且被相提并论，可是二者不应被混淆。总的来说，辞在先，而后才产生了赋。通过观察从辞到赋的过程，我们可以看出，其大体上是由诗体向文体转变的发展过程。

　　4.感于哀乐，缘事而发：两汉乐府诗

　　楚辞向汉赋发展的过程，其实就是从诗演变为非诗的过程，而诗坛的这段空白恰好被汉乐府填满。在楚辞之后，汉乐府对中国诗歌的发展进行引领，使其步入新的发展阶段。

　　最开始，人们用"乐府"称呼古代音乐机构。所谓"乐"，指的是音乐；"府"，则代表官署，因此，乐府就是官设的音乐机构。乐府对配乐的诗歌（歌诗）进行收集、编制，而人们就将这种歌诗称为"乐府歌辞"或"乐府诗"，渐渐地简称为"乐府"。此外，人们也用"乐府民歌"称呼乐府诗中那些来源于民间的作品。如此，乐府不再仅仅表示古代音乐机构，也成为文学史上的诗体名称。《乐府诗集》编自宋朝郭茂倩，共100卷，保存了40多篇汉乐府诗歌，对当时人民的爱憎感情以及广阔的社会现实生活进行真实反映，现实主义倾向非常鲜明。

　　两汉乐府诗中包括抒情诗、叙事诗等，而成就最为突出的当属叙事诗。而《诗经》则主要为抒情诗，即便有叙事进行穿插，主要目的也是服务于抒情。汉乐府民歌大部分是叙事诗，《孔雀东南飞》等许多叙事诗大都以事为主，即事见义，明确地表达出主题思想。它们或者是一个完整曲折的故事，或者截取一个生活片段，或者吟咏历史，或者歌唱草木禽兽，但其中总是叙议结合、处置圆滑。这些叙事中所运用的写作技巧，如人物对话和独白、心理描写等，成为后世诗歌的丰富养料。

两汉乐府诗的创作，往往来自"缘事""哀乐"之感，诗人在对叙事对象进行选择时，能够对富有诗意的镜头进行敏锐察觉，及时地将其"摄入"画面。两汉乐府诗的创作者别具慧眼地对常见的生活情节进行选择，能够很有新意地捕捉突发性、偶然性事件，并且对《诗经》中的比兴手法进行汲取，创作出的乐府诗含蓄有味、曲折委婉、引人联想、比喻贴切。

（二）魏晋南北朝诗歌

建安时期，围绕曹氏父子及"邺下"这一中心，形成了曹魏文学集团，慷慨悲壮的建安诗歌也被创作而出。曹操不仅是一代枭雄，更是对民生予以关注的诗人，其创作的部分诗歌，继承了汉乐府"感于哀乐，缘事而发"的传统，对苦难与战乱加以反映。例如，在创作《蒿里行》《薤露行》时，曹操笔调深沉，借由诗句将董卓之乱对百姓、社会所造成的伤害进行描述、反映；再如，曹操以纪实的笔调创作《秋胡行》以及《苦寒行》，对行军的艰苦进行描写。曹丕的诗与曹操的诗有所不同，其更加婉约，不似曹操诗那般慷慨悲凉。曹丕诗中，有的是对相思离别进行描写，如《见挽船士兄弟辞别诗》对纤夫与妻儿分别的场景进行记叙，又如《燕歌行》描绘一位女子因对丈夫深深思念而辗转反思、难以入眠，继而援琴作歌；有的是对宴饮、狩猎生活进行描写，如《行猎诗》对一次收获颇丰的射猎活动进行记述，又如《夏日诗》对夏日中人们宴饮歌舞的场面加以描写，真实记述了曹丕的贵族生活。当然，曹丕的叙事诗中也有对军旅生活加以反映的，如《陌上桑》便是以旧题翻新辞，对行军的艰苦进行记述。

曹植诗的创作历程极类其人生经历，可被划分为前后两个时期。在前期，由于曹植受到曹操宠爱，能够在邺城享受贵族生活，因此所作的叙事诗中有很多都是对其经历的描述、记叙，洋溢着浪漫主义，如《名都篇》就是其中的典型作品。当然，曹植的诗中也关注社会、赞美豪侠，如《白马篇》对一个有着超群武艺、甘愿为国难奔走的游侠儿的形象进行刻画、塑造，而这正是曹植所向往的人格；再如，《泰山梁甫行》对边海百姓的生活环境进行描写，寄托着曹植对其艰苦生活的深深同情。曹植的后期创作，始于建安二十五年（220）。这一时期，曹植创作了众多游仙类叙事诗，如《飞龙篇》中，曹植对登临泰山、遇仙问道之事进行虚构；而在《仙人篇》《五游咏》中，他又虚构了自己与仙人的交往以及游仙所见。这时期，曹植的现实生活十分苦闷、处处碰壁，所以才对神仙世界进行幻想，以期获得解脱。建安时期，曹植在诗歌上的成就可谓粲溢古今，他所创作的诗关注民生，彰显人格魅力，极具时代特色。

随后，曹魏由盛转衰，而日渐壮大的司马氏集团，也使得政坛危机四伏、朝政日非，在这种背景下，士人也逐渐从积极心态转变为消极心态。很多文士原本有着出仕之志，却渐渐萌生退避心态，其中的典型代表就是阮籍、嵇康。阮籍创作有非常著名的《咏怀诗》八十二首，其中有两首属于叙事诗。在诗中，阮籍描绘了一个有着优美姿态、身着华服的女子，并用可望而不可即的佳人比喻自身无法实现的理想。后来嵇康含冤入狱，《幽愤诗》是其绝笔之作，对其一生遭遇进行了叙述。《幽愤诗》采用平铺直叙的手法，前半首对嵇康自身耿直品行以及招致祸患的始末进行阐述，而后半首则主要对人生经验进行总结，全诗少有曲折、未加藻饰，格外真率、朴实，非常感人。

西晋诗人进行诗歌创作时，崇尚华丽，喜欢对古意进行模拟，当然也有极少数的西晋叙事诗保留着建安风骨。西晋时期，张载、张华、傅玄以及"二十四友"等都是诗人中的代表。傅玄作诗时，非常擅长以故事入诗，有着凝重而古朴的创作风格，其创作的叙事诗均为乐府诗歌。西晋时期，"二十四友"是非常重要的文人团体，其中叙事诗写得最为出色的当属刘琨、左思、陆机、潘岳、石崇。左思以《咏史诗》奠定了自身在文学史中的地位。但其叙事诗《娇女诗》却全然没有"左思风力"风格，左思从一位慈爱父亲的角度出发，以对重男轻女予以反对的姿态，描绘了两个小女儿日常生活（如采摘、歌舞、纺织、化妆、执书、握笔等）中的娇态。《娇女诗》有着非常巧妙的写法，开创了古代儿童题材的诗歌。

张载和"二十四友"处于同一时期，其创作的《七哀诗》（其一）对汉室陵墓被掘以及荒败之景进行描写，对世事无常、盛衰变迁的感慨予以抒发。《七哀诗》（其一）有着劲健的风格，并未多加雕饰，具有建安叙事诗的风骨，读来悲悯动人。

东晋诗坛以陶渊明为代表。陶渊明对官场感到厌弃，他归隐于田园之间，崇尚自然、安贫乐道，将最淳朴、最真实的生活在笔端加以展现。从陶渊明的诗篇中，我们能看到夕阳西下、篱旁酒香、金菊吐艳、豆苗稀疏、飞鸟归巢，能感受到明朗生动、闲适安谧的田园景象，体会诗人所流露的真情实感。陶渊明十分巧妙地将农村生活描绘与个人情怀抒发相结合，因而当我们对其作品进行阅读、欣赏时，处处都能感受到诗人的至情至性与一片真心。陶渊明的诗句中，明面是田园风光、山清水秀，而背后则是诗人婉曲的倾吐。

在描写景物的时候，陶渊明将自己的感情如泉水般汩汩渗透其中，将景与情有机地统一。陶渊明在写景时，并非对景物进行客观刻画、片面地对形似进行追求，他注重把握整体意象，在景物中融入自身情感，真正将读者引入诗中之境。对此，苏轼曾评价道："观陶彭泽诗，初若散缓不收，反覆不已，乃识其奇趣。"

正是在意境之中,"奇趣"才得以产生。正是因为陶渊明的诗篇颇具意境,方能达到全篇浑然一体的境界。

南朝诗歌在晋室南渡后发展迅速,文人也被良好的生存条件和秀丽的景致激发出创作热情,加之南朝几代帝王都对文学十分提倡,因而文学始终处于发达、兴盛状态。但北朝政局动荡,流失了许多文士,故而未能取得和南朝一样的文学成就。因此,南北朝时期的诗作,大部分都是由南朝诗人创作的。刘宋时期,以鲍照为诗家代表。鲍照在创作乐府诗上投入了很大精力。南朝时,文人很少会对社会现实予以关注,而鲍照则是个例外,其诗作中,很多都对征夫戍卒的生活以及边塞战争进行叙述。例如,其在《代出自蓟北门行》中对边敌入侵以及边疆将士苦寒战斗的经过进行记述;再如,《代陈思王白马篇》对戎服疾驰的战士奔赴前线途中的见闻进行描述,对诗人自身渴望建功立业的心声进行反映;又如,《代东武吟》中,鲍照从老兵视角出发,勾勒了一个一生征战、孤苦无依归家的老兵形象。

东晋以来,门阀士族渐渐鼎盛,为了维持声誉,世家大族对文化教育非常重视,以家族为中心的文学集团得以形成。例如,谢氏文学家族培养了谢朓、谢惠连、谢灵运、谢混等文学家。刘宋之后,家族文学集团渐渐向诸侯王文学集团或宫廷文学集团转变。例如,临川王刘义庆有着初具规模的文学集团,鲍照也曾于其门下依附。齐、梁时期,萧纲、萧统、萧衍的文学集团招揽了很多文人,极为显著地影响着文学(特别是诗歌),开创了宫体诗与永明体。

(三)隋唐时期诗歌

唐诗,是中国诗坛的珠穆朗玛峰,前无古人,后无来者,达到了一个无法企及的高度。其量多,其质高,其体备,其影响后世者至深至远。仅清康熙年间编纂的《全唐诗》,就收有作家2200多位,作品48 900多首。1982年,中华书局将王重民、孙望、童养年诸先生辑录的唐诗合编为《全唐诗外编》,还不包括后来的《补全唐诗拾遗》,总计作品已逾5万。

唐代诗人众多,名家辈出。如把诗歌、绘画、音乐熔于一炉的"诗佛"王维,他把自然美的彩色画卷一幅又一幅地展现在我们的面前;吞吐群星,包孕日月,代表着"盛唐气象"的"诗仙"李白,他把奇特的想象、雄伟的气势、丰富的色彩、大胆的夸张、开天辟地的创造力,贡献给了唐代的诗坛;敢于面对现实,为国家呼吁,为人民呼吁,一刻也没有停止过战斗的"诗圣"杜甫,他的1400多首诗,穷高妙之格,极豪逸之气,包冲淡之趣,兼俊洁之姿,备藻丽之态,是艺术化了的"诗史",是唐代社会的一面镜子;还有"惟歌生民病"的现实主义诗人白居易,开拓了"以文为诗"的大诗人韩愈，务去陈言、力求创新的"鬼才"李贺，构思精巧、用典贴切、中国朦胧诗的开创者李商隐，陈厚奇变、英姿雄发的杜牧，等等。他们把唐代诗歌的画廊装饰得千姿百态，绚丽多彩，真可谓群星灿烂。

到唐代，我国古典诗歌的形式可谓各体大备，不论近体诗还是古体诗，发展都是十分充分的。汉末建安时期，五言古诗已风靡全域，对四言诗的正统地位加以取代。虽然七言古诗肇端于曹丕的《燕歌行》，然而其真正引起人们注意，还是在南朝宋元嘉年间鲍照崛起之后，其一路发展至唐朝，才真正"并驾齐驱"于五言古诗，甚至凌驾于五言古诗之上。无论是五言古诗还是七言古诗，除了句有定字（五字或七字），韵有定规（一句、两句或三句押一个韵）之外，其创作都相当自由。诗人在创作时，无话则短、有话则长，在篇幅上也不受限制，既可以押仄韵，也可以押平韵，既可以重韵，也可以换韵。七言古诗还可以对长短不齐的杂言进行兼用。所以，七言古诗能够摆脱束缚，纵横驰骋，能够对大喜大悲的感情进行更好的表达。

直至唐代，近体诗才得以定型，人们又将其称为"今体诗"，包括律诗与绝句。绝句来自南北朝时期的"吴歌"，经过"声律化"后，定型于唐代。绝句包括七言绝句与五言绝句，一首诗包含四句，通常需要押平韵，也可以押仄韵。

在《岘佣说诗》中，清代施补华曾说："绝句，盖截律诗之半：或截首尾两联，或截中间两联而成。"[①] 对此，有人指出，这与由简至繁的艺术规律并不相符。然而，立足绝句实际情况，的确存在对律诗前半首或后半首进行截取的情况，也存在对律诗前后两联进行截取的情况，还存在对律诗中间两联进行截取的情况，如王之涣的《登鹳雀楼》。律诗包括三种形式，分别为五律、七律、排律。在创作五律与七律的时候，诗人必须对如下规律加以遵守：字有定声（入声或平声）、句有定字（七字或五字）、篇有定句（每首八句），要以平声为韵脚，每隔一句必须押韵，不能对韵脚进行更换，最好不要出现重复用字，律诗的中间两联需要做到对偶。这一规律分别由"初唐四杰"和宋之问、沈佺期完成。而元代杨士弘则自创了"排律名"。所谓"排律名"，就是延长诗律，每首诗可以有六韵乃至百韵。同时，除了首尾两联无须对偶，中间各联都必须做到对偶。唐朝初期已经出现"五排"，而杜甫则创出"七排"。在唐代诗歌中，这都是较为固定的形式。明代胡应麟曾言："甚矣，诗之盛于唐也！其体则三、四、五言，六、七、杂言，乐府、歌行、近体、绝句，靡弗备矣。"[②]

---

① 施补华. 施补华集[M]. 杭州：浙江古籍出版社，2010：135.
② 胡应麟. 少室山房笔丛[M]. 上海：上海书店出版社，2015：78.

上述内容主要是针对唐代诗歌的形式体裁来说的。而立足其对后世产生的影响角度，著名而伟大的诗人李白、杜甫，对后世有着巨大影响。中唐、晚唐之后的诗人在创作诗歌时，无论是从表现手法上还是精神上，都师法李杜，但无形中也为自己设下难以突破的藩篱。从李贺（唐）、苏轼（宋）、高启（明）、龚自珍（清）等诗人的诗作中，我们都能看到蕴藏的李白之影。而杜牧的豪健、李商隐的浓艳、贾岛的孤峭、姚合的清雅、张籍的简丽，又都带着杜甫诗歌的身影。因此，在《论诗》中，明代方孝孺和清代赵翼曾说，"举世皆宗李杜诗""李杜诗篇万口传"，这也正表明了李白、杜甫长久而深刻地影响着后世诗人。

（四）宋元时期的诗歌

1. 宋代诗歌

宋代政治、经济、文化、思想等方面的诸多新变，构成了独特的历史文化背景，催生出宋代文学的一系列变化。文学创作主体的人生态度、精神面貌、审美观念都与前代有所差别，传统文学体裁——诗歌的风格改变了。

宋诗存世的数量惊人，据北京大学古文献研究所编《全宋诗》，宋诗作者有9000余人，作品约27万首，是《全唐诗》规模的5倍多。宋诗不仅规模庞大，而且特点鲜明，与唐诗并峙。宋诗在唐诗的笼罩之下，想要独辟新境无疑是非常困难的，对此蒋士铨曾感慨地说："宋人生唐后，开辟真难为！"宋人在学习杜甫、韩愈诗歌的基础上，结合自身的学养和才性，发展出典型的"宋调"风格。宋诗是从模拟唐诗开始的，北宋前期诗歌基本上是对中晚唐诗歌的学习和仿效。宋初70余年，诗坛上活跃着三类诗人，即仿效白居易的白体诗人，仿效贾岛、姚合的晚唐体诗人和仿效李商隐的西昆体诗人。仁宗朝出现一批追求独创的诗人，如欧阳修、梅尧臣、苏舜钦等，语言平易舒畅，并带有散文化的特征，梅尧臣还提出追求"平淡"之美的主张，这些变化显示出宋诗正在形成自己的特色。王安石诗学杜甫、韩愈，善于以诗来表达新颖独特的观点。苏轼、黄庭坚两位北宋诗坛大家更是成就卓越。苏轼才华高妙，其诗意趣横生，富有理趣，气韵生动，毫无枯燥、阻滞之感。黄庭坚诗学杜甫，并讲论学诗门径，使后学有所皈依。因此，时人学黄庭坚诗蔚然成风，并以陈师道、吕本中等为骨干，形成江西诗派。江西诗派在北宋后期影响很大，诗人们醉心于推敲文字，吟咏书斋。但靖康之难打破了这一局面，江西诗派的陈与义、吕本中、曾几等人经历南渡之痛，在诗中表达爱国的激情和悲愤，诗风为之一变。吕本中还提出"活法"说，在南宋前期诗坛颇有影响。

宋代有着非常繁荣的文化，相较于唐朝诗人，宋朝诗人有着更为深厚的学识。而宋朝诗人也对这一长处进行充分发挥，他们在创作诗歌的时候，崇尚用典使事，以博学相矜。唐朝有着十分强盛的国力，故而唐朝诗人心中也洋溢着建功立业的激情，满满皆是自豪感，特别是边塞诗歌，风格尤为恣肆张扬。然而，宋朝国力颇为孱弱，内忧外患，因而宋朝诗人总是处于担忧之中，创作出大量苍凉慷慨的爱国诗作，他们学习最多的便是杜甫所作的乱离之诗。为了追求题材上的新颖，宋代诗人对庸常乃至琐屑的日常生活的描写十分重视。例如，黄庭坚对书斋生活进行记述、对人文意象进行歌咏，苏轼对水车、秧马等新式农具进行描写，梅尧臣对阴郁、丑陋的意象进行描写，等等。诗人在创作时，都希望不重复于唐诗，做到规避熟滥。

严羽曾批评宋朝诗人"以文字为诗，以才学为诗，以议论为诗"。宋代诗人在创作诗歌时，惨淡经营艺术技巧，周详而精细地对待用韵、字声、句法、对仗、用典等方面。韩愈、杜甫的创作手法之一便是以诗议论，而宋代诗歌则对此加以继承，并将之进一步发展，变得透辟入微。在诗歌语言方面，宋朝诗人进行大量新探索、新尝试，与散文化趋近。在美学情趣方面，宋代诗歌与唐诗有着非常大的差异。严羽曾说："本朝人尚理而病于意兴，唐人尚意兴而理在其中。"诗歌尚理，则有着精辟的议论，特点为发显而外露；诗歌尚意兴，则情韵更足，特点为含蓄而混成。因此，钱锺书曾这样评价："唐诗多以风神情韵擅长，宋诗多以筋骨思理见胜。"而缪钺则更全面地进行分析，认为"唐诗以韵胜，故浑雅，而贵蕴藉空灵；宋诗以意胜，故精能，而贵深折透辟。唐诗之美在情辞，故丰腴；宋诗之美在气骨，故瘦劲"。

宋代诗歌有着内敛理性之美，追求瘦劲平淡的形式，不再沿袭唐诗的热烈、富丽。所以，宋代诗歌与唐代诗歌不仅仅在朝代上有所不同，更多的是在诗歌范式上存在区分。基于审美取向的差异，后世文人或是贬抑宋代诗歌，或是赞美宋代诗歌，可谓众说纷纭。而这正说明了宋代诗歌的特性是独张异帜的。

南宋诗坛成就最大的是中兴时期名家的陆游、杨万里和范成大三人。陆游受江西诗派的影响很深，却转益多师，尤其是学李白的浪漫俊逸，学杜甫、白居易的现实主义精神，形成雄浑豪壮、敷腴富丽的诗风，将爱国的情思张扬到极致。杨万里从江西诗法入手，后来另树新帜，以活泼幽默的"诚斋体"诗歌享誉一时。范成大兼学江西和晚唐，其使金纪行诗，感慨时事，充满爱国之情；但其最有特色的还是田园诗，描绘了质朴宁静又时而悲惨沉重的乡村画卷。同时的尤袤、萧德藻虽也名重一时，但作品却散佚殆尽。南宋后期，反对江西诗法、向唐诗复归成为潮流。"永嘉四灵"诗学晚唐，重又模仿贾岛、姚合，他们人生阅历肤浅，才分亦有限，整体成就不高，却名动天下。江湖诗派的诗风有接近四灵之处，却不那么狭隘浅显，题材范围也更大一些，出现了戴复古、刘克庄等名家，但整体气度难与中兴时期的陆游等人相提并论。在向唐诗复归的涡流中，出现了严羽《沧浪诗话》这样一部诗学理论著作。其指陈江西诗派之失，提倡盛唐诗歌境界。宋元之交，爱国诗人文天祥、谢翱、林景熙、郑思肖、汪元量等，写抗元复国之理想，抒怀念故国的黍离之悲，以悲壮的声调为宋诗画上了句号。

2. 元代诗歌

从诗作数量、民族职业构成、诗人数量以及地域广阔度、反映内容丰富度等方面来看，元代诗歌相较于唐代诗歌、宋代诗歌，特点突出而鲜明。

《御选宋金元明四朝诗》成书于清康熙四十八年（1709），其分别对128卷明诗、81卷元诗、25卷金诗、78卷宋诗进行选录，其中，选录1197位元代诗人，11 525首元代诗作。《元诗选》初集、二集、三集（清代顾嗣立编）则专门对别集流传的诗人、诗作进行收录，共选录339位元代诗人、19 574首元代诗作。

元代诗坛诗人有着最为多样化、最为繁复的职业构成和民族成分。通过对有诗作流传至今的元代诗人进行考察，立足民族成分角度，元代诗坛不仅包含汉族诗人，更包含几十个少数民族诗人。在中国其他朝代，这是十分少见的。

唐朝以来，传统边塞诗以塞北大漠为写作范畴，然而，相较于唐宋边塞诗，元代边塞诗鲜明地彰显出自身的时代特色。唐宋边塞诗题材多为"战争"，对建功立业、壮怀激烈进行表现，其中也常流露出悲愁凄苦的感情色彩。但元代边塞诗却不一样，更多的是描写塞北边疆的宗教信仰、物产风俗、自然风光，对多民族文化交融的和谐状况进行体现。在多民族文化交流背景下，纪行诗、扈从诗也成为元代诗歌特有题材，柳贯、王士熙、胡助、袁桷、许有壬、张昱、杨允孚、柯九思等人都是这类诗歌创作的代表诗人。

描写中亚、南亚诸地的诗作也有不少。诗人以耶律楚材、丘处机为代表。耶律楚材曾随同成吉思汗两征中亚诸国，丘处机亦曾率领弟子历经艰辛在大雪山觐见西征中的成吉思汗。迥异于我国中原的中亚自然风光、物产风俗及成吉思汗西征为耶律楚材和丘处机提供了极好的创作素材，二人均创作了不少这方面的诗作。耶律楚材有《湛然居士文集》，丘处机有《长春真人西游记》。

（五）明清时期的诗歌

从中国古代诗歌发展史来看，明清或许属于诗歌衰落时代。其主要原因在于，明朝与清朝以八股文取士，即便文人写得一手好诗，对于功名富贵的获取也是无益。因此，明清时期，仅仅是一些读书人有填词赋诗的爱好，社会上未能形成精研诗词、崇尚诗词的氛围，诗歌也由此渐渐走向衰落。

明清时期的诗歌创作也会对理路脉络加以讲究，然而我们都知道，诗情宛如云霞变幻、江河奔涌，不受固定思维模式的限制，不受理路脉络的束缚。假如诗人在创作诗歌时，必须对一定套路进行遵循，将诗情限制在狭窄逼仄的思维空间之中，像八股文那样讲究气脉流贯、理路分明、一线贯穿，那么诗歌内容必将变为几条干巴巴的筋，无限丰富、千姿百态的诗歌意境和意蕴便无从谈起。《两般秋雨盦随笔》卷七中，尽管梁绍壬对"适当的八股文训练对诗歌创作有所助益"这种说法进行附和，然而其对"神游象外"和"妙索环中"的提出，也别有一番见地。明清文人习惯于"妙索环中"，愈发难以做到"神游象外"。由于具有固定的思维方式、心理定式，假如明清文人不再受到程式束缚，反而会变得不能动弹。部分明清文人甚至将不可束缚、跳跃澎湃的诗情当作"气脉不贯""出入不由户""汗漫披猖"。他们或有意或无意地认为诗歌与八股文是声气相通的，因而在创作诗歌的过程中，同样服从程式、完善程式、利用程式，对"妙索环中"的乐趣进行追求，在背负枷锁的束缚中对某种程度的自由进行获取。八股文对全篇章法予以注重，明清文人深受八股文熏陶，在创作诗歌时也遵循此例。"作诗言大章法，固是要义，然学者多熟作八股，都羡慕大章法之布置，而不知五字、七字之句法，至要至难。"实际上，诗歌创作有其自身章法，而针对每一首具体诗歌，又不能对创作章法一概而论。然而在部分明清文人看来，诗歌有着和八股文完全相通的章法，所谓"篇法有起有束，有放有敛，有唤有应，大抵一开则一合，一扬则一抑，一象则一意，无偏用者"，仅仅是对"起承转合"之说的另一种表述。

二、古词的起源与发展

（一）词的起源

关于词的起源，历来说法不一。归纳起来，不外有以下四种说法：源于《诗经》说；源于《乐府》说；源于六朝杂言诗说；源于唐代近体诗说。这些说法，都只着眼于词的长短不拘的形式，其实，词既然是可以歌唱的抒情诗，那么它便离不开音乐，这点连宋代张炎在《词源》一书中也说得极为透彻："古之乐章、乐府、乐歌、乐曲，皆出于雅正。粤自隋、唐以来，声诗间为长短句；至唐人则有《尊前》《花间集》。迄于崇宁，立大晟府，命周美成诸人讨论古音，审定古调，沦落之后，少得存者。由此八十四调之声稍传，而美成诸人又复增演慢曲、引、近，或移宫换羽为三犯、四犯之曲，按月律为之，其曲遂繁。"可见词是离不开乐的。

每一个词调，都有调名，也叫词牌。如范仲淹的《渔家傲》《苏幕遮》，晏殊的《浣溪沙》《蝶恋花》《破阵子》，张先的《千秋岁》《天仙子》《木兰花》，宋祁的《玉楼春》，等等。起初，词的调名与题名是一致的，也就是说，词的内容和调名是相符合的。如姜夔的自度曲《扬州慢》就是作者对扬州劫后的黍离之悲。但到后来，词的内容和调名没有联系了，只是表明某首词用的是某某词调而已，这样，就不得不在调名之下另写出词题或小序。如张先的《天仙子》下另写小议，说明该词是他在秀州（今浙江嘉兴）担任通判时，因病卧床，不曾赴府会时的作品。而苏轼的《江城子》下，标出"密州出猎"。

调名往往有以下几种情况：

（1）调同名异，即一调数名。如《念奴娇》又叫《百字令》《大江东去》《酹江月》。但只有前者为本名，其余都是别名。

（2）调异名同，即几个调子用一个名称。如《菩萨蛮》又名《子夜歌》，但《子夜歌》的正调与《菩萨蛮》（别名《子夜歌》）无一处相同。

（3）调异句同，有些词调有着相同的字句，然而当其被谱入音乐中，却并没有相同的音调。例如，《捣练子》《赤枣子》《解红》三调，尽管都是五句，两句三字、三句七字，共有二十七字，押的都是平声韵，然而其没有相同的平仄，因而不能混淆。

这些调名有着多种多样的来源：有的调名得名于乐府旧曲，如《江南好》便来自《望江南》；有的调名得名于前人诗赋，如《蝶恋花》来自梁简文帝创作的"翻阶蛱蝶恋花情"；有的调名得名于本词字句，如《鱼游春水》来自"莺啭上林，鱼游春水"；有的调名为自度曲，如潘阆回忆西湖，故而创作出《忆余杭》；有的调名得名于地名，如《青门引》《梁州令》《伊州令》《甘州子》等；有的调名得名于物名，如《尉迟杯》《菩萨蛮》《苏幕遮》等；有的调名得名于古事，如《高阳台》《阮郎归》等；有的调名得名于时序，如《春从天上来》《秋霁》《湘春夜月》《夏初临》等；有的调名得名于音节名，如《三字令》《字字双》《声声慢》等。

此外，还有名同而字数各异的，如《长相思》本三十六字小令，又有百字长词；《三台》本为二十四字小令，又有百七十一字长调。也有调虽异而名偶同的例子，如《相见欢》《锦堂春》俱别名为《乌夜啼》,而《浪淘沙》《谢池春》却又同叫《卖花声》。

(二) 词的用韵规律

旧体格律诗押韵是十分严格的,如四支和五微虽为邻韵,除首句可借韵外,一般不能混押。与之比较起来,词韵比诗韵就宽多了,支、微、齐三个韵部都可通押。这主要因为词人填词,并无词韵专书,只要符合当时语音,听起来易于上耳也就是了。不像诗那样,必须遵守当时的官韵,否则就叫出韵。词的押韵方式比旧体格律诗复杂而多变。

(1) 一韵到底,中间不会对韵脚进行更换。有的一韵到底对平韵进行使用,如《沁园春》《捣练子》《水调歌头》《浪淘沙》《玉蝴蝶》《江城子》等;有的一韵到底对仄韵进行使用,如《蝶恋花》《卜算子》《念奴娇》《醉花阴》《满江红》《齐天乐》等。词调规定了押韵的韵脚,有的每句都会押韵,如《蝶恋花》;有的每两句进行押韵,如《卜算子》;有的每三句进行押韵,如《念奴娇》;也有四、五、六句进行押韵的。

(2) 一首多韵。同韵部的去声韵与上声韵往往通押,而入声韵则有着很强的独立性,可以单独使用,如《摸鱼儿》《莺啼序》《水龙吟》《祝英台》《永遇乐》《贺新郎》《谢池春》便是能够通押去声韵与上声韵;而《疏影》《忆秦娥》《念奴娇》《满江红》《兰陵王》等都是单独使用入声韵。

(3) 有的词对平仄换韵进行规定。平仄换韵不同于平仄互押,平仄互押指的是同韵部的字相押,而平仄换韵指的是仄韵被平韵替换,或平韵被仄韵替换,二者没有相同的韵部。并且,词调也规定了换韵的位置。以温庭筠的《更漏子》为例,其前阙中,先由仄声"细""递"相押,之后又替换为平声"乌""鸪"相押;其后阙中,先是仄声"薄""幕""阁"相押,之后又替换为平声"垂""知"相押。

(4) 叠韵。在押韵的脚,用同字相押。如白居易《长相思》:"汴水流,泗水流,流到瓜州古渡头。吴山点点愁。思悠悠,恨悠悠,恨到归时方始休。月明人倚楼。"其中"流""流""悠""悠"就是属于叠韵。

总之,词韵比较复杂多变,然"押韵不必尽有出处,但不可杜撰。若只用出处押韵,却恐窒塞"。这正说明它的辩证关系。正如刘永济在《词论》中所说的那样:"唱曲之诀,在唱一字不失本字之音;填词之要,在用一韵不出本部之外。字归本音,则音正;韵归本部,则韵谐。音正、韵谐,则无棘喉涩舌之失。古人之词,付之歌喉,唯求谐协。苟能谐协,即可为韵,故东、冬、钟可以合用,青、清、侵绝不相通。此王氏可谓由声得韵也。后世唱法失传，宫调不明，不得不就前人之词，寻其用韵分合之迹，以定词韵。其意亦与宋律相同，务在与宫律相近而已。故不易滥通，而用韵始严矣。至词家用韵，有间句韵、每句韵、句中韵、平仄相韵、平仄换韵等式，大抵尽有诗家之长，而复参伍错综之。唯其如此，尤不可不有法度以贯之，使不至漫无友纪。此词韵可以不得不作也。"这话是十分有见地的。

（三）关于词史的分期

尽管词学研究界始终非常重视词的发展史，然而因为有着不同的区分标准，词史的划分也莫衷一是、众说纷纭。

不过，从总体来看，词萌芽自隋朝，然而因其未能结合于燕乐等，直至晚唐，仍是在民间自发流传，并未成熟，也未出现有影响力的词人，因此，从隋朝到晚唐，可视为词的萌芽期。

晚唐、五代，情况为之一变，当时的西域音乐（主要是中国西部各兄弟民族的音乐）相继传入，它们又与民歌、近体诗等相结合，逐步发展为一种具有高度音乐性、韵律性和浓郁生活气息的文学新形式——词。隋代的九部乐、唐代的十部乐，除了清商、燕乐外，皆为外来乐词，尤其是到了天宝末年，又令道调法部与胡乐新声合，古乐因而全变，为词的发展提供了倚声所准的曲度。为了适应这种发展，把齐言的声词改为杂言形式，错落有致的长短句式的曲子词得到迅猛发展，这时也正式成为词的成熟发展期。

到了宋代，词家辈出，著作之多，风气之盛，词坛呈现空前繁荣的局面。仅据《全宋词》统计，流传到今的词即有2万首左右，词作者达1300余家，可称蔚然壮观。

元明两代，政治上动荡不安，倚声趋于衰落，加之乐调渐亡，词由乐章变成了徒歌，影响更趋减弱，词由盛转衰。

经历了300余年的衰竭，到了清代，词再度复兴，一时名家辈出，有名姓可查者达六七千家，尤其是词论、词话、词谱、词选等著述竞相出现。

总之，词作为韵文的一种形体，能这样从萌芽—形成—极盛—中衰—再度兴盛，经历了1000余年，正说明它有着无穷的艺术魅力。

第二节 "意象"说的起源与发展

一、"意象"说的滥觞

(一) 老子"象"说

"意象"论的本原密切关联于"象"。早在先秦时期,老子便提出"象""大象"的概念,使其由具体事物向哲理思想发展,并成为老子自身"道"论的一部分。老子"象"说具有非常重要的哲学文化价值,产生的影响也极为深远。

1. "大象"与"象"

老子提出:"道之为物,惟恍惟惚。惚兮恍兮,其中有象;恍兮惚兮,其中有物。"[1] 对"象"和"道"之间的关系以及表现形态进行阐述,表明"道"有着恍惚窈冥的特征,是流变不息的,因而他又提出:"是谓无状之状,无物之象,是谓恍惚。"[2]

然而"道"也并非全然虚无的。《韩非子·解老》中曾说:"人希见生象也,而得死象之骨,案其图以想其生也,故诸人之所以意想者,皆谓之象也。今道虽不可得闻见,圣人执其见功以处见其形,故曰:'无状之状,无物之象。'"[3] 讲的是尽管我们无法听见、看见"道",但是圣人却能够令它显露,看见它的"形状",就像人们没有见过活着的大象,可通过死去大象的骸骨对活着大象的模样进行描画。"道"中蕴含"物"与"象",而"象"是"意想者"之"象",属于"意象"。

然而,从"道"的本体角度来看,它是不可名状、无古无今、无边无际的,是人"搏之不得""听之不闻""视之不见"的,因此"迎之不见其首,随之不见其后"[4],即迎着头去寻找,也看不到"道"的脑袋;追在后面去寻找,也看不到"道"的尾巴。"道"是人无法通过视听感官去感知、把握的事物,是无法在概念、语言上予以穷尽表达的,我们只能通过内心感悟"道"。

清代魏源在《老子本义》中这样概括"恍惚"的境界:其是"心融神化,与道为一"的"众妙之门"。这说明,老子的"道"是立足整体性宇宙层面的宏观

---

[1] 陈鼓应.老子今注今译[M].北京:商务印书馆,2003:15.
[2] 陈鼓应.老子今注今译[M].北京:商务印书馆,2003:8.
[3] 王先慎.韩非子集解[M].北京:中华书局,2016:136.
[4] 陈鼓应.老子今注今译[M].北京:商务印书馆,2003:20.

观照，达到了认识的至高境界。立足这一意义层面，所谓"道"，就是老子提出的"大音希声，大象无形"①的感性呈现。"大音""大象"一方面指的是"道"的形象，另一方面指的是"道"的精神本体。老子认为，"道"的形象是最伟大的，是无穷大，"执大象，天下往，往而不害，安平太"②，河上公注曰："执，守也。象，道也。圣人守大道则天下万民移心归往之也。"继而对安泰与和平进行获得。因此，老子认为："吾不知其名，字之曰'道'，强为之名曰'大'。"③"大，亦美也。"以赞美"道"为基础，"大象"即"道"之象。

老子在论述"象"与"大象"关系的时候指出，在恍惚之中，"大象"又"有象""有物"。在《老子指略》中，王弼曾说："故象而形者，非大象也。"又指出，"然而，四象不形，则大象无以畅。"老子认为："天下万物生于'有'，'有'生于'无'。"④这表明，"大象"作为"道"，其属性包括"有"与"无"，"无"以"有"为中介，"故有无相生"。但作为"天地之始"的精神本体来说，"道"是"无"，对此他曾通过形象的例子加以说明："三十辐共一毂，当其无，有车之用。"⑤"辐"指车轮的辐条，"毂"是辐条聚集的圆心，泛指车轮。全句意谓：三十根辐条围成一个车轮，正是因为有了车毂上的空洞，车才能运行。老子把"有"与"无"看作事物相互依存的矛盾的两个方面，表达了一种朴素的辩证思想，看到了思维活动中一种自然的规律性："大象"是无形的，是看不见的，是不可感知的，而"象"却是有形的，人们能够对其进行感知。所谓"大象"，便抽象自有形的"象"中，人们要在有形的"象"中，对无形的"大象"进行发现。因此，"有无相生"对表现与被表现的关系进行体现，也就是具象与抽象、个别与一般、有限与无限、现象与本质的关系。

老子不仅对"大象"与"象"之间的客观因素进行发现，同时也对"大象"与"象"之间的主观因素予以注意。立足这一意义，"大象"其实就是"意"中之"象"，即韩非提出的"意想之象"，是人们头脑中对客观的有形之"象"的折射和反映，构成于客观、主观两方面因素，是对有限物象进行超越的"意象"，所以，老子往往将"恍兮惚兮"的思维境界联系于"其中有象"。

从审美观照角度来看，其相似于我们现在所说的形象思维的特征，可被视为对形象思维的生动、朴素的描述。此外，这也类似于审美对象。因为艺术对象的美，

---

① 陈鼓应.老子今注今译[M].北京：商务印书馆，2003：2.
② 陈鼓应.老子今注今译[M].北京：商务印书馆，2003：30.
③ 陈鼓应.老子今注今译[M].北京：商务印书馆，2003：28.
④ 陈鼓应.老子今注今译[M].北京：商务印书馆，2003：40.
⑤ 陈鼓应.老子今注今译[M].北京：商务印书馆，2003：21.

一方面直接诉诸视听感知，另一方面也是超越感觉的。就像一个人在聆听音乐时，常常会在音乐引发的感受、联想中深深沉浸，从而体验到一种超越声音单纯感知的审美境界，即"大象无形""大音希声"，这也表明"大象"是体悟中的"意象"。

通过上述阐述，我们可以看到，老子的道家哲学将理论依据提供给"意象"，其是关键的、具有决定性的。

2. "大象无形"的影响

作为中国哲学"象"说的滥觞，老子的"大象""象"长久而深远地影响着我国古代美学。

第一，自魏晋南北朝时起，出现了一种美学观点，即"象"必须对"道"进行体现。在《画山水序》中，宗炳曾说："圣人含道映物，贤者澄怀味象，至于山水，质有而趣灵。"宗炳认为，作画的目的是与"道"相通，通"道"之物便是自然山水，因此"质有而趣灵"。而老子的"大象"，便是"澄怀味象"中的"象"，老子所说的"涤除"就是"澄怀味象"中的"澄怀"。画作为一种审美观照，既要对山水物象的形式美进行把握，也要对山水物象的"趣灵"加以体悟，通过灵妙的意趣进入对"道"的观照，"惟当澄怀观道，卧以游之"，这里所说的"道"，正如宗炳在《明佛论》中所说："若老子与庄周之道"，"夫佛也者，非他也，盖圣人之道"，表明老庄兼佛学之"道"。但从总体上来看，乃指自然美的本原，所谓"圣人以神法道而贤者通，山水以形媚道而仁者乐"（《画山水序》）。

第二，老子的"大音希声，大象无形"的命题，类似于审美对象、审美心理，继而对中国古代美学新天地进行开创，广泛而深刻地影响着魏晋南北朝乃至后世的美学观念。这种美学观念出现在书法、文学、音乐、绘画等领域，大多对"大象""大音"之美进行追求。例如，在《清思赋》中，阮籍曾说："微妙无形，寂寞无听，然后乃可以睹窈窕而淑清。"在《文赋》中，陆机曾说："课虚无以责有，叩寂寞而求音。"王僧虔《书赋》云："情凭虚而测有，思沿想而图空。心经于则，目像其容。手以心麾，毫以手从。风摇挺气，妍靡深功。"体现和显示了一种凭虚测有的审美趋向，在艺术创造中主张不拘滞于"言""象"。而追求希声之音和无形之象，从而达到精微而深层的灵趣美，反映人们对文学艺术认识的深化。这应该说与当时崇尚老庄的风气是分不开的。

第三，对"象"的影响、作用进行扩大，对"象"的审美特征问题予以触及。最早是甲骨文中出现"象"字，其原本意义指的是大象这种动物，后来《尚书》中记载"象以典刑"（《舜典》），"乃审厥象"（《说命》）。"象以典刑"中的"象"，指的是效法之意;"乃审厥象"中的"象",指的是形貌。而老子则用"象"对"道"进行比喻,如"大象"中的"象"指的是"无物之象"。然而老子又说,"其中有象"。既已"无象",缘何又说"有象"?这是因为,透过"象",能够对"道"这"渊兮似万物之宗"的功能进行直观想象、体验、感悟,继而对"大象"升华、超越一切"象"进行体现。这便是老子"有无相生"辩证法的体现,而这一问题也有待我们进一步思考、探索。魏晋人从老子有关"象"的言论中得到启示,并结合《周易》的"象"加以融合变通,开始意识到抽象的精神活动也是要借助并通过一定物质的、有形的东西才能得到生动表现,从而引发了"言""象"能否"尽意"的问题,使"象"成为中国古代美学中富有民族特色的一个美学范畴。

(二)庄子论"言""意""象罔"

审美观念的形成,并非一蹴而就,要经历长期、复杂的积淀过程。假如"意象"说的形成与老子的"象"在一定程度上存在血缘关系,那么"意象"说的形成和庄子关于"意"的论说则存在渊源关系。同时,庄子关于"意"的论说,也对魏晋玄学产生影响,使之诞生了"言意之辨"这一重要论题,对王弼有关"象""意""言"关系的论述进行引导。

"象"的因素被蕴含在庄子的"道"的观念中。在《庄子·天地》中,记载了这样一则寓言:

黄帝游乎赤水之北,登乎昆仑之丘而南望。还归,遗其玄珠。使知索之而不得,使离朱索之而不得,使喫诟索之而不得也。乃使象罔,象罔得之。黄帝曰:"异哉!象罔乃可以得之乎?"[1]

这则寓言大意为,黄帝游玩赤水之北,然而当他返回的时候,却发现丢失了玄珠(道)。黄帝遂派知(寓才智、智慧)、离朱(寓明察)、喫诟(寓善辩言)等人去找寻,然而无一人找到。最后,黄帝让象罔(寓无智、无视、无闻)去找,而象罔将其寻获。

黄帝所说的"象罔"是什么呢?在《庄子义》中,吕惠卿曾说:"象则非无,罔则非有,不皦(明白)不昧(昏暗),玄珠之所以得也。"《庄子集解》载,郭嵩焘曾说:"象罔者,若有形,若无形。"由此我们可以看出,"象罔"是象征一种虚与实、无形与有形互相对应、融合的形象,对"道"与"象"的关系进行了揭示。在《中国艺术意境之诞生》中,宗白华曾分析道:"'象'是境相,'罔'是虚幻,艺术家创造虚幻的境相以象征宇宙人生的真际。真理闪耀于艺术形象里,玄珠的

---

[1] 陈鼓应. 庄子今注今译 [M]. 北京: 商务印书馆, 2007: 69.

瞰于象罔里。"[1] 其所说的"玄珠的瞰于象罔里",也就是"象罔"之中映照着作为玄珠的"道",宗白华的这一比喻传神、生动,对作为无形、有形相结合的形象进行了体现。

在对"道"进行表现方面来看,相较于知、离朱、喫诟,"象罔"更具优越性。庄子的"象罔"实际上就是延伸老子的"大象无形",并对其加以发挥。

总的来说,庄子提出的"象罔"说,在"得道""体道""悟道"时将"象罔"作为中介。因为"道"无状又无形,因而知、离朱、喫诟等人都无法对"玄珠"进行寻得,只有"象罔"由于"若有形若无形",方能发现"道"、获得"道",这也说明,我们要通过体悟、想象对"道"进行把握。庄子极大地肯定了"象罔"的功能,实际上就是肯定"意中之象"。所谓"意中之象",恰如《庄子·序》中成玄英所说的"象外之微言",也就是体悟中的意象。这与审美意象的基本特征相符合,同时也对中国古代审美意象观念加以启迪,促进其萌生。

二、"意象"说的孕育

(一)《淮南子》的意象说

《淮南子》中并没有对"意象"问题进行具体论述,而是论述了"意"与"象",并对其进行引申,使其涉及文艺领域,因而有着审美特性,显著地影响着魏晋六朝文论。

第一,关于"意"的论述。《淮南子·齐俗训》中这样写道:"瞽师之放意相物,写神愈舞,而形乎弦者,兄不能以喻弟。""放意相物"指的是对物象特点进行纵情观察,从而使抒发的情思更为动人,如果在管弦之中对其进行表现,那么所能呈现的神妙之处,即便是兄弟之间也无法彼此传授。这种奥秘是只可意会不可言传的,是主体体验与客观观察经验合二为一。这涉及文学艺术创造活动的特征问题。因此,《淮南子》的作者认为,之所以宋意等人的歌声与伯牙等人的琴声能够让听众产生情感共鸣,是因为审美主体"专精厉意"。《淮南子》的作者在《要略》中提出:"乃始揽物引类,览取挢掇,浸想宵类,物之可以喻意象形者,乃以穿通窘滞,决渎壅塞,引人之意,系之无极,乃以明物类之感,同气之应。"这里所说的"物之可以喻意象形者",指的便是"寄物以为意",是通过形象描绘出的事物。这种物象与心意的交融,实际上已经触及"意象"的含义。虽然《淮南

---

[1] 宗白华. 中国艺术意境之诞生 [M]. 北京:北京联合出版公司,2019:149.

子》未提出"意象"概念，然而其论述了创作过程中"物"与"意"之间的关系，对西汉时期审美实践的发展进行反映，对审美重点由外部功能的认识向内部创作规律的表现过渡。这种论述产生于历史长河中创作的长久实践积淀之中。

《淮南子》的作者对"情"的作用非常重视，并对其进行强调。所谓"情"，其实指的便是"意"。《本经训》中说："人之情，思虑聪明喜怒也。"《缪称训》中说："哀乐之袭人情也深。"《淮南子》的作者认为："文者，所以接物也。情系于中，而欲发外者也。"之所以文学艺术能够感人至深，其原因便是情"接物"而生，来自客体之物与主体之情的彼此感应。当然，我们要意识到，这里所说的"情"，并不是寻常之情，而是"情系于中，而欲发外者也"的"情"。所谓"欲发"，就是盈满之后将要外溢。文学创作想要获得成功，必须具备的一项条件就是"真情实感"。

为了进一步阐明主体之情与外物感应的相互关系，《淮南子》的作者十分重视外物的作用，提出"引楯万物，群美萌生"，养育万物，使各种美好的事物蓬勃成长，从而产生美感效应，"且人之情，耳目应感动，心志知忧乐，手足之攒疾痒，辟寒暑，所以与物接也"。从"接物"到"物接"，突出了审美客体在审美实践中的作用。反过来，感情的抒写又必须与物相交接，分别阐明了审美认识和审美情感的主要结合途径，强调了主客体的相互融合，也涉及了"意"与"象"交融的有序化特点。同时从艺术创作是一个"情系于中"而溢于外的过程来看，是人接触外界客观事物后所引起的真情实感的自然的表现，表明了人的内心情感是艺术创作的基本动因。它实际上是魏晋时期陆机、刘勰等人"重情"说的先导，对我国审美意识以及"意象"说的形成，具有积极的意义和影响。

第二，关于"象"的论述。《主术训》中表示："故古之为金石管弦者，所以宣乐也；兵革斧钺者，所以饰怒也；觞酌俎豆酬酢之礼，所以效善也；衰绖菅屦，辟踊哭泣，所以谕哀也。此皆有充于内而成象于外。"这里所说的"内"，就是创作者内心那充实而深厚的情感体验，将其于外表现便"成象"。这也对艺术创作中一个根本性问题进行触及，那就是怎样表现内在思想感情，使之成为外在艺术形象。《主术训》中说的"宣乐"这种艺术创作活动，能够顺理成章地对外在的具体感性意象或形象加以形成，"至精之象，弗招而自来，弗麾而自往"，最终实现外与内的统一。

"成象"说是我国较早的有关"象"的理论。《礼记·乐记》将乐的表现形态称为"乐象"。《乐记·乐象篇》云："凡奸声感人，而逆气应之；逆气成象，而淫乐兴焉。正气感人，而顺气应之；顺气成象，而和乐兴焉。""逆气"与"顺气"

代表了两种不同的情感体验,由于审美主体的不同而产生,故"成象"具有"淫乐"与"和乐"的显著区别。《淮南子·主术训》的"成象"明显地承袭了《礼记·乐记》的"成象"说,但在内涵有了发展,"充于内"的思想情感要得到表现,就必须"成象于外",即得到形象性的外在表现,实际上已触及"意"与"象"相互交合的审美特点,因而更接近于审美创造。

《淮南子》的作者在《要略》述及《缪称训》的写作时曾说:"假象取耦,以相譬喻;断短为节,以应小具。""耦",合也,意谓假借形象以取得耦合的例证,便用来相互比喻,有如截断的竹子作为符节,以适应小的需求,从而达到"曲说攻论,应感而不匮者也"。

"假象"可说是承袭《周易》"四象"的"假象"而来,但在汉代,这还是第一家,因而具有开创意义。

(二)《论衡》的"意象"说

《论衡》是西汉杰出的唯物主义思想家王充所作,是一部哲学著作,但其中包含着一些有价值的美学思想,如"美"与"真"的问题。他把《论衡》一书的主旨总结为一句话——"疾虚妄",在汉代的美学思想中占有一定的地位。《论衡》中关于"意象"的概念问题,其《乱龙篇》云:

天子射熊,诸侯射麋,卿大夫射虎豹,士射鹿豕,示服猛也。名布为侯,示射无道诸侯也。夫画布为熊麋之象,名布为侯,礼贵意象,示义取名也。[1]

在这里,王充并非在对文学创作进行论述,而是对同类事物间的"假象"仍然具备互相感应的作用加以说明。这里的"意象"被用于"示义取名",是为董仲舒的"设土龙以招雨"进行辩解,所谓"土龙亦夫熊麋、布侯之类"。在这里,王充第一次连缀"意"与"象"成为"意象",形成了"意象"的完整概念。从"意象"内在含义角度来看,王充提供了足够我们参考的语源学上的依据。

有关"意"与"象"的观点,王充认为文章的内容是通过具体可感的现实生活来进行创造,"如无闻见,则无所状"(《实知篇》),"如鉴之开"(《自纪篇》),有如一面镜子忠实地反映生活。所以有关"意"与"象"的观点,基本是围绕着文学与现实的关系来论说的。

王充认为文学是通过主体意识来反映现实的,"实诚在胸臆,文墨著竹帛,外内表里,自相副称,意奋而笔纵,故文见而实露也"(《超奇篇》)。"意"激奋而"笔"必然流畅,文章一经写出,真情实意就得到显露,指明"笔纵"是由于

---

[1] 王充. 论衡[M]. 北京: 北京联合出版公司, 2017: 136.

"意奋"的结果。所以他将之概括为"情见于辞,意验于言","情""意"对举互用,"情"实"意"也。《佚文篇》中"贤圣定意于笔,笔集成文,文具情显"可证,从而突出了"意"的主导作用,同时也丰富了"意"的内涵,对后世美学的"情意"说有一定的影响。

《知实篇》曾说:"圣人据象兆,原物类,意而得之。"这里已经对"意"与"象"的某种关联性有所涉及,表明作为一个揭示主体性的概念,"意"能够组合于相关范畴。对于组合建构"意"与"象"来说,其在理论上具有启示意义。

三、"意象"说的形成

(一)王弼的"意象"观

在《周易略例·明象篇》中,王弼对"言""象""意"的关系进行了十分深入的辨析。

夫象者,出意者也;言者,明象者也。尽意莫若象,尽象莫若言。言生于象,故可寻言以观象;象生于意,故可寻象以观意。意以象尽,象以言著。故言者所以明象,得象而忘言;象者所以存意,得意而忘象。犹蹄者所以在兔,得兔而忘蹄;筌者所以在鱼,得鱼而忘筌也。然则,言者,象之蹄也;象者,意之筌也。是故存言者,非得象者也;存象者,非得意者也。象生于意而存象焉,则所存者乃非其象也;言生于象而存言焉,则所存者乃非其言也。然则,忘象者乃得意者也;忘言者乃得象者也。得意在忘象,得象在忘言。故立象以尽意,而象可忘也;重画以尽情,而画可忘也。是故触类可为其象,合义可为其征。[①]

王弼论述的并非文学艺术的理论问题,实际上是哲学认识论的命题,然而却长久而深刻地影响着审美意识及其理论,启示着"意象"说的形成,所以也有着美学价值。

第一,关于"意""象""言"三者的关系,王弼所做出的最为突出的贡献,即提出"象"的概念。所谓"言",指的是爻辞;所谓"象",指的是卦象;所谓"意",指的是卦义。王弼提出,"象"与"言"有着相互递进、派生的关系,即"象生于意""言生于象",因而使得"寻象以观意""寻言以观象"。因为"言"指爻辞,被用于对卦象进行阐明,因此人们说"言者,明象者也"。而卦形的"象"被用于对"意"进行显示,因此"象者,出意者也",对"象""言"在表达"意"时

---

① 王弼. 周易注[M]. 北京:中华书局,2011:243.

起到的作用予以充分肯定。对于王弼来说,"象"也好,"言"也罢,都是对"意"进行承载,旨在对"意"进行表达。"言""象""意"中存在的内在联系是相互递进、相生相成的,对《周易·系辞上》"圣人立象以尽意"的内在含蕴进行揭示。"象生于意,故可寻象以观意",可以说,正是这种相互关系构成了"意象"一词,而这便是王弼的意象观——"言以明象,象以出意"。

第二,关于"得意而忘象"。王弼提出的"言""象""意"三者存在一种内在的联系,即具有一致性,而"言""象"作为一种手段,又有不一致的一面,故王弼提出"得象而忘言""得意而忘象"的命题,并把它看作有如《庄子·外物》中所说筌、蹄之于鱼、兔的关系。这与王弼的哲学受老庄"贵无"论的影响有关。王弼认为:"凡言义者,不尽于所见,中有意谓者也。"[①] 又云:"自统而寻之,物虽众,则知可以执一御也;由本以观之,义虽博,则知可以一名举也。"(《周易略例·明象篇》)这种幽隐深微的义理,是与事、物、形、象相对待的,因此"言""象""意"的关系具有不同的层次,"得意而忘象"实即"忘象求意"的意思,指的是卦义确定后怎样去认识它、表达它,正是由于"象之所生,生于义也",卦义被确定在先,因而对卦义的认识、表达在后,如果拘泥于作为工具的"言""象",其结果反而得不到传达的"意",故王弼强调指出:"忘象以求其意,义斯见矣。"(《周易略例·明象篇》)它的主旨在于说明如何探索"求意"的问题。

王弼的"寻象而观意"与"得意在忘象",是作为认识论的两种方式和层次,也是对"圣人立象以尽意"的一种哲学思辨,惟"忘象"才能"存象",惟"忘象"才算"得意"。这种探索有如《庄子·外物》中的"得意忘筌"一样,对于文学艺术欣赏活动来说显得十分深刻,因为对美的主观体验和感受,不能停留在"言"和"象"上,而是对"言"和"象"的超越,从而获得"意"所蕴含的精旨妙义。

(二)刘勰论"意象"

《神思》是《文心雕龙》创作论的第一篇,所论乃创作构思的特点和作用,对于"意象"进行了如下阐述:

1.艺术构思的特点与规律

艺术构思最主要的特点是想象。刘勰在开首就说:"古人云:'形在江海之上,心存魏阙之下。'神思之谓也。"这是刘勰对"想象"所下的定义。"古人云"语出《庄子·让王》:"中山公子牟谓瞻子曰:身在江海之上,心居乎魏阙之下,奈

[①] 王弼. 周易注[M]. 北京:中华书局,2011:243.

何?"原意谓"身在草莽而心存好爵"。刘勰借以说明"神思"不受时间、空间的限制,具有一种可以由此及彼的联想功能。这也是刘勰把艺术构思称作"神思"的原因所在,因为这种想象活动有其神妙之处,是一种不受身观限制的心理现象,所谓"思接千载""视通万里"以至"吐纳珠玉之声""卷舒风云之色",都可以通过想象而宛然在目,达到了"神思"的极致境界。

那么,艺术构思有着怎样的规律呢?立足上述内容的内在逻辑层次而言,"思理为妙,神与物游"是最值得注意的论点。所谓"思理",便是"神思"之理,主要指的是自然"物"与主体的"心"之间,存在一种神奇玄妙的交合感应作用。作家构思艺术的过程,其实就是在"神与物游",是合乎规律的、物与心交融的思维活动。所以,作家主观的精神意念与"神思"活动关联密切,"神居胸臆,而志气统其关键"。

对于刘勰来说,综合物与心,关键便在于"志气"。"关键将塞,则神有遁心",如果志气不复存在,那么心也将停止与物的综合。"物"指的是客观物象,"神与物游"对创作活动中客体与主体彼此渗透、彼此联系的往复关系进行了恰当而贴切的表述。

在《文心雕龙》中,刘勰曾经对"物"与"心"的交合作用进行反复论述。例如"感物吟志,莫非自然"(《明诗》)、"情以物迁,辞以情发"(《物色》)、"情以物兴"(《诠赋》)等。这些论述,都阐述了客观事物对作家的思想感情进行触发、影响,并使其步入构思想象活动之境。除此之外,刘勰还提出"登山则情满于山,观海则意溢于海"(《神思》),"情往如赠,兴来如答"(《物色》),"物以情观"(《诠赋》),强调主体情感对外物有能动与主导作用,即"目既往还,心亦吐纳"(《物色》),从而让物与心、对象与情感、客体与主体融会贯通、双向交流。因此,在艺术构思中,"神与物游"是与认识规律相符合的理论概括,同时也对形象思维与抽象思维不同的基本特征进行指明。

刘勰的"神"便是在"物"与"心"的这种关系上建立的。"神与物游"就是客观物象与作家主观精神交融契合,对情物相得遇合的意中之象进行构成。在《文心雕龙校释》中,刘永济提出,"'物沿耳目',与神会然后成兴象",指明"意象"在心物统一的基础上建立。而从黄宗羲的"情与物游"(《黄孚先诗序》),苏轼的"神与物交"(《书李伯时山庄图后》)和王昌龄"神会于物"(《唐音癸签》卷二引)中,我们都能看到其留下的长远而深刻的影响。

2. 艺术构思与"意象"

在对"物"与"心"的关系进行探索时,刘勰注重分析艺术心理的审美特性,因此紧跟其后的,便是对构思、酝酿创作时"虚静"的重要性进行强调。简单来说,就是创作者要在构思、酝酿创作时,对最佳精神状态进行保持,对于艺术创作审美体验来说,这也是非常重要的准备,继而才能对物象进行摄取,实现与物交游。同时,刘勰也从"驯致"(技能)、"研阅"(经历)、"酌理"(理论)、"积学"(学问)几方面对作家应当具备的条件进行阐述,作家应当"才分不同,思绪各异"(《附会》),不然就会出现"暨乎篇成,半折心始"的苦恼,无法表达自身的审美体验。

正是立足于"意象"生成机制,刘勰提出"意授于思,言授于意,密则无际,疏则千里",对构思与表现之间矛盾关系的处理方法进行阐述。因此,刘勰对文艺创作各种准备的必要性进行强调,认为唯有条件齐备、充分,方能实现"玄解之宰,寻声律而定墨;独照之匠,窥意象而运斤"。

刘勰的这一论断,对"象"与"意"之间契合的形象性特征进行揭示,使客观的"物"与主观的"意"同构对应、融为一体。一方面,"意"被对象化,并非仅为主观的思想意念;另一方面,"物"被情感化,并非仅为物象本身。作为心物交融的体现,"意象"诞生于"神与物游",因此在"赞"中,刘勰提出:"神用象通,情变所孕。"这句话也对同一道理进行了说明。所谓"神",就是"神思",所谓"象",就是"物象",指的是神思感通于物象,孕育自情思变化,因此,从根本上来说,"意象"源于情感的孕育与传达。

刘勰所说的"意象",很明显指的是作家在构思中通过种种感受而形成于内心的形象。从这个意义上来看,"意象"便是"意中之象"或"意之象",是染化自情感的"象",是一种即将物化的、呼之欲出的内视形象。这种主客观的交融统一,对"意象"形成的规律性进行了正确揭示。因此,刘勰又对艺术构思中"意象"所处的至关重要的地位进行强调,表示"此盖驭文之首术,谋篇之大端",即意象是对创作进行驾驭的主要方法,是谋篇布局的先决条件。

3. "意象"的构成及其特征

在我国美学史上,刘勰是第一个将"意""象"结合为"意象"之词的人,对审美"意象"说进行开创。其提出"玄解之宰,寻声律而定墨;独照之匠,窥意象而运斤",其中蕴含的见解十分精辟。"玄解之宰""独照之匠"都来自《庄子》。《庄子·养生主》中说"古者谓是帝之县(悬)解",《庄子·徐无鬼》中说"匠石运斤(斧)成风"。此处一方面指的是文辞的表达,创作者只有对玄妙道理的主宰加以深通，方能让文思对意象进行窥探，继而完成创作。《文心雕龙·事类》中写道："木美而定于斧斤，事美而制于刀笔。"这些都表明构思是包含酝酿、探索、联系、组合的过程，是将审美感受向审美意象转化的创造性运动过程，即孕育、生成"意象"的过程。其对创作者进入创作过程后形成心物交融的复杂情况进行指明，同时也着重指出，这一过程无法脱离于"意象"。

在《物色》中，刘勰曾经提出："是以诗人感物，联类不穷。流连万象之际，沉吟视听之区。写气图貌，既随物以宛转。属采附声，亦与心而徘徊。"从而让内心情感和外界物象产生同构效应。这种物象与情意的自然契合便是"意象"。不过，此时"意象"不过属于一种心象，只在创作者的头脑中存在。所以，作者还要对声律、文辞媒介进行运用，创造"意象"。所谓"写气图貌""属采附声"，也就是刘勰在《神思》中讲的"定墨""运斤"，最终对作品进行形成。这两方面的相互矛盾关系，其一为表现与构思之间的矛盾关系，其二为"物"与"心"之间的矛盾关系。总的来说，就是刘勰在《神思》中提到的"意授于思，言授于意，密则无际，疏则千里"的矛盾关系。

刘勰还在《隐秀》中对"意象"的完美标准进行论述："情在词外曰隐，状溢目前曰秀。"在《岁寒堂诗话》中，张戒对诗人冯班的话进行引用，表示"隐者，兴在象外，言尽而意不尽者也。秀者，笔中迫出之词，意象生动者也"，这与刘勰的原意基本相符。总而言之，刘勰以其自身睿智的目光，对构成"意象"的方法进行进一步探索，毫无疑问，这有着很大的理论认识价值。

王弼的"得意忘象"和《周易·系辞上》的"立象以尽意"将哲学基础提供给了刘勰的"意象"说。刘勰对"意象"论的孕育成熟予以反映，最终对作为艺术审美的"意象"理论的建构加以完成，并为其赋予明确的审美含义。对于中国美学来说，这是刘勰的一大贡献，具有开创性的意义与价值。

四、"意象"说的发展

"意象"说以唐、宋时期为发展期，发挥的作用是承前启后的，重点表现为以下几方面：第一，唐、宋时期的文论、诗论，主要来自名家、诗人，有着突出的创作成就，所以相较于前代，唐、宋时期的诗论与创作的联系更为密切。文人或是对创作经验进行总结，或是探索艺术规律，或是开拓发挥理论，进一步对"意象"的内涵进行充实与丰富。第二，唐、宋时期，文人不仅进行诗论，更将论述向书、画、文领域拓展，使书论、画论、文论、诗论彼此渗透、融会贯通，在理论形态上彼此互补，从而进一步得到深化。第三，唐、宋时期，相继出现了一批相近于"意象"的概念,如"象外之象""意境""境""兴象""兴寄"等,这些都促进了情意对感性形式的获得,对所要表现的艺术世界进行建构,最终促进和推动了"意象"论的发展。

(一)唐人的"意象"说

唐朝时期,我国文化艺术高度繁荣发展,有着五彩缤纷、千汇万状的各类艺术作品,凝聚着积极创造、奋发昂扬的时代精神。

"诗歌创作"代表了唐代在文化艺术上的繁荣,一代诗风被"盛唐之音"开启。立足诗歌创作实践角度看,唐代诗歌不仅创新了缘情体物手法,有着趋向完美的格律、丰富多样的体裁,也具有高度成熟的意象创作。盛唐时期,诗论可谓百花齐放,有的提倡"雅正",有的对"缘情"十分倾心,有的对"风骨""兴寄"予以倡导,有的"立意取境"加以重视。然而总的来说,唐代诗人共有的最高艺术追求,就是对感人而生动的审美意象进行创造,这也标志着在艺术层面唐诗已臻成熟。此外,在理论上也涌现了王昌龄、皎然等诗人对"意象"的论说,反映出唐朝诗人进一步深化的诗歌审美观,对盛唐、中唐、晚唐诗人"意象"理论变迁的轨迹进行构成与体现。

在《诗格》中,王昌龄曾说:

诗有三格:一曰生思:久用精思,未契意象,力疲智竭,放安神思,心偶照境,率然而生。二曰感思:寻味前言,吟讽古制,感而生思。三曰取思:搜求于象,心入于境,神会于物,因心而得。①

王昌龄所提到的"三格",指的是诗歌构思创造的三种格调或者格式。第一种为"生思",诗人在一番酝酿之后,若未能使"象"与"意"相结合,未能使"意象"产生,就不应强行、生硬创作,以致"力疲智竭",而应"放安神思",做到"思若不来,即须放情却宽之"(《文镜秘府论·南卷》)。从中我们可以看出,王昌龄提出的"意象",指的是在审美主体中存在的"意中之象",其中,"久用精思,未契意象"对艺术构思的特点进行阐明,与刘勰对"意象"凝成的论述一致。第二种为"感思"。第三种为"取思",即"搜求于象,心入于境,神会于物,因心而得"。王昌龄认为,"心"与"境"融合而得到"意象"。"取思"主要是从"象"与"意"契合方面着眼,对"意象"生成的心理状态进行探索,对"取"字予以突出,强调以"意"取"象",对"意""象"之间关系的美学思考进行反映,进一步补充、发展了诗歌审美意象。

---

① 遍照金刚. 文镜秘府论 [M]. 北京:人民文学出版社,1980:136.

在论述诗歌意境时,皎然也对"意象"问题有所涉及。在《诗式》(卷一)中,皎然这样写道:

取象曰比,取义曰兴。义即象下之意。凡禽鱼草木人物名数万象之中,义类同者,尽入比兴。《关雎》即其义也。[①]

皎然提出,使诗人主观之意客观化的方法与途径,就是"比兴"。所谓"取象曰比",指的是对与"意"相合的物象进行选择,从而让读者循着物象对"意"进行获得;"取义曰兴",指的是"兴者,立象于前,后以人事喻之"。因此,皎然认为,"义即象下之意",也就是要在物象之中对"意"进行寄寓,因为"意"总是联系于"兴",是作者注入物象的兴意、情意。无论是"意"还是"义"都具有抽象性,故而若缺乏了"象","意"也无从表达,诗中的"意"必须依托于"象",否则将难以存在。皎然对诗歌的审美意象进行新的概括、提出新的认识,对"意""象"之间的辩证因素予以触及。

在《董氏武陵集纪》中,刘禹锡提出:"心源为炉,笔端为炭,锻炼元本,雕砻群形。纠纷舛错,逐意奔走。"他认为,在艺术创作过程中,创作者既要凭借"心源"对"群形"进行创造,又要将自己的心意结合于对物象的描摹,还要将"意"作为中心,做到"逐意奔走",也就是围绕立意经营构造,继而依托艺术思维形成艺术意象。刘禹锡在创作诗歌的过程中,就有着"用意深远"的特点,其强调艺术创作必须巧妙地结合物象与心意。在艺术思维过程中对主客体辩证统一的认识,是上述对"意象"构成的分析之基础。

白居易的《金针诗格》中说:"诗有内外意。内意欲尽其理,理谓义理之理,颂美箴规之类是也。外意欲尽其象,象谓物象之象,日月、山河、虫鱼、草木之类是也。"这里所说的"内意"和"外意"实际上就是指诗歌创作的"意"和"象"。"内意"是隐含于"象"中的审美情感,"外意"则指切合所取"象"的属性,"内"隐而"外"显,但两者都要"欲尽",即穷尽"意"和"象"。他认为"以物象为骨,以意格为髓",表明"象"与"意"的关系如同"骨"和"髓",是一种相互依存的关系,但"意"仍处主导作用,所谓"不根而生从意生"(《画竹歌》)。白居易此说影响颇大,在贾岛《二南密旨》、宋梅尧臣《续金针诗格》及元杨载《诗法家数》都曾被引用并得到了发挥。

在《雅道机要》中,晚唐诗人徐寅曾说:"凡为诗须搜觅未得句先须令意在象前,象生意后,斯为上手矣!不得一向只构物象、属对,全无意味。凡搜觅之际,

---

① 释皎然. 诗式校注 [M]. 济南:齐鲁书社,1986:136.

宜放意深远，体理玄微，不须急就，惟在积思，孜孜在心，终有所得。"其具体地阐述了"意象"的生成机制，这里说的"意在象前，象生意后"，指的是作者在构思的时候，应当主要对"意"进行考虑，在"意"的统辖之下对物象进行描绘。因而，徐寅对"不得一向只构物象"予以强调，同时认为，在艺术家被激发情意之后，要综合构思具体物象，使之转变为审美意象。

伴随诗歌的创作实践，人们也逐渐深化了对"意象"问题的讨论。在这里，尽管人们只是对"意""象"二者的关系进行重点探讨，未连缀使用，然而其中涉及的是如何将客观的"象"与主观的"意"进行融合，最终对"意象"予以构成的问题。这启迪着我们对"意象"的生成与组合方式进行进一步认识。

（二）宋人的"意象"说

尽管宋人有着很多关于"意象"的论说，然而相较于唐人论说，其理论色彩较为缺乏。对其原因进行分析，我们可以发现，就像在《沧浪诗话·诗辨》中严羽提到的，唐人的格调、体式为"吟咏情性"，但宋人却"以文字为诗，以才学为诗，以议论为诗"。在宋代，诗歌的抒情本色发生了质的变化。人们常说，宋诗对"理趣"（包括"禅趣"）十分注重，在物象中融入关于人生的理趣、哲理。在《诗薮》中，明代胡应麟曾说："宋人学杜，得其骨，不得其肉；得其气，不得其韵；得其意，不得其象。"[1]因为宋诗的中心为哲理，所以导致了"不得其象"的后果，在客观方面束缚着"意象"理论。例如，宋代兴起的众多诗话中，不乏精深的理论探讨，然而却鲜有关于"意象"的论说。

不过，我们也要看到，宋人仍在一定程度上发展了"意象"内涵的多义性。例如，演化审美意象为表象性"意象"。而"意象之表"的提出，也对"意象"的超象性能进行显示，从而形成独立的审美概念。

宋人的"意象"说呈现多义性特点，这似与宋诗尚理趣、好议论有关，因为"意象"作为一种内心观照，"象"是"意"中之"象"，或是化"意"为"象"，主要在于"尽意"。但"意象"的多义性又是特定时期创作实践的产物，可能由于认识上的差异，出现了在运用上的不同，但仍是"意象"范畴的组成部分，不是自立门户，当然这是一个有待加以探讨的问题。

宋人唐庚曾说："谢玄晖诗云：'寒城一以眺，平楚正苍然。'平楚犹平野也。吕延济乃用'翘翘错薪，言刈其楚'。谓楚，木丛。便觉意象殊窘。""寒城"二句见谢朓《宣城郡内登望》诗，吕延济引《诗经·周南·汉广》中两句作解，显

---

[1] 胡应麟. 诗薮[M]. 上海：上海古籍出版社，1958：93.

然未能顾及全篇所写那种登高远望的景象。沈德潜评云："'寒城'一联格高，朱子亦赏之。"（《古诗源》）"格高"指景象开阔，气象雄浑，因而诗人不禁有"苍然"之感，如解作"木丛"，诗的"意象"就显得窘迫狭隘。这里的"意象"似指艺术作品中所表现的景象，亦即表象性"意象"。游默斋序张晋彦诗云："近世以来学江西诗者，不善其学，往往音节聱牙，意象迫切且议论太多，失古诗吟咏性情之本意。"这是对江西诗派之流弊的中肯批评。"意象迫切"则指诗的表象性"意象"生硬而缺乏饱满、鲜明的特色。

纵观中国古代文论，文论家论及艺术形象，通常以"形""象""形象""形似"称之，往往被局限于绘画等造型艺术，较少与叙述或抒情作品相涉。基于审美观照不同，"形象"与"意象"也有所不同。"形象"对客观物象的描摹颇为注重，"意象"则因为内心观照与"意"的贯通作用，是"象生于意"，对心灵意蕴所获得的感性表现形式更为侧重。所以，我们姑且用表象性"意象"对上述"意象"进行称呼。总而言之，从本质上看，审美意象与艺术形象有所不同。

第三节 中国古诗的意象及其文化内涵

一、古诗中的植物意象及其文化内涵

在诗词写作时，古人往往会描述很多的事物，通过给它们赋予各种形象寓意来表达自己内心的情感，其中大自然中的植物便是经常被描写的事物之一。大自然中的植物多姿多彩、长相各异，古人通过描写其外在的形象、气味以及作用等来展现自己内心的情感色彩。因此，这些植物已经不仅仅代表它自己，更重要的是成了一种植物意象。通过诗人的各种描写以及人自身的审美心理的转化，它已经具有了许多超出它本身的寓意，变成一种具有审美意义的情感符号。

在不同诗人的笔下，即便是同一种植物，所代表的内涵也不一定是相同的。构成植物意象内涵多样化的原因，主要是古典诗词的意义十分丰富且风格多变。起初，它们并没有具体的内涵，随着古诗词的发展，逐渐有了各自代表的审美符号。而随着这些古诗词的广泛传播，这些审美符号渐渐被大众所接受，于是，这些植物意象有了约定俗成的内涵。而那些无特殊内涵的植物，在古诗词中极少出现，只有在作者本身想要渲染一种特殊的氛围或者表达独特的情感时，才适时地出现。

（一）柳意象

"柳"是古代诗人最喜爱的植物意象之一，它的千种风姿，万种风情，无不洋溢着诗意。在古代，柳作为植物，一是指杨树和柳树，二是泛指柳树。古诗词中杨柳常通用，如"垂柳"亦称"垂杨"，"杨花"即柳絮。

"昔我往矣，杨柳依依。今我来思，雨雪霏霏。"从《诗经》开始，几千年来，柳一直是古诗中的常见意象。诗人们或借柳写景，或借柳抒情，或借柳喻人，或借柳讽时，或借柳感悟人生等。"柳"由柳枝、柳絮、柳叶等组成，构成具体可感的审美意象，蕴含着多重的情意，给读者无限的想象空间。其内涵也随着时间推移而渐丰。

1.借柳寓春

古代诗词中柳与春时常联系在一起。早春柳芽初绽，诗人谓之柳眼，如"草根隐绿冰痕满，柳眼藏娇雪里埋"（朱淑真《绝句》）。柳眼向我们透露了春天到来的消息。"沾衣欲湿杏花雨，吹面不寒杨柳风。"（志南《绝句》）古人将春风称作杨柳风。"不知细叶谁裁出，二月春风似剪刀。"（贺知章《咏柳》）诗人将柳巧妙地与春风联系了起来。"满街杨柳绿丝烟，画出清明三月天。"（韦庄《丙辰年鄜州遇寒食城外醉吟》）柳在春风中吐绿绽芽，那披拂的枝条，长出嫩绿的新叶，随风起舞，柳色如烟，摇曳生姿。柳是春天的信使，传递着春天的气息。

2.表达离愁别绪

诗人还常常通过"柳"来抒发自己的离愁别绪，因为"柳"字与"留"谐音。在古代，人们送别时往往在水边或者小亭旁，柳枝依依，满目不舍。在送别时，看到水边倒映的柳树，心中伤感之情更甚，随手折下一枝柳赠予故人，期盼故人能够留下。在古诗中，有很多使用柳来抒发离愁别绪的，比如在《诗经》中，"昔我往矣，杨柳依依；今我来思，雨雪霏霏"，抒发了战士们在出征之前对于家乡亲人与故土的留恋。这应该是最早的使用柳来抒发离别之情的古诗，开创了借柳寓离别的先河。由此，柳被诗人们广泛借用，来表达故土难离的情感或与故人分离的感伤，柳也被当成寓意离别之情的寄托。

在送别故人时，人们不仅要"折柳"，还要纵歌吹笛。这既是对故人的送别，同时也是在表达自己浓浓的离愁别绪。在李白的《春夜洛城闻笛》中，就有"此夜曲中闻折柳，何人不起故园情"之句。另外，在折柳时，往往有固定的送别地点，如长亭、隋堤、南浦等。

3.借柳喻人

在古典诗词中,有些植物意象的文化内涵比较单一,它所描述的往往是某一种形象或者性格。比如,想到梅花,便是傲立霜雪的坚贞气节;想到莲,便是它出淤泥而不染的清丽脱俗;想到菊,便是淡泊名利的隐逸气质。这些植物意象所表现的内涵较为单一稳定,然而,在诗人的诗作中,柳却具有不同层面的内在含义。

(1)象征清高坚贞之士

陶渊明在厌烦官场后辞家归隐,其《桃花源记》所描写的情景广泛为人所向往。陶渊明号五柳先生,曾著《五柳先生传》,将自己归隐后的那种质朴自然、纯真洒脱的情感寄托于柳这个植物意象上。因此,柳可以用来象征回归自然、超凡脱俗的隐士。另外,由于其蓬勃的生命力,它也可以被看作坚韧不拔、坚贞不屈的人物象征。

(2)象征柔婉多情的女子

柳与女子并提,一方面因为柳袅娜多姿的外在形态易使人联想到女子的身形柔美。柳叶形状纤细,诗人常用它来比作女子细细的眉毛,如在白居易《长恨歌》中"芙蓉如面柳如眉"一句,就是将女子的面部比作芙蓉花,将其眉毛比作柳叶。另外,还有一个比较重要的因素,就是柳轻盈灵动,楚楚动人,它那柔美的气质与女性气质相符合,能展现出女子的柔美多情。

(二)梧桐意象

《诗经·大雅》中有"凤凰鸣矣,于彼高冈。梧桐生矣,于彼朝阳"一句。《大雅》是西周时期的诗歌,由此可知,在先秦西周时期,梧桐就已经受到了人们的关注,出现在文学艺术作品中。

自《诗经》后,在往后的历代文献中,梧桐常被提及,如先秦时期的《尚书》《庄子》,西汉时期"韩诗学"创始人韩婴的《韩诗外传》,北魏农学家贾思勰的《齐民要术》等文献中对梧桐均有提及。梧桐自春秋战国至唐代,经历了被种植于皇家宫苑到私人园林,由稀少到普及的过程。自唐起至清代再到近现代,人们对梧桐的种植热情从未减退,庭院里、行道旁、门前窗下常见到梧桐树挺拔而立的身影,"梧桐"也作为多种意蕴象征反复出现在文学作品中,其中尤以唐诗宋词为盛。

1.象征高洁的品格

有许多诗人曾使用梧桐意象来表达自己内心的高洁品格。比如王安石在推行变法时遇到诸多阻拦，他曾写过一首诗《孤桐》，其中整首诗都以孤桐为意象，用孤桐来比喻自身。"天质自森森，孤高几百寻。凌霄不屈己，得地本虚心。"作者通过描写这棵孤桐的挺拔与不屈，表达自己要推行变法的决心，托物言志，抒发自己内心的高洁志向。李白也曾以"梧桐识嘉树"来描写谢安与王羲之二人，说他们正如同梧桐一样，具有高洁的品格，惺惺相惜、救民于水火。

2.象征坚贞的爱情

梧桐本是雌雄同株，但古时相传梧为雄，桐为雌，二者同生同死，因此孤高挺直的梧桐成了伉俪情深的象征，人们在描绘男女爱情时也常用梧桐来表现那不渝的情感。唐代诗人孟郊在《烈女操》中写道："梧桐相待老，鸳鸯会双死。"梧桐和鸳鸯鸟皆是雌雄同生共死，彼此坚守，诗人以此表达男女之间矢志不渝的感情。

3.象征良友知己之间的情谊

在故友往来送别之时，有时也使用梧桐来象征彼此之间的深情厚谊。在诗人戴叔伦《送吕少府》中有："深山古路无杨柳，折取桐花寄远人。"这句诗便是描写送别的。在深山古路之中，诗人无处可寻杨柳，便折取这枝梧桐花赠予友人，将所有情谊寄予梧桐花中，不仅展现出二人深厚的情谊，同时也表达了对故人的美好祝愿。

4.象征凄凉的悲苦哀愁

南北朝文学家周兴嗣的《千字文》中写道："枇杷晚翠，梧桐蚤凋。"意思是枇杷在岁末时依然苍翠招摇，而梧桐在立秋之时就凋落了。据说梧桐是万木中在秋季来时最先落叶的，古时民间亦有"梧桐一叶落，天下尽知秋"的说法。如"万里飘零两鬓蓬，故乡秋色老梧桐。"（文天祥《重阳》）这是文天祥兵败被捕后在狱中所作。重阳佳节，他望着囚室窗外的梧桐树，想起了万里之遥的家乡，窗外的梧桐也已凋敝，就像那家乡的秋色一般，无尽的眷念悲苦都借由梧桐传递出来。

（三）松柏意象

作为植物意象，松柏很少单独用来表意内涵，而是常常并称来表达含义。比如在《论语·子罕》中："岁寒，然后知松柏之后凋也。"作者通过描写松柏的耐寒，表达了对于坚贞品格的赞赏与钦佩。松柏四季常青，不会因为季节而改变，它一直是郁郁葱葱的，不会因严寒而改变，始终挺拔傲岸，坚贞不屈。

1.苍古雄奇的风骨

无论经历严寒酷暑,还是风吹雨打,松柏始终坚韧挺拔,保持着自己的品格。在古诗中,最早使用松柏来喻人的是《郑风·山有扶苏》,作者将世上好男儿用挺拔的青松来比喻,赞赏他们高尚的人格与不屈的精神。陶渊明也曾经用孤松来比喻自己,表现自己不与世俗同流合污的精神。在《赠从弟》(其二)中,刘桢也借松柏坚贞不屈的精神来告诫堂弟要不畏困难,保持初心。

2.强烈的历史使命及忧患意识

在古代,松柏常被用作建筑宫殿的良好材料,它象征着国家的栋梁之材。在很多诗句中,诗人都使用松柏的意象,来表达自己的高远志向,以及渴望得到赏识与认同的情感。孟郊《衰松》"终是君子材,还思君子识",表达了有志之士对于统治者的希冀,渴望成为国家的栋梁之材,遇到真正的伯乐。

诗人作诗,往往与当时的情境有关。当国家民族处于危急存亡之中,而自己又郁郁不得志时,诗人便会忧国忧民、心生感慨。

作为一个植物意象,在古诗中,松柏常常出现。白居易曾经作过一首诗《涧底松》,他使用涧底松的形象暗喻了当前朝廷存在的种种不公的现象,抒发了内心的忧患意识。如今,"涧底松"已经作为一种代表忧患意识的植物意象符号,具有特别的文化内涵。

3.寓意生命

松是一种长寿的树,历经多年世事变迁、风云变幻,它始终不改本来面目。经历得越多,人们越来越感到生命的短暂,因此也就越发地感慨。有很多诗句通过描写松柏,表达了诗人对于生命的感慨,以及对于松柏的仰慕之情。另外,松柏还给人以隐逸之感。它常常处于深山荒无人烟之地,与日月相伴,与清风相和。在描写隐居生活时,松柏、深谷、隐者是常常出现的意象,也是画家笔下经常出现的素材。隐士将松树做成琴,物尽其用,表现了一种"人与自然"的和谐境界。

"叙物以言情谓之赋,情物尽也;索物以托情谓之比,情附物者也;触物以起情谓之兴,物动情者也。"万物皆有灵,一草一木、一叶一花都是诗人的精神寄托,也是诗人情感表达的媒介。这不仅体现了人与自然和谐共处的愿望,而那些寄寓在花草之中的情感,也对后来的我们产生了极大的影响。

二、古诗中动物骑乘意象及其文化内涵

"骑乘"由"骑"字与"乘"字组成,它是一个合成词。原本"骑"是跨马

的意思，又有乘坐、跨坐的意思。"乘"是乘车的意思，又有驾驭的意思。

除了"骑乘"之外，在古诗中，还有一些其他的动作词可以表示相同的含义，比如"御、策、跃"等。另外，还有一些词本身并没有"骑乘"的含义，当与一些动物意象结合在一起后，也可以表达出"骑乘"的意义。

在很多古诗中都有动物骑乘意象，其中涉及的动物有很多，既有日常可见的动物，也有民间传说中的动物意象。

（一）鸟类骑乘意象

1. 骑鹤

鹤外形优美、姿态修长，身外有羽毛覆盖，在古诗中，鹤一般给人以姿态优雅、餐风饮露之感。它常常与道教联系在一起，具有一种"仙风道骨"的形象。在传统文化中，关于鹤的意象有很多，它代表着人们对于美好事物的终极期许。关于"骑鹤"的典故有很多种。比如，《列仙传·王子乔》："王子乔者，周灵王太子晋也。好吹笙，作凤凰鸣。游伊洛之间，道士浮丘公接以上嵩山。三十余年，后求之于山上，见桓良曰：'告我家：七月七日待我于缑氏山巅。'至时，果乘白鹤驻山头，望之不得到，举手谢时人，数日而去。"[1]骑鹤表达了人们对于成仙的美好想象以及对于美好事物的终极追求。

2. 骑鸾（凤凰）

关于凤凰的具体形象，众说纷纭。在古诗中，凤凰是祥瑞之鸟，一般代表品性高洁。其中关于"骑鸾"的例子有很多，一般用来表示游仙。据《尔雅·释鸟》郭璞注："鸡头、燕颔、蛇颈、龟背、鱼尾、五彩色，高六尺许。"[2]《说文解字·鸟部》载："凤之象也，麟前鹿后，蛇头鱼尾，龙文龟背，燕颔鸡喙，五色备举。出于东方君子之国，翱翔四海之外，过昆仑，饮砥柱，濯羽弱水，暮宿风穴，见则天下大安宁。"[3]凤凰品性高洁，其"非梧桐不止，非练实不食，非醴泉不饮"[4]。骑凤的意象大体是受萧史、弄玉典故的影响，汉刘向《列仙传·萧史》："萧史善吹箫，能致孔雀、白鹤于庭。穆公有女，字弄玉，好之。公遂以女妻焉。日教弄玉作凤鸣。居数年，吹似凤声。凤凰来止其屋。公为作凤台，夫妇止其上，不下数年，一旦皆随凤凰飞去。"[5]

---

[1] 刘向. 列仙传 [M]. 北京：中华书局，2021：168.
[2] 郭璞. 尔雅 [M]. 北京：中华书局，2014：157.
[3] 许慎. 说文解字 [M]. 北京：中华书局，1963：79.
[4] 陈鼓应. 庄子今注今译 [M]. 北京：商务印书馆，2007：169.
[5] 刘向. 列仙传 [M]. 北京：中华书局，2021：157.

3.骑鸿鹄

关于鸿鹄的解释,有两种说法。一种是说它就是天鹅;另外一种说法,它是指两种生物,即鸿雁与天鹅。由于其飞得很高,在古诗句中,指代的一般是胸怀大志、志存高远之人。尽管诗句中有不少用鸿鹄指代志向之意,但是其更多的是与游仙有关。李绅《赠毛仙翁》中有这样一句:"仙兄受术几千年,已是当时驾鸿客。"(《全唐诗》)

4.骑鹏

在庄子《逍遥游》中,他所描述的鹏的形象是极其巨大的,遮天蔽日,"鹏之背,不知其几千里也"。空中飞翔的鹏,它的双翼就好像天边的云一样。在传说中,鹏也是体型最为巨大的鸟。在唐诗中,其讲述的"骑鹏"意象比较少。皮日休《奉和鲁望早秋吴体次韵》:"安得瑶池饮残酒,半醉骑下垂天鹏。"(《全唐诗》)

(二)兽类骑乘意象

在古代,动物有"畜""兽"之分,但是其本质上都是动物,并无太大差别。野兽经过人工驯化以后,就变成了畜。畜、兽原为一种,正如《慧琳音义》卷三五"禽兽"注引《桂苑珠丛》所言:"兽,野畜之总名也。"在古诗中有许多种不同的兽类,其意象也是不同的,表达出丰富多彩的文化内涵。

1.骑马

马是唐诗中出现次数最多的兽类骑乘意象,借用骑马可表达许多不同的内在含义。第一,在日常生活中,要去往某个地方,最常常使用的、最快捷的交通工具便是马,在行旅或者运输一些东西时,可以采用骑马的方式。第二,在科举及第或者初入翰林之时,得赐马一匹,这属于唐制。第三,进行一些体育活动时,马可以作为骑乘之物,比如打马球、打猎等。第四,儿童游乐时所骑竹马并非真马,竹马可代指儿童时代。第五,指代称帝。典故来自东汉时期公孙述跃马称帝。杜甫也曾在《阁夜》诗中写道:"卧龙跃马终黄土,人事音书漫寂寥。"第六,在出征之时,将士身披战甲、跨骑战马,浴血奋战。骑马的意象可以指代出征。

2.骑牛

除了骑马的意象使用较多之外,在古诗中,关于骑牛的意象也比较常见。其大致有两种内涵:第一,根据老子骑青牛的典故,指代成仙。如吕岩《仙乐侑席》:"才骑白鹿过沧海,复跨青牛入洞天。"(《全唐诗》)第二,佛教用语,内涵深刻,用来比喻佛法中的大乘。由于受到一些宗教典籍的影响，牛也经常被视作佛性的象征。另外，这个内涵一般是使用白牛的意象。

3. 骑虎

相比于前两种来说，关于骑虎的意象，在古诗中出现不多，它一般具有两种意象。第一，由于老虎一般给人山中之王的印象，勇猛凶狠异常，所以可以使用它来比喻君王的威严英武。比如李贺在《秦王饮酒》中说："秦王骑虎游八极，剑光照空天自碧。"第二，比喻处于困难或者危险的境地，"骑虎难下"便是描述这种情况，"骑虎"即处于危难之中。比如李白在《留别广陵诸公》中写道："骑虎不敢下，攀龙忽堕天。"

4. 乘象

象也常用来作为骑乘的工具。在出土的甲骨文中，关于象的文字经常可以见到。据推测，商周时期，象在中原地区生活。到了秦汉，关于象的记载就销声匿迹了。到了唐代，此时的象大多集中在印度、越南一带，这时关于象的描述都是关于南方人来北方时所骑的动物。比如在韩羽《别李明府》："胡儿夹鼓越婢随，行捧玉盘尝荔枝。罗山道士请人送，林邑使臣调象骑。"（《全唐诗》）象也可用来喻指佛教。在佛教中，象是神圣的动物，它代表一种崇高的意象，在壁画、雕像中随处可见。自东汉时期佛教传入中国后，有关象的形象也越来越多地与佛教相互关联。在唐诗中，描写"骑象"也带有更多的佛教色彩。比如，李洞《维摩畅林居》："诸方游几腊，五夏五峰销。越讲迎骑象，蕃斋忏射雕。"（《全唐诗》）

第四节　中国古词的意象及其文化内涵

一、古词中的昆虫意象及其文化内涵

在宋词中，经常会看到昆虫意象。在词中，描写一些景象时会用到环境描写，而描写环境时又经常会写到昆虫。但是，昆虫不仅只是作为环境描写因素出现，还总是被赋予更多的含义。在许多不同种类、不同风格的宋词中，会看到各种不同昆虫意象的使用，它们分别具有不同的内涵。在宋词中，经常出现的昆虫意象大致有蛾、蝉、萤、蚕等。

（一）宋代初期词作中的昆虫意象

在这个时期，词作的题材主要为情人间的离愁别绪与生活中的闲情意趣。这时的词人经常使用蛾和蝉作为昆虫意象，其词风大多比较清新秀丽、深切凄婉。

1.蛾意象

关于蛾的意象，张先曾经在词中两次使用，即《木兰花》《雨中花令》，而且两首词的内容都是讲述男女间感情的。在《木兰花》一词当中："红裙空引烟娥聚。云月却能随马去。"①《木兰花》中，作者用红裙、烟娥（烟蛾）指代美女，抒发了离愁别绪。在《雨中花令》一词中："这佛面、前生应布施。你更看、蛾眉下秋水。"②《雨中花令》这首词是赠给杭州营妓胡楚的，在上片中描绘出胡楚的样貌服饰，下片仍然描绘其神态样貌，表现出作者想要与其"双栖并翅"的愿望。

在晏殊的词中，大约有6处使用了有关蛾的意象，比如《点绛唇》中："天外行云，欲去凝香袂。炉烟起。断肠声里，敛尽双蛾翠。"③《相思儿令》中："断肠中、赢得愁多。不如归傍纱窗，有人重画双蛾。"④《踏莎行》中："弱袂萦春，修蛾写怨。秦筝宝柱频移雁。"⑤《秋蕊香》中："萧娘敛尽双蛾翠。回香袂。今朝有酒今朝醉。遮莫更长无睡。"⑥ 在前面这四首词中，"蛾"主要指代美人，其主要内容都是表现女子的闺情，表达了思念与离愁别绪。《木兰花》中："旋开杨柳绿蛾眉，暗拆海棠红粉面。"⑦ 词中也描绘了"蛾"意象，词中的"蛾"意象是用来表现女子的秀丽容貌的。"炉中百和添香兽。帘外青蛾回舞袖。"⑧ 前面的添香兽表明所描写的是富贵人家，句中的"青蛾"指代舞女，描写了达官贵人宴会上的热闹场景。

欧阳修《渔家傲》："河鼓无言西北盼。香蛾有恨东南远。脉脉横波珠泪满。"⑨《盐角儿》："西风时节，那堪话别，双蛾频皱。"⑩《玉楼春》："半幅霜绡亲手剪。香染青蛾和泪卷。"⑪ 以上皆是以"蛾"意象来指代女子，词中内容也都是表现思妇对远方游子的深切想念。

通过上面的这些词作可以看出，在宋词初期，使用的关于"蛾"的意象的内

---

① 韦庄. 韦庄集笺注 [M]. 上海：上海古籍出版社，2002：427.
② 唐圭璋. 全宋词（第一册）[M]. 北京：中华书局，1999：102.
③ 唐圭璋. 全宋词（第一册）[M]. 北京：中华书局，1999：115.
④ 唐圭璋. 全宋词（第一册）[M]. 北京：中华书局，1999：133.
⑤ 唐圭璋. 全宋词（第一册）[M]. 北京：中华书局，1999：125.
⑥ 唐圭璋. 全宋词（第一册）[M]. 北京：中华书局，1999：132.
⑦ 唐圭璋. 全宋词（第一册）[M]. 北京：中华书局，1999：121.
⑧ 唐圭璋. 全宋词（第一册）[M]. 北京：中华书局，1999：122.
⑨ 唐圭璋. 全宋词（第一册）[M]. 北京：中华书局，1999：164.
⑩ 唐圭璋. 全宋词（第一册）[M]. 北京：中华书局，1999：195.
⑪ 唐圭璋. 全宋词（第一册）[M]. 北京：中华书局，1999：196.

涵比较单一，基本是用来指代女子，而且词作的主题风格大多都是表现男女的感情以及离愁别绪。

2.蝉意象

关于蝉的意象，在宋词中也有很多，它们通常用来表现男女的感情。比如在贺铸《小梅花》中："翠眉蝉鬓生离诀，遥望青楼心欲绝。梦中寻，卧巫云。"[①]《忆仙姿》中："柳下玉骢双鞚。蝉鬓宝钿浮动。半醉倚迷楼，聊送斜阳三弄。"[②]其中皆以蝉鬓指代美人，且词都以缠绵的爱情、无奈的分离为主要表达内容。

在张先的词作中，有关蝉的意象大致可以分为三类。一类是使用蝉来形容女性外貌，另一类是利用蝉声来形容乐曲的声音，最后一类是使用蝉点明当下所处的季节。使用蝉来形容女子外貌的词很多。如《谢池春慢》中："秀艳过施粉，多媚生轻笑。斗色鲜衣薄，碾玉双蝉小。"[③]《定西番》："一曲艳歌留别，翠蝉摇宝钗。"[④]使用蝉声形容宴会上的乐曲声，以表现文人雅士生活中的风流雅趣。如《更漏子》："重抱琵琶轻按。回画拨，抹幺弦。一声飞露蝉。"[⑤]另外通过蝉意象来点明季节，塑造淡雅闲适的意趣，如《南歌子》："蝉抱高高柳，莲开浅浅波。倚风疏叶下庭柯。"[⑥]而词人晏殊，经常使用蝉意象来衬托周围的环境，对特定的情绪进行渲染，如他在《浣溪沙》中："湖上西风急暮蝉。夜来清露湿红莲。"[⑦]傍晚时分，一阵秋风吹来，湖面泛起微波点点，蝉在急切地鸣叫着，露水滴落下来，打湿了红莲。词人使用植物、昆虫等多个意象，如西风、暮蝉、清露、红莲等等，描绘出一幅初秋晚景图。使用"暮蝉"二字表明季节，同时"急"字表现出作者对送别朋友的焦虑，连同傍晚露珠的滴落，渲染出凄清的意境。朋友即将要远行，互相之间正依依惜别，蝉声急促，仿佛是在催促尽快踏上行程。朋友离去之后，自己孤身一人，寂寥孤独的感觉在周边缠绕。《蝶恋花》中："梨叶疏红蝉韵歇。银汉风高，玉管声凄切。"[⑧]"蝉韵"已歇表明已经不是夏天，而"银汉风高"表明此刻正处于秋季，风高且冷，乐器吹奏的曲子十分凄切，烘托了一种寂寥孤独的气氛，与后面的诗相结合，表现出情人分别时的难舍难分、依依惜别之情。

柳永在创作词时，并不像大多数人那样将蝉意象指代女子，而是展示出它原

[①] 唐圭璋.全宋词（第一册）[M].北京：中华书局，1999：667.
[②] 唐圭璋.全宋词（第一册）[M].北京：中华书局，1999：672.
[③] 唐圭璋.全宋词（第一册）[M].北京：中华书局，1999：75.
[④] 唐圭璋.全宋词（第一册）[M].北京：中华书局，1999：90.
[⑤] 唐圭璋.全宋词（第一册）[M].北京：中华书局，1999：83.
[⑥] 唐圭璋.全宋词（第一册）[M].北京：中华书局，1999：84.
[⑦] 唐圭璋.全宋词（第一册）[M].北京：中华书局，1999：112.
[⑧] 唐圭璋.全宋词（第一册）[M].北京：中华书局，1999：131.

本的生物特性，有时也会使用蝉意象来烘托悲伤的氛围。如《戚氏》中："正蝉吟败叶，蛩响衰草，相应喧喧。"① "蝉吟败叶"表明此时正值秋季，景色残败，渲染出一种孤寂悲凉的气氛。又如《少年游》中："长安古道马迟迟。高柳乱蝉嘶。"② 在长安古道上骑着马缓缓行走着，在高高的柳树上，许多秋蝉嘶鸣着。诗人独自游行在长安古道上，刻画出一种消沉低落的氛围。在《竹马子》中："渐觉一叶惊秋，残蝉噪晚，素商时序。"③ 一片落叶缓缓落下，有几只蝉仍然在不知疲倦地叫着，天气渐渐变得寒冷。通过一些典型的秋季意象，表现出作者此刻的悲愁之感。

3. 使用频率较低的昆虫意象

在宋代初期，关于蜂、蝶、蚕、萤等昆虫意象使用频率较少。柳永、张先等词人在作品中有时会使用蜂、蝶的意象，而且常常二者连用，共同来表示某种形象。例如，使用它们本身的生物特征来描写春天的景象，表现出活泼生动、悠闲自在的生活场景；或者用它们指代某些流连花丛、喜欢玩乐的纨绔子弟；或者借用它们来烘托氛围，表达女子的离愁别绪；等等。但是，这几种意象内涵都表现出一种软媚婉曲的风格特征。

如柳永《归去来》中的："蝶稀蜂散知何处。䜩尊酒、转添愁绪。"④ 蜜蜂和蝴蝶已经变得比较稀少了，不知它们去了哪里，通过描述蜂蝶意象的稀少，表达出主人公的愁绪。晏殊《采桑子》中："阳和二月芳菲遍，暖景溶溶。戏蝶游蜂。深入千花粉艳中。"在温暖的春天，许多花儿都盛开了，一片美好风光，蝴蝶和蜜蜂深入花丛中不停地嬉戏着，描绘出一幅生意盎然的春景图，表达出作者对于春天的喜爱之情，也抒发了词人的惜春之情。与柳永、晏殊不同，苏辛等词人并不使用蜂蝶意象来烘托氛围或者描写场景抑或是指代他人，而是使用它们来表达自己内心的愿望，将内心超脱凡俗的理想寄托于蜂蝶。如在《南歌子》中："梦里栩然蝴蝶、一身轻。"⑤ 作者使用蝴蝶意象来表达自己内心想要远离尘世、摆脱烦恼的愿望。

蚕、萤等昆虫意象使用频率低，与它们所表达的含义也有关系。如蚕可以表达思念之情，蚕可以吐丝，"丝"与"思"读音相近，这种思念之情有很多意象可以表达出来，这是它使用频率低的一个原因。如贺铸《绮筵张》："认情通、色

---

① 唐圭璋.全宋词（第一册）[M].北京：中华书局，1999：44.
② 唐圭璋.全宋词（第一册）[M].北京：中华书局，1999：41.
③ 唐圭璋.全宋词（第一册）[M].北京：中华书局，1999：54.
④ 唐圭璋.全宋词（第一册）[M].北京：中华书局，1999：65.
⑤ 唐圭璋.全宋词（第一册）[M].北京：中华书局，1999：375.

受缠绵处，似灵犀一点，吴蚕入茧，汉柳三眠。"①另外有时候会出现两只蚕居住在同一个蚕室的情况，这就与比翼鸟等意象有相似的含义，都是用来表达恋人相互守护陪伴的愿望。如张先《庆金枝》中："为今生但愿无离别，花月下、绣屏前。双蚕成茧共缠绵。更结后生缘。"②萤意象可以表现出凄清的气氛和孤寂的心情；还可以表现幽静的环境，烘托出情人之间的甜蜜氛围。

北宋前期的词作风格比较婉约，题材大多都是表现男女之爱或者餐饮宴会等，还有的表现士人生活的闲情雅趣。选择哪种昆虫意象，要与词作的题材风格相称。词作中使用频率较多的是展现女子神态外貌的蝉、蛾等意象。随着宋词的发展，昆虫意象的内涵也在不断地丰富，如柳永词作中，昆虫意象就打破了之前的内容限制，不再仅仅表示儿女之情，而是变得更加丰富多彩，为之后宋词题材的丰富与境界的扩展打下了坚实的基础。

（二）北宋中后期词作中的昆虫形象

到北宋中后期，此时写作题材与之前大不相同，不过词中经常使用的意象并没有太大变化，此时仍然使用蝉、蛾作为意象。

1.蛾意象

蛾意象通常用来表现女子的容貌、神情和感情。在晏几道的词中，他经常使用蛾来描绘女子姣好的外貌，或者是描绘闺阁女子悠闲恬淡的生活，或者表现女子对远方的爱人的想念。比如《生查子》"一分残酒霞，两点愁蛾晕。罗幕夜犹寒，玉枕春先困"中，词人就是将女子的两弯眉毛比作"蛾"。

秦观也经常使用蛾来指代女子，他的《减字木兰花》中"黛蛾长敛。任是春风吹不展"便是用蛾来表示女子的眉毛。女子黛蛾长敛，情绪低落，即便是春风也无法让她的眉头舒展开来，表现了女子此时忧愁的心情。

苏轼的词中虽然也有用蛾的意象来代指美女，但是其中的内涵却截然不同。前人写女子，多是描写恋人间的感情或者是思妇盼归之情，风格婉转。苏轼的词作并不重点描写男女间的美好爱情，而是表达自己对封建社会中女性的同情。另外，在词作中他还描写了故友间的真挚情感以及自己的隐逸之思。苏轼的词风也与前人不同，他的词并没有之前文人词中那种深沉含蓄的风格，而是活泼生动、直抒胸臆，以大开大合之势扭转了宋词清丽婉转的单一风格。

苏轼的《江神子》是表达送友离别的一首词作，但是并没有写作者本身如何

---

① 唐圭璋. 全宋词（第一册）[M]. 北京：中华书局，1999：.661.
② 唐圭璋. 全宋词（第一册）[M]. 北京：中华书局，1999：73.

悲伤，而是通过描述一个歌女掩面落泪来表达自己与故友依依惜别之情。这首词风格婉转含蓄、意蕴深长，比较符合婉约词的特点。虽然在词中作者使用了飞絮、落花、蛾等意象，但其要表达的内涵却不是浅俗的男女爱情，而是朋友间的深情厚谊。相比于男女爱情，这首词的词境更加深远开阔。

在元祐时期，宋词开始并不强调叙述单一的男女爱情，而是逐渐打破常规，在词中展现出词人自己的胸襟和抱负。

2.苏轼词中的蝉意象

在苏轼词中，关于写"蝉"的意象也与前人不同。在他的词中，蝉并不指代女子，也并未寄托他物，而是更多地回归生物本身，将它作为大自然的组成部分来描写。

苏轼《阮郎归》词中运用了蝉，但此时的蝉并不指代女子，而是指大自然界中普通的蝉，用作一种环境描写。《阮郎归》："绿槐高柳咽新蝉，薰风初入弦。碧纱窗下水沉烟，棋声惊昼眠。"此词动静结合，描绘出一幅极其具有生活气息的画面。其中苏轼重点描写了女子生活的闲情雅趣，而非写女子的离愁别绪。

苏轼的创作理念是"以诗为词"，在他的影响之下，宋词的词风也产生了很大的变化。之前的词风是清丽婉转、含蓄隽永的，而苏轼的词作大开大合、意境高远，逐渐与之前的词风区别开来。此时，词坛内的各种题材十分丰富，兼容并包，既有缠绵悱恻的动人爱情，也有雍容华丽的富贵气象，也有大开大合、意境深远的豪放派。

（三）南宋词作中的昆虫形象

昆虫作为一种生物有其独特的生理特征，但是其作为意象在词中进行表达时却有不同的内在含义。这主要与当时所处的社会环境有关。社会历史条件的改变会给人们带来不同的影响。在不同的社会历史条件下，即便是同一个人，其所表达的创作理念也是不同的。北宋初年的词与南宋末年的词，其情感特征必然是不同的。

北宋时，宋朝刚刚建立，其词风必然是欣欣向荣、富丽华贵的。而到了南宋时期，很多词人被迫南渡、背井离乡，在一次次的流亡中，人们内心担惊受怕、忧愁苦闷，宋词之前那些富贵之风荡然无存。这时候的人们对于民族、国家、个人的未来产生了无数的反思与决心。其中一个重要人物就是辛弃疾，他的词风自成一派，对词坛具有重要的影响。

关于蜂的意象，辛弃疾曾在两首词中使用过，这两首词都叫《鹧鸪天》。在第一首《鹧鸪天》中，辛弃疾用蜂指代沽名钓誉之人，用蝴蝶比喻隐居的名士，"蜂儿辛苦多官府，蝴蝶花间自在飞"，表达出作者对于官场的厌倦，同时也反映出作者的隐居思想。在第二首《鹧鸪天》中的蜂仅仅是一种生物，作者并未用它代指其他，而是仅作环境描写。作者描写了自己隐居之后的生活，吃瓜煮饭、烹茶看蜂，刻画出作者的闲情逸趣的日常生活。

在辛弃疾的词《念奴娇》中，作者也描述了"蜂"。"炙手炎来，掉头冷去，无限长安客。丁宁黄菊，未消勾引蜂蝶。"在这首词中，蜂指代那些引诱士人朋友堕落的小人。通过"炙手炎来，掉头冷去"批判了那些趋炎附势之人，然后又描写了黄菊，劝诫友人要如同黄菊一样耐住性子、抵挡住诱惑，不要被那些小人引诱上歧途，描写了作者对友人的殷切叮咛。

在之前的词中，蚕象征着缠绵的爱情，然而在辛弃疾的词中，他更多的是将蚕当作一种生物，是大自然的一部分，将它融于大自然的田园风光之中。作者通过描写悠闲的田园风光，展现出自然山水的亲切和悠然，同时也表达了自己的隐逸思想。比如在《临江仙》中，作者首先描写风景，然后通过"未知明日定阴晴"，表达了自己面对凶险官场的心惊胆战。作者不屑于与他人同流合污，却无奈无法掌控自己的命运，只能通过喝酒让自己酩酊大醉来解忧。

在辛弃疾的词中，他将有关萤的意象与典故结合在一起，脱离了男女浅俗之爱，内涵更加丰富。比如《菩萨蛮》中的"圣处一灯传，工夫萤雪边"，通过运用典故囊萤映雪告诫朋友要好好读书，不断获取知识，不断地充实自我，正如儒家所说"格物致知，修身齐家治国平天下"，最终实现自己的远大抱负。

在南宋词中，昆虫的意象不再专门用来指代美女，词风也逐渐没有之前那么富贵华丽，慢慢变得朴实无华，回归自然。

（四）由宋入元词人作品中的昆虫意象

南宋末年，国家风雨飘摇，词人们内心消极悲伤、凄楚绝望，这时的词坛一片凄凉之感，个人与国家的命运面临巨大的危机。词人们常用秋虫来比喻自身"时日无多"，既表现出当前环境的破败凋敝，又表达出词人内心的无限悲伤。昆虫发出的秋声，更加勾起词人们对于故国与旧友的思念感怀。故国犹在时，满目皆是春，而到如今，也只剩秋残冬破之景了。在一些遗民词人的作品中，常常化用庄周梦蝶的典故，以此来表达国破家亡的万念俱灰之感。

二、词中的植物意象及其文化内涵

在自然界中有很多植物,这些植物的外表、特点各不相同。对于植物本身来说,人们对于它有两种审美认识,一是形象美,一是神韵美。形象美,顾名思义,是指植物本身外形所具有的审美特点。在不同的季节,不同的植物身上具有不同的自然美。神韵美是指在词中,植物意象所代表的某种内涵或者某种主题。

宋人十分注重自身品格的修养,他们一般比较平和理智,这种品格也逐渐地影响到了宋词中的植物意象,这些植物意象往往品格比较高尚。

(一)宋词植物意象与宋人的人格修养

宋人认为,大自然中的花草植物,可以体现出对于人的教化作用。山水所具有的独特的清音,可以表现士大夫的仁智之乐,那么那些花草植物也能体现出人的胸襟情怀。宋人非常重视自己的人格修养,在种植花草时,不仅仅要考察其相貌,还要观察它的风骨与气节。

1. 梅意象

梅是我国的传统名花,它主要盛开在冬天,颜色有很多种,比如白色、红色、绿白色等等。在六代以前,文学作品中并不常描述梅花,因此它并未被大众所熟知。到了宋代,人们开始普遍在词中描写梅花,还将自己的理想抱负寄托在它身上。随着词作的广泛传播,越来越多的读书人开始写梅,将它嵌入自己的词作之中,于是梅花受到了广泛的关注,种梅也成为当时社会的一种风尚。

宋人对于梅花的喜爱是从林逋开始的。林逋是个隐士,他曾经在《山园小梅》中写道:"疏影横斜水清浅,暗香浮动月黄昏。"这句诗描写了一种幽静的氛围,将梅花的影子与气味描绘得十分生动,表达出梅花的独特风韵,令人难忘。在宋词中也有很多词作描写梅花的姿态,比如曾慥《调笑令·清友梅》中写道:"清友。群芳右。万缟纷披兹独秀,天寒月薄黄昏后。"词人描写了寒风中一枝独秀的梅花,表现了对它的欣赏,展示了梅花的优美风姿。

梅花在冬天盛开,不畏严寒、傲立枝头的品性令人十分喜爱。他们欣赏梅花的斗争精神,将松、竹、梅称为"岁寒三友"。有不少词作者通过描摹梅的品格,不断地鼓舞和熏陶自己。比如叶梦得《南乡子》:"山畔小池台。曾记幽人著意栽。乱石参差春至晚,徘徊。素景冲寒却自开。"在山畔的小池台边,有一株梅树,它靠在参差不齐的乱石堆旁边,在严寒中独自开放着。

梅花不畏严寒、傲立霜雪,在恶劣的条件下始终坚持斗争,努力开放着。从这种坚韧不拔的品性中，宋人推演出一种贫贱不能移，威武不能屈的气节。陆游曾经在《卜算子·咏梅》中借梅喻自己，在冷冷清清的驿站旁，一树梅花独自开着，风雨摧残而不改，它无意与百花争艳，却还是会遭到污蔑和攻击，即便是最后被碾作尘土，它的清香依然存在，一如往常。作者借梅喻自己，点出自己当前面临的危险处境，又表达出自己坚贞不屈的气质。

2. 兰意象

兰香气淡雅，是中国传统名花，它有很多名字，如山兰、国香、幽客等等。在很多文学作品中，都夸赞描述过兰花，比如屈原《离骚》中写道："芝兰君子性，松柏古人心。"明王象晋《群芳谱》记载，由于兰花香气独特，"故江南以兰为香祖"。我国古代文人将兰与岁寒三友相比较，称梅花虽多却无绿叶，松树虽然有叶却少香味，竹子有节然而无花，三者各自有缺点，唯有兰花有叶、有花、有香，兼有三友之美。古人常常使用兰花来比喻自己，通过赞颂兰花的孤高来表达自己、勉励自己。宋人也十分喜爱兰花的孤高与耐久的芳香，在宋词中曾经多次体现。如魏了翁在《满江红》中形容兰花"玉质金相"，又称赞它的芳香"惟国香耐久，素秋同德"。

3. 竹意象

竹是花中四君子之一，它四季常青，挺拔高耸，中空有节。在古人眼中，竹代表节操高尚者。至宋代，爱竹者甚多，它已经成为风雅高洁之士的象征。竹意象所代表的内涵有很多，清秀自然、刚正不阿、高风亮节……自古至今，咏竹的名篇有很多，在宋词中也经常见到，如王琪《望江南》中："江南竹，清润绝纤埃。"苏轼在《于潜僧绿筠轩》曾言："可使食无肉，不可居无竹。无肉令人瘦，无竹令人俗。人瘦尚可肥，士俗不可医。"

4. 菊意象

菊一般在秋季开花，是花中四君子之一，花色种类繁多，是中国传统名花。说起菊，首先想起的便是陶渊明的"采菊东篱下，悠然见南山"。菊花的意象中有着隐逸的内在含义。宋词中有很多关于菊的描写，比如，黄庭坚也在东篱种满菊花，在《南乡子》中写道："黄菊满东篱，与客携壶上翠微。"菊花的意象还表示清雅高洁。

（二）宋词植物意象与宋代文人的人生态度

宋人的人生态度倾向于平和、理智、沉稳、淡泊，他们认为个人是整个社会的组成部分，个人的前途是和社会联系在一起的。相比于唐人张扬的性格，他们更加注重对自身行为的约束，其中包括道德与理性的约束。这种人生态度的产生，直接影响到了词作，很多植物意象开始出现。它们并没有美观的外表，但是具有自己独特的品性，宋人欣赏它们，并将其在词中表达出来。

1. 桂意象

桂树四季常青，在秋季开花，花并不艳丽，细碎如屑，一簇簇地挂在枝头，香味扑鼻。桂树，又被称为木樨、九里香、岩桂等，树冠是球形的，其外形、花色都十分普通，并没有傲人的姿色。然而宋人却十分欣赏它，甚至超过了桃、梅、柳等这些曾经被人们极为推崇的植物。究其原因是它的香味，尽管它没有桃花华丽的外表，也并不像梅那样具有特色，但是十分芳香，令人沉醉。

2. 秋葵意象

秋葵又名侧金盏。在宋词中有很多作品提到了秋葵，比如蒋捷《南乡子》中："冷淡是秋花，更比秋花冷淡些。"秋花固然冷淡，可秋葵比秋花还要冷淡。不同的人有不同的喜好，冷淡的秋葵也是有人喜爱的。

3. 素馨意象

素馨是一种常绿直立灌木，一般在春季开花，花色洁白，有清香。它还有另一个名字，叫作玉芙蓉。这种像冰一般的洁白小花，十分受宋人的喜爱。如刘克庄曾经将它采回家里，铺了满床；张镃曾经采之将它放到帽子里，时刻感受它的馨香清凉。因此，它的身影在宋词中也颇为常见。

第二章 "意境"理论与古代诗词

本章为"意境"理论与古代诗词,共包括四节:第一节是"意境"理论概述,第二节是"意象"与"意境"的界说,第三节是古诗意境的生成,第四节是古诗的意境营造。

第一节 "意境"理论概述

一、意境的内涵

在古典诗词中往往有意境一说,它是用来鉴赏和衡量诗词审美的一种标准,也是作者创作古诗词时的一种审美感受。关于"意境"二字有很多种解释,但是一直没有一个统一的标准。其中比较常见的解释有几种。一是"思与偕"。《与王驾评诗书》道:"长于思与境偕,乃诗家之所尚者。"诗人的思想情感与存在的客观事物统一结合起来,这是诗人所向往的事情。其中"思"的意思是指诗人的思想情感、心理感受,"境"是指客观存在的事物,"偕"是和谐统一的意思,即前面的"思"与"境"的和谐统一。二是"情景说"。这种解释在中国古典诗论中比较常见。还有解释说意境是"形与神""情与礼"的统一。另外,有人将各种解释结合起来,认为意境是活泼生动的客观事物与当前作者内心强烈的思想感情互相碰撞交融的结果,是一种外物与内心交融的思想境界。

从古至今有很多关于意境的理解,它们都有其合理的地方。在创造意境时,必须遵循的规律便是"情景交融""思与境偕"。比如在李白的《黄鹤楼送孟浩然之广陵》中:

故人西辞黄鹤楼，烟花三月下扬州。

孤帆远影碧空尽，唯见长江天际流。

　　诗的每一句既是写景又是写情。前两句点出诗人与孟浩然分手之所，也道出了分别的季节。扬州在唐代是一座极为繁华的城市。唐人描绘说"春风十里扬州路"（杜牧），"天下三分明月夜，二分无赖是扬州"（徐凝）。李白感到孟浩然去扬州旅行是十分令人神往的。因此，这两句虽是写景，却饱含着作者的思想感情。

　　"孤帆远影碧空尽，唯见长江天际流"，好像也是单纯的景物描写，但细细品味，"孤帆远影"已透露出友人去后作者孤独寂寞的心境。而帆影点点，水天漫漫，更显示出诗人与孟浩然的友谊是多么真挚而深沉。

　　这个诗例，说明"情与景会""思与境偕"确实可创造优美的意境。然而，仅此却不能涵盖所有的诗作。有些名篇没有一句写景，也没有对客观事物的具体描写，如陈子昂的《登幽州台歌》：

前不见古人，后不见来者。

念天地之悠悠，独怆然而涕下！

　　作者登上幽州台，看到眼前的景色，内心不禁诸多感慨，思绪飘到远方。在战国时期，燕昭王利用黄金台广招天下英才，任用贤能，声名远播，称得上是一位英明的君主。可到如今，这样的君主已经见不到了。岁月变迁，世事无常，人的一生是多么渺小、多么孤单啊！全诗都是作者对于眼前景物的所思所想，议论深刻，发人深省，表达出诗人深深的无奈与悲伤。"念天地之悠悠，独怆然而涕下！"诗人面对此情此景，由世事变迁联想到自身如沧海一粟，不禁悲从中来，天地悠悠无限远，人生何其短暂！作者以一种十分深刻的内心独白抒发自己的感情，那激越的情感引起人们十分强烈的共鸣。正如王国维所说，诗人内心的喜怒哀乐也是一种意境。"境非独谓景物也，喜怒哀乐亦人心中之一境界。故能写真景物、真感情者，谓之有境界。"（《人间词话》）《登幽州台歌》是作者见到客观事物之后的所思所感，展示了诗人丰富的内心世界，这种意境是超脱于客观物境的，它是一种十分纯粹的感情意境，即"情境"。

　　由此可见，所谓意境就是诗歌作品中浸染着诗人思想感情色彩的生活画面及心象画面，是一种诗歌的审美境界。意创造了境，而境以意来统摄之，是谓之"意中之境"。"境"是从客观到主观，又从主观到客观的"意"的对象化、归结点。李白《忆秦娥》中有一名句："西风残照，汉家陵阙。"这句诗表现出单纯的少妇思夫之怨，呈现出一幅悲凉的生动画面，意境苍凉空阔，异常深远。王国维称誉说："'西风残照，汉家陵阙'，寥寥八字，遂关千古登临之口。"它实际象征着大唐的没落。诗人的这个"意"完全是借助画面表达的。意是由境体现的。其中有景物，又有人的思想感情渗透着，是二者融合而成的"意中之境"。

二、"意境"说源流

"意境"说是诗歌创作实践的经验总结。从我国抒情诗的发展来看，它的产生、发展有一个漫长的过程。汉魏以前，诗风古朴浑厚，多从情出发，很少专注于景。景物描写往往只是为了"比""兴"，未与意融合为一。像"昔我往矣，杨柳依依，今我来思，雨雪霏霏"，这种具有意境的诗还属凤毛麟角。魏晋之后，山水诗开始出现，但还达不到意与境妙合无垠的地步。

中国传统诗歌分为很多流派和类型，像婉约派、豪放派，像山水田园诗、边塞诗、送别诗等。有关中国山水田园诗的一个重要人物便是陶渊明，他使中国田园诗进入了一个新的阶段，进入自觉的意境创造之中。如《归田园居》描写出山村的炊烟与犬吠，将悠闲的田园生活与安逸闲适的心境融合在一起，真正达到了"物我同一"的境界。刘勰曾经在《诠赋》中道"情以物兴"，诗人通过客观事物，触景生情，内心产生强烈的情感；又道"物以情观"，在欣赏观察客观事物之时，要始终保持着强烈的情感，这样才能表现出完美的艺术表现，才能创作出好的作品。他道出了景与情的辩证关系，二者非独，具体的客观事物与思想情感在创作过程中是不可分离的。此后，钟嵘提出了"指事造形，穷情写物"的理论，在诗歌中，要尽可能地描摹客观事物，然后通过这些描写反映出作者要表达的主观感情，将二者相互统一。二人第一次将情与景的关系上升到理论的高度，他们这些关于意境的论述，表明中国古典诗人开始由不自觉走向自觉的意境创造之中，为诗歌的发展开创了一个新的局面。当然，其中也是有局限性的。比如，他们并没有对意境做出本质的规定，也没有准确讲出该如何结合情与景从而创造出和谐统一的审美情境，而且这些论述只是理论，并未与实践较好地结合在一起。

进入唐代，古典诗歌发展到登峰造极的地步。诗歌创作积累了丰富的经验，诗歌美学也日臻成熟，"意境"说进一步完善了。初唐时期，对于诗歌创作中的"景"与"理"、"情"与"理"有不少精到的论述。《文镜秘府论》中指出，"抒情以入理"，"诗不可一向把理，皆须入景，语始清味"，"一向言景，亦无味。事须景与意相兼始好。凡景语入理语，皆须相愜……"。很显然，这比刘勰等人的认识前进了一大步，这些论述已触及意境的实质问题。意境的概念最开始在《诗格》中提出，文章中说"诗有三境"，即物境、情境和意境。物境，即现实存在的客观事物，如山水之景，处于其中，观察其形，心中得其思，然后才能做到形似。情境，即身处客观物境之中，思维渐渐飘远，内心有着极其浓厚强烈的情感。意境，即心中感慨，情意抒发，张之于意而处之于心，最终得其真。其后，皎然对这一理论作了进一步发挥。他在《诗式》中指出，诗应"假象见义"，在《诗评》中说，诗要"采奇于象外"，要有"文外之旨"，首次提出了意境的涵蕴。皎然还谈及意境的形象性特色。他说："夫境象非一，虚实难明。有可睹而不可取，景也；可闻而不可见，风也；虽系乎我形，而妙用无体，心也。义贯众象，而无定质，色也。凡此等，可以偶虚，亦可以偶实。"（《诗义》）这就是说意境中的景色，虽有直接可感的视觉性，却又是"可睹而不可取"，可以看到却触摸不到的。景色的描写虽具有直接的听觉性，却又是"可闻而不可见"的，即可以听到却又是看不到的。

"妙用无体，心也"，指的是主观想象。这就是说诗歌的景色，尽管具有可睹不可取、可闻不可见的"虚"的特色，作者却可通过主观想象，使这种描写具有上述种种特色，使读者可以通过诗歌的艺术形象，感到它"实"的方面。从作者艺术处理方面说，是既可实，又可虚，要达到虚实互补，这与王昌龄"处身于境，视境于心"的说法是完全一致的，不过，比王昌龄阐述得更透彻、更深入。他的"取境""取象""取义"说也颇有见地。他说，"夫诗人之思初发，取境偏高，则一首举体便高；取境偏逸，则一首举体便逸"，"取境之时，须至难、至险，始见奇句"。诗人动笔之初，像音乐中定调一样，直接关系到诗作艺术境界的高下。因之，取境应"高""逸"，应"难""险"，如此，诗才有"奇句"。

在皎然的理论之后，司空图作了《二十四诗品》，他对诗歌的意境进行了更加深入的研究。在文章中，他将诗歌的意境分为二十四种，并提出了诗歌的审美标准，诗歌本身必须有"味外之旨"，这样才可以达到诗的"全美"的标准。他在《与王驾评诗书》中说："长于思与境偕，乃诗家之所尚者。"意思是关于诗的最高标准就是要和谐，对于意与境、客观存在的事物与内心的思想感情之间要"思与境偕"，达到意与境的高度融合，这便是"全美"的标准。他认为诗歌创作之时，不仅要反映"景"与"象"本身，还要蕴含更加丰富的东西。在文学作品中，通常要透过具体的物象去联想到更多的东西，这就是"超以象外"，很多成功的意境都具有这个特点。

宋朝以后，由于诗歌总的创作成就未能超越前朝，所以关于意境理论的研究也没有突破性进展。值得一提的是苏轼，他强调诗的"神似"。他说："味摩诘之诗，诗中有画；观摩诘之画，画中有诗。""论画以形似，见与儿童邻，赋诗必此诗，定知非诗人。"苏轼从诗画创作的实践中，找到二者共同的艺术规律，提出诗不仅要形似，更重要的是以形传神，达到神似。而且就形而言，他还要求诗有画面美。诗情画意也成了后世衡量一首诗成功与否的重要标尺。

严羽提出"兴趣"说，他在《沧浪诗话》里借禅喻诗，将"意境"说得玄之又玄，被许多评论家诟病。但是也可以看出作者所要描写的基本点，"诗者，吟咏性情也"，即作诗就是为了表达自己内心的感情；"无迹可求"是指作诗要追求浑然天成的境界；"空中之音"则是讲述艺术的虚化问题；"言有尽而意无穷"表明尽管诗歌的文字是有限的，但其意境无限，内涵隽永，引人深思，给读者留下无限想象的空间。文章中他一直强调虚化，这是抒情诗在艺术表现上的共同特点，但是仅仅强调这一点有失偏颇，因为有很多真实明晰、酣畅淋漓的诗仍然具有十分美的意境。

明代，意境理论也有相应的探讨。李梦阳说："故遇者物也，动者情也，情动则会，心会则契，神契则音，所以随遇而发者。"指出诗人情感的产生是客观外物作用的结果，同时只有心物相契合，才能写出较好的诗歌。更可贵的是，他不仅指出意、境必须契合，而且指出决定诗歌创作的第一性的东西是客观外物。客观外物对诗人的主观感受有着决定作用。

谢榛认为"境"即景，情景交融即意境。他在《四溟诗话》中说："作诗本乎情、景，孤不自成，两不相背……景乃诗之媒，情乃诗之胚，合而为诗。"王世贞要求创作达到"神与境会"。胡应麟提倡"兴象"，他说"文蕴质中，情溢景外"，实质上仍是意境中的情景交融。

诗人在进行诗歌创作之时，通过观察眼前的自然景物，心中有所感慨，进而创作出诗歌。王夫之认为诗人在进行诗歌创作之时，其表现出来的客观景物与自然景物是不同的，景与情互相融合在一起。他将之前的情景说做了一定的发展延伸，他认为"情景名曰二，而实不可分离"。在诗歌中，有很多描写既是景又是情，他将意境的主客观关系做了解释。

清代的叶燮在《原诗》中提出"虚实相成，有无互立"的著名论点，为"意境"说提出了一个哲理性解释。

近代学者王国维，在继承"意境"说的基础上，深化并总结了这一美学思想。他在《人间词话》中用"境界"来概括抒情诗的形象特征及艺术魅力："词以境界为最上，有境界则自成高格，自有名句。""文学之事，其内足以摅己，而外足以感人者，意与境二者而已……""言气质，言神韵，不如言境界。境界，本也；气质、神韵，末也。有境界而二者随之矣。"《人间词话》围绕"境界"说，对古典抒情诗的创作经验做了相当全面的总结。何为有"境界"？他说："境非独谓景物也，喜怒哀乐亦人心中之一境界。故能写真景物、真感情者，谓之有境界，否则谓之无境界。"可以看出，王国维特别强调"真在抒情诗中"，情感起着主导作用，属内容范畴；而景物只居从属地位，属形式范畴。这些论述对抒情诗的创作具有普遍意义。如何才能写出真景物、真感情呢？他说："其言情也必沁人心脾，其写景必豁人耳目。其辞脱口而出，无矫揉妆束之态，以其所见者真，所知者深也。""所见者真""所知者深"是符合反映论原理的。在论及创作方法、艺术构思时，又说："有造境、有写境，此理想与写实二派之所由分。然二者颇难分别，因大诗人所造之境必合乎自然，所写之境必邻于理想故也。"这些观点也带有艺术反映论倾向，标志着对境界问题的更为深入的探索。

王国维在关于"境界"的论述中，他对"境界"定了两个标准，即"美"与"真"。要创作出优秀的抒情诗，就必须有真景物与真感情。但是，仅仅有"真"，却不一定能够创作出优秀的诗歌，因为诗歌中还有善恶标准问题。在一些粗鄙淫俗的诗歌中，尽管有真感情，但是它也不能称之为好诗。另外，还有一些观点，认为"主观之诗人不必多阅世，阅世愈浅，则性情愈真"，以及"见真""知深"等。要达到这些境界，必须靠诗人独特的天赋。王国维提倡"不必多阅世"，要将现实中的社会抛在一边，逃避现实的功利，追求真正的自我。在论述中，他仅仅强调了诗歌的艺术性魅力，并没有深入讲述诗歌带来的社会性魅力，因此，他的论述具有局限性。

"意境"说所以成为我国诗歌创作的审美追求，它的产生还有更深刻的社会思想背景。

"意境"说深深扎根于民族文化土壤之中。老庄崇尚自然，"万物于我同一"以及"有无相生"的哲学思想，对意境的形成有着直接的影响。道家思想产生于奴隶制社会末期，个人经常处于激烈的矛盾和对立之中。人们对现实的失望和不满，导致了中国最早的抒情诗的产生。如《接舆歌》："凤兮！凤兮！何德之衰？往者不可谏，来者犹可追。已而！已而！今之从政者殆而！"道家在社会现实面前，主要采取的还是逃避的态度。他们或遁迹山林，或归隐田园，希望在大自然中获得解脱和精神自由。经历秦汉，到魏晋南北朝，老庄思想又成为知识分子的遁世法宝，清谈玄学，抒情诗也逐步走向田园山水诗的描写。"久在樊笼里，复得返自然。"山水，成为他们精神的避难所和精神的寄托点。隐逸之士在现实中找不到一片纯净的乐土，只好将精神主体隐藏起来。"以万物为我"实则是忘我、无我，达到所谓的"化境""无我之境"，都旨在消融自我。王国维将其视为审美的最高境界，是有着深厚的历史文化渊源的。

有人认为，由于受到了禅宗的"心境"说的影响，关于诗的"意境"说才会在中唐时期产生。比如皎然，他是释门弟子，他在解释诗的意境的时候就用到了禅宗的理论。另外，在讲述诗歌理论的文章中，司空图的《二十四诗品》和皎然的《诗式》都受到了佛家思想的影响。在唐代，有很多诗人是佛门禅宗的信奉者，比如王维、孟浩然、刘禹锡、王昌龄等等。在宋代，很多文人会互相谈论佛教教义，这几乎成了当时的一种风气。曾几曾经说"学诗如参禅"，苏轼也曾说"每逢佳处辄参禅"。到了明代，仍然有人谈禅，胡应麟还称："禅则一悟之后，万法皆空。"[1] 其实，学习诗歌与参禅在本质上并没有联系。宋代刘克庄认为以禅喻诗不利于诗歌的发展。

但是，我们又不得不承认，禅学对我国的"意境"说有过影响。不过，所谓禅定心理，根源还是人们对社会的恐惧、厌倦，以及一些出世的幻想。人们企图通过参禅的形式来解脱入世苦难。在"禅灯默照"中，它排斥感情的注入，要达到"泯物我，齐生死"的"无我"境界。禅学同道家思想有许多相通之处。佛教的"空无"和老庄的"贵无"一脉相承。禅宗也汲取了老庄崇尚自然，"万物与我为一"，在无我无为中寻求人格的独立和精神自由的思想。所以不能说禅宗是意境理论的唯一哲学思想渊源。

但若以为"意境"说只是道家思想的产物，也是片面的。因为儒学是封建社会的统治思想，道家学说仅是它的补充，如果排除儒学，诗歌只是道、释的派生物，那么诗就出世了。鲁迅先生说："既然是超出于世，则当然连诗文也没有。诗文也是人事，既有诗，就可以知道于世事未能忘情。""未能忘情"是入世，这正是儒家思想。佛教不仅与道教合流，更多的是浸染了儒家思想。中国历代的高僧大抵"家世儒宗"。就以皎然来说，骨子里还是以儒为宗。他说，诗是"六经之菁英，虽非圣功，妙均于圣"，又说"夫诗者志之所之也"。大而观之，中国知识分子大多是儒家的门徒。他们也受道、释影响，但体内奔涌的是儒家的血液。

综合起来考察，"意境"说是以儒为主，又融合了道、释思想在诗歌创作上的理论表现形式。换句话说，它是中国传统文化中三种主要社会思想融合的独特产物。

---

[1] 胡应麟. 少室山房笔丛 [M]. 上海：上海书店出版社，2015：178.

三、意境的审美特征

（一）思想、情感的形象化

在意境中，"意"是指思想感情，"境"则是指生动的形象画面，包括"生活画面和心象画面"。蔡其矫曾经在谈论诗歌时说"诗歌是感情的形象化"，这实际上也是说意境。诗歌中不仅拥有活泼生动的形象画面，还包含着作者内心深刻的思想与强烈的感情。而且这两种互相交融，缺一不可。在表达思想感情时，它不能脱离形象而存在。它必须借助活泼生动的形象作为载体，才能将浓烈的感情与深邃的思想一同表达出来。有一些学者有错误的想法，他们认为意境是中国诗歌所独有的，实际上这种想法是不准确的。在创作诗歌时，意境是东西方共同遵循的规律，虽然在西方并无"意境"的概念，但是有许多诗歌仍然具有美好的意境。

（二）意与境浑

王国维在《人间词话》中说："上焉者意与境浑，其次或以境胜，或以意胜。"关于意与境和谐统一的问题，在我国传统的诗歌理论中有过长期的探讨，并非自王国维始。唐代的《文境秘府论》就说，"境与意相兼始好"。司空图进一步提出了"思与境偕"，王骥德的《曲律》也说："神与境来，巧凑妙合。"朱承爵在《存余堂诗话》中说："作诗之妙，全在意境融切。"这些话都是同一个意思，那就是意与境不应是机械相加，而是水乳交融地合为一体，这才是诗歌的最高境界。

意是以境为依托的，抽掉境就等于抽掉了诗歌的形象性。仅有无情无思的形象，也不能称之为艺术品。"境"有"意"的渗入才能显出独特的光彩。衡量一首诗的高下，就是看"意"与"境"结合得如何。以刘禹锡的《石头城》为例：

山围故国周遭在，潮打空城寂寞回。
淮水东边旧时月，夜深还过女墙来。

石头城故址在今南京市西边的石头山。这里山川形胜，被人视为虎踞龙盘之地。六朝统治者曾建都于此，过着纸醉金迷、醉生梦死的生活。"六朝旧事如流水"，一个个王朝像走马灯似的兴得快，灭亡得也快，只留下一些令后人哀叹的古迹。由于六朝兴亡包含着深刻的历史教训，金陵就成为历代文人咏叹不尽的题材。

刘禹锡的诗写得苍茫悲凉，摄人心魄，意境十分幽深。前两句，寄寓着作者十分深沉的感慨：六朝时繁华的石头城哪里去了？眼前只有一座荒芜的空荡荡的城。前句一个"在"字,有深长的意味。后两句"月"前冠以"旧时",亦大有深意。秦淮水曾是六朝王公贵族追欢逐乐的场所,那曾照古人也照今人的明月便是明证。然而,今天这一切都烟消云散了,秦淮水也变得凄凄清清。第四句的"还过"是说虽然月亮还来,许多人世繁华却一去不复返了,只有无情的明月,仍旧无动于衷地照着这座空城。

这首诗全是写景,又全是写情,"意"与"境"浑然难分。诗人对人生的感受在诗中没透露一个字,却全渗入具体可感的形象中。其意境之佳人难企及,难怪白居易读后叹道:"吾知后之诗人,不复措辞矣。"

"意与境浑""思与境偕"还包含着"意"与"境"相符相称的意思。"意"与"境"不相符相称,很难达到"浑"与"偕"。

(三)余味无穷

诗歌的内容是有限的,但是它们所表达的内涵是无穷的。通过创作诗歌,诗人将内心的复杂情感与深刻感悟一并附着其上。因此,诗歌中往往蕴含着极其丰富的内涵,留给人们回味。中国历史上有很多学者提出过关于诗歌的余味的论述,比如《文心雕龙》中有"文外之旨"的说法,王国维也曾经讲述过"言外之味"等。以有限的形象反映无限的生活,以具体的形象显示无形的情感,留给读者无穷的想象空间,这是所有文学作品要达到的目标与审美要求。与其他文学作品不同,诗的字数较少,它不能将广阔的社会生活画面完全地展示出来,而只能通过某些特定的场景来抒发感受和情感。因此,对于诗来说,这种"言外之味"就显得尤为重要。在诗歌中,可以通过以少见多、以小见大等表现手法来达到"言有尽而意无穷"的效果。

古典诗词中,这类例子比比皆是。如宋代女词人李清照的《如梦令》:

昨夜雨疏风骤,浓睡不消残酒。试问卷帘人,却道海棠依旧。知否,知否?应是绿肥红瘦。

历来点评家对此词颇多赞誉。南宋胡仔说:"'绿肥红瘦'此语甚新。"清人王士禛说:"'绿肥红瘦''宠柳娇花',人工天巧,可称绝唱。"以上两人都注意到了作品语言的新巧,这固然是该词的特色之一,但它的最大特色还是意境中耐人寻味的"文外之旨"。

在开始的两句中,首先描述昨夜的场景,屋外雨疏风骤,屋内词人伴着酒意入睡。昨夜的风雨是后面词人询问卷帘人的原因。后面两句,词人宿醉醒来,一夜风雨过后,不知海棠花如何了,于是询问卷帘人情况。其中从"试问"二字可以看出，词人此时的心情是惴惴不安的，她十分担心屋外的海棠花。而侍女"却道海棠依旧"，侍女的回答漫不经心，显示出主仆二人的心情迥异，同时也反衬出词人内心的苦闷，她的心情无人理解，表达出词人本身的孤独感受。后面"知否"使用两次，用叠句作强调，表现出作者对于侍女的责备。"绿肥红瘦"中的"红"与"绿"分别指代海棠的花与叶，一夜风雨过后，花瓣四处飘落，绿叶却仍然坚挺，这自然是"绿肥红瘦"了。

《如梦令》为我们留下了多层次的思维空间。除了字面上惜花伤春的凄苦哀怨之情，词中还有更深的含义。那就是她从春的归去，产生了难以言传的烦恼：忧愁风雨，叹"绿肥红瘦"，正是哀叹美好年华的白白流逝。如果我们再深入思考，她为何这样伤春惜时呢？还得进一步联系作者的身世和她所处的时代背景作具体的分析。毫无疑问，这首词是含有丰富的社会内容的。李清照的词既是以独具特色的形象感染读者，又同时反映出各个时代有理想、有抱负的人珍惜年华、渴望奋发有为的共同心理，因此能引起人们的共鸣。郭沫若说："好的诗是人人心中所有，人人笔下所无。""所有"是指其普遍性，"所无"是指其独特性。二者结合，创造典型。

四、"意"的审美要求

意境首先强调的是"意"。通常来说，意包含思与情。这里所说的"思"主要指的是思想内容。《文赋》是文艺理论专著，明确指出要想创作首先需要确立主旨，即"立片言而居要，乃一篇之警策，虽众辞之有条，必待兹而效绩"。这也说明主旨要贯穿作品始末。《文心雕龙》中提到作品的"本"是内容，作者还说"本体实而花萼振，文附质也"。与之有类似观点的还有唐代著名诗人杜牧以及明末清初思想家王夫之。杜牧说："凡为文以意为主，以气为辅，以辞采章句谓之兵卫。"王夫之说："'意'犹帅也"，"然词乃抒情之作，故尤重内美"。王国维说此句中的"内美"就是指作品的思想性。总而言之，作品的灵魂、统帅是"意"，这也是所有严肃文论家所赞同和践行的观点。因此，创作首先应该做到"意在笔先""以意为主"。

（一）立意新

什么"意"才是美的呢？宋代梅尧臣提出一个标准："若意新语工，得前人所未道者，斯为善也。"这是说对生活要有独特发现。正如杜甫诗云"诗清立意新"，诗人必须以自己独具的思想光彩照亮生活，从生活的矿源中，开拓出别人未经发现的新矿藏，成为独一无二的佳构。即便是世人写滥了的题材，也能提炼出新的主题。比如柳是中国古典诗词中常被吟咏的对象，"柳垂重荫绿，向我池边生"（曹丕），"垂柳覆金堤，蘼芜叶复齐"（薛道衡）。这些诗句都写了柳的各种形态。而贺知章的《咏柳》却别出心裁："碧玉妆成一树高，万条垂下绿丝绦。不知细叶谁裁出，二月春风似剪刀。"以剪刀比春风，裁出了万柳繁茂的春光。意境之新，全赖诗人的独特发现。李商隐也写过《柳》："曾逐东风拂舞筵，乐游春苑断肠天。如何肯到清秋日，已带斜阳又带蝉。"这首诗又从新的角度，写出了柳的另一个侧面。它着重描绘的是秋柳的萧条衰落，与贺诗意趣大相径庭。唐彦谦的《垂柳》有句云，"绊惹春风别有情，世间谁敢斗轻盈"，写的却是柳的柔情绮韵，将垂柳的飘逸神态写活了。以上三首都是唐代写柳名作，因立意不同，意境各不相类，但意新语工、别开生面。正因如此，它们才各有其存在的价值。

（二）思想深

"意"还有个写"深"的问题。鲁迅先生提倡，创作"选材要严，开拓要深"。艾青也说："诗人所要反映的真实，是更深刻的真实。"所谓"深刻的真实"是指本质的真实。作品的思想能反映出事物的本质，才会给人深切的感受和教益，帮助人们正确认识世界，获得真知，强化艺术审美效果。

诗歌要用以少胜多的手法反映生活，就必须选择最富有典型意义的生活片段和最富于表现力的事件，深刻揭示生活的本质。优秀的诗歌总是以个别反映一般，以局部反映整体，通过生动可感的艺术描绘，揭示带有普遍意义的思想内容。王士禛在《渔洋诗话》里说："一滴水可知大海味也。"因此，诗人对素材必须下一番去粗取精、去伪存真、由此及彼、由表及里的改造制作功夫，才能滤除沙砾，澄出真金。如李绅的《悯农》二首：

其一
春种一粒粟，秋收万颗子。
四海无闲田，农夫犹饿死。
其二
锄禾日当午，汗滴禾下土，
谁知盘中餐，粒粒皆辛苦。

两首诗概括性很高，对封建社会人民艰辛和苦难的生活进行了深刻反映，揭示了面对不合理现实的农民的不满，对当时封建社会的主要矛盾进行了揭露。因而，这两首诗说出了历代农民的心声，在社会中广为流传。在《而庵说唐诗》中，徐增曾经说：“种禾偏在极热之天，赤日杲杲，当正午之际，锄者在田里做活，真要热杀人……及至转成四糙，煮饭堆盘，白如象齿，尽意大嚼，那知所餐之米，一粒一粒，皆农人肋骨上汗雨中锄出来者也！公垂作此诗，宜乎克昌其后。此题'悯'字，自必点出，若说得透彻，则'悯'字在其中矣。”

有的诗重在探索人生奥秘，达到了哲理性高度。如《题西林壁》，这首诗是东坡居士颇有代表性的作品之一，为他在游览庐山胜景之后在庐山北麓之西林寺的墙壁上挥毫写就的，流传甚广。"横看成岭侧成峰，远近高低各不同。不识庐山真面目，只缘身在此山中"。它绝不只是写庐山，而是抒发一种对事物的哲理体验。山，诗中之景也，诗中之境也，诗中之镜也。景即自然景色，境即心境，镜亦心镜也。以景为喻，探寻心境，体悟心镜。景，移步换景；境，心变境变。此两者，一外一内，皆映照于心镜之中。镜中诸相，变化无常，镜体无改，如心不动。能见心镜者，可见真面目，不识心镜者，迷惑亦是寻常事。在景色中沉迷，即不见庐山真面；在心境中沉迷，即不见灵山真面。唯有超越局部，才能照见整体，唯有超越局限，才能达到无限。

"意"不仅包含思，还包含情。思想和感情二者是你中有我，我中有你，相互联系的关系。情感中包含思想，思想中渗透着情感。由此，人们将二者并提是有一定的依据的。尽管如此，思想和情感二者也是有很大的区别的。思想要从抽象的角度对事物进行本质把握，情感则需要对面对客观事物时人们的态度进行反映即可。思想不能代替情感，情感具有相对独立性，比如，有一些诗以情动人，虽然没有深刻的思想，但是广为流传，李白的《静夜思》就是典型的例子，"床前明月光，疑是地上霜。举头望明月，低头思故乡"。此诗虽然没有深刻的社会意义、反映社会现实，但是却将李白对故乡的思念之情进行了生动表达，以情动人，具有绝佳的审美意义，如若片面、强硬追求诗词中的深刻思想就失去了诗词本身的审美韵味。

在诗歌中，情有着重要的作用和地位。有人认为，抒情诗的第一要素就是情；有人认为，情是诗的生命；有人认为，诗歌的本质是情感。不管是以上哪种观点和看法，都集中体现了在诗歌中，情感具有非同寻常的地位和作用。追溯论述诗歌情感重要性的文献，最早的是《毛诗序》，其中提到"情动于中而形于言"。之后，陆机在《文赋》中提出"诗缘情而绮靡"；刘勰指出"为情而造文""情动而言形"；等等。

情感是文学作品必备的条件。作为诗，感情的要求必须更集中、更强烈。换句话说，对于诗"诉诸情感的成分必须更重"。强烈的感情是诗歌的主要特征，是诗歌感染力的决定性因素,是诗歌成功的首要条件之一。总之,感情愈是炽烈,诗就愈有感人的魅力。从审美角度说,情要能引起美感,使读者发生共鸣,还必须具备以下条件:

(1)情感要真诚。诗的情感要浓烈而真诚,最忌虚假。诗人的真诚是感染读者的先决条件。如杜甫《闻官军收河南河北》:

剑外忽传收蓟北,初闻涕泪满衣裳。
却看妻子愁何在,漫卷诗书喜欲狂。
白日放歌须纵酒,青春作伴好还乡。
即从巴峡穿巫峡,便下襄阳向洛阳。

全诗满蕴着燃烧奔突的激情,像火山一样爆发出来,浓烈而真挚,千载以来感动了多少读者。梁启超曾予以高度评价:"据我看,过去的诗没有第二首比得上了","是感情文中之圣"。艺术家真挚程度如何,艺术家自己体验他所传达的那种感情的力量如何,是决定意境感染深浅的重要条件之一。

(2)情感要深沉。一般情感深沉的诗不像情感浓烈的诗那样奔腾流泻。如果说浓烈的诗情表现为失声痛哭,那么,深沉的诗情则是无声饮泣。如陆游的《沈园》之一:

梦断香消四十年,沈园柳老不吹绵。
此身行作稽山土,犹吊遗踪一泫然。

这是陆游怀念前妻唐婉的诗。陆游与唐婉夫妻感情甚笃,但迫于母命,他最后还是与唐婉分离了。许多年后,陆游与唐婉在沈园偶然相逢,无限伤感,曾题《钗头凤》一词于园壁。其中有句云:"东风恶,欢情薄。一怀愁绪,几年离索。""山盟虽在,锦书难托。"唐婉读后和词一首,不久便忧郁而逝。陆游对她的刻骨思念并没有随岁月流逝而减弱。《沈园》是陆游75岁时的作品,诗的情感深沉凝重,诗人似在对梦中的爱人娓娓倾诉肺腑,其情没有呼天抢地道出,而是平淡如话,韵味绵长,掩卷思之,始知深情浓郁如陈酒,传达出"春蚕到死丝方尽,蜡炬成灰泪始干"的坚贞不渝的爱情,其意境之深沉,一言难尽。

(3)情感要独特。意境中情感的独特性主要强调情感的个性色彩。个性色彩越鲜明,诗歌意境就有越强烈的艺术效果。艺术创作具有个性化,最忌讳的就是千篇一律、如出一辙。越是突出的个性,越能呈现出有特色的意境。例如,通过诗歌表达对异性的爱,不同的人有不同的表达爱意的方式,有的人直率,有的人含蓄。有的人指天为誓,汉代无名氏曾写道:"上邪,我欲与君相知,长命无绝衰。山无陵、江水为竭,冬雷震震,夏雨雪,天地合,乃敢与君绝。"有的人表达得无所顾忌,唐代诗人韦庄曾在《思帝乡》中写道:"陌上谁家年少,足风流,妾拟将身嫁与。一生休。纵被无情弃。不能羞。"

(4)情绪的多侧面。人的感情是不断变化的、复杂的组合,不是单一不变的。人的情感会随着所处条件、环境的变化产生不同的面貌,具有多样统一性。诗歌的意境可以曲折地、多侧面地表达出复杂的情感,这会给读者呈现出丰富的审美感受。比如王昌龄的《闺怨》:

闺中少妇不知愁,春日凝妆上翠楼。

忽见陌头杨柳色,悔教夫婿觅封侯。

在阳光明媚的春日里,闺房里的少妇是幸福的,心情愉悦。她化好妆,登高望远,春风吹拂着杨柳,春景令人赏心悦目,精神放松。突然间,她突然想起那年春天,她折柳送别丈夫的情景,心中便有了一种淡淡的惆怅。丈夫一走,音讯全无,闺房里只有她一个人,寂寞又无聊。她后悔不该让丈夫去追求名利富贵。在这首诗中,少妇的情感是有起伏变化的,随着事物的变化,情感也发生了变化。此诗将少妇这种曲折的情感变换层层地传达出来,让读者跟随诗词感受其中的酸甜苦辣,诗中的深厚意蕴不言而明。

(5)情感的普遍性。主观感情独特也好,复杂也好,都应是人之常情,是他人可以体会的,绝不是怪癖矫情,不可理喻,也不是杂乱无章,一团混沌。它要符合人们感情生活的规律,受理性的规范。情,首先要体现时代之情、人民之情,不能仅仅局限于一己的私情和狭隘的爱憎。陆游的《示儿》虽是对儿子的遗言,但他却道出了一个时代的悲剧。他抒的是时代之情,人民之情,唱出了那个时代人民的共同心声。诗中高扬的爱国主义热情永远激荡着我们的心灵。

五、"境"的审美要求

"意"是融合在"境"中的意,"境"是有"意"的境。"意"与"境","意"是内在的灵魂,"境"是外在的容貌,"意"必须由"境"来体现。在生活中,诗人获得了一番感受,激发了内心创作之情,面对不断涌现的诗情,需要创造出适当的"境"来表达。如果诗人创造出的"境"与诗人本身所要表达的"意"没有联系,二者不能珠联璧合,肯定会削弱诗歌的审美效果。因此,从这个角度来说,决定意境成败的关键要素是"境"。值得一提的是,诗歌中的"境"并非现实中的自然环境,而是指诗歌经过艺术加工后呈现出来的虚构的"境"。它包括心象画面、景物图像、生活画面,也就是意境中所指的"境"。"境"要符合诗歌的审美要求和规范,需要做到以下几个方面:

（一）"境"的可感性

诗歌意境中的"境"取决于形象思维的特点，这就造成了"境"必须是具体的、可感知的，这也就是说"境"应当有鲜明的形象。意境的存在依赖环境，"境"的首要条件就是鲜明、具体的形象。比如，被苏轼称为"诗中有画"的著名诗人王维的诗，其中《鸟鸣涧》："人闲桂花落，夜静春山空。月出惊山鸟，时鸣春涧中。"此诗描绘了一幅动人的风景画，在此诗中有着鲜明的、生动的、具体的形象——春夜。在寂静无人的山涧，桂花慢慢地飘落到地上，春夜的静让山林显得更加寂静。月亮缓缓升起，明亮的银光唤醒了生活在森林里的鸟儿。它不时地在泉溪中发出一两声清脆的叫声，衬得春山更加幽静。朗诵诗歌，我们也仿佛置身于那朦胧月色的山谷之中，有身临其境之感。

"境"的形象生动，真实是前提。艺术中的真实要求是逼真，是在假中见真，而不是真中见假。所谓假中见真，真还是基础，也就是说，它的依据是生活。

（二）"境"的完整性

意境中的"境"，是经诗人情思冶炼、熔铸的画面和景物，它是完整的有机体。诗歌无论是截取生活的一个画面，还是描绘一山一水一花一木，都应组成一个自成体系的整体世界。

"境"的完整性的最高标志是浑然天成，无人工斧凿之痕。陆游说："文章本天成，妙手偶得之。"诗人在追求"境"的完整性时，要力求达到天衣无缝的程度。如《敕勒歌》：

敕勒川，阴山下。

天似穹庐，笼盖四野。

天苍苍，野茫茫，风吹草低见牛羊。

此诗对草原辽阔、苍茫的景象进行了描绘，画面完整统一，诗句似乎脱口而出，在不经意间就吟诵出来，由此可见诗人所具有的高度精练的技巧和能力，这是率然之作所无法比拟的。正因如此，此诗被称为"千古绝唱"。

"境"的创造有时候注重其内在的联系，并不重视描写对象的外部现象。例如，有些诗歌对各种现象进行迭呈，看似不完整，但实际上却隐藏着玄机，始终贯穿着同一个基调，具有内在的统一性。

（三）"境"的独特性

诗人不管是造境还是写情都应该是独特而新鲜的。前人没有涉及的"境"是当前诗人艺术创造的新天地。如李白的"蜀道之难难于上青天""燕山雪花大如席"等诗句广为流传，具有生生不息的生命力，究其原因在于诗人创造出的独特的艺术境界是一般人无法企及的。诗人造境要想独特和新鲜就必须紧紧抓住事物的主要特征。这方面的典型代表是杜甫，其缘情状物最为细致，在《水槛遣心》写道："细雨鱼儿出，微风燕子斜。"这两句突出体现了杜甫观察事物的精细，被人们不断称赞。《石林诗话》是叶梦得所作，其中写道："细雨着水面为沤，鱼常上浮而沦。若大雨，则伏而不出矣。燕体轻弱，风猛则不能胜，唯微风乃受以为势。"叶梦得对杜甫的诗意进行了详细的描写，对杜甫诗中的自然现象并未深入研究和说明。从现代科学的角度来看，"细雨鱼儿出"是因为下雨之前天气非常闷热，此时水中氧气不足，为了呼吸，小鱼只能浮出水面；在微风中飞行的燕子，倾斜飞行是为了减少阻力。诗人在特定的时空环境中准确地把握了鱼和燕子的特点，因而能生动地表现事物，创造出绝佳的意境。

新颖的角度也能创造独特新鲜之"境"。谢榛在《四溟诗话》中说，选取角度"要从紧处下手"。薛雪在《一瓢诗话》中点出了几种方法："诗，有从题中写出，有从题外写出，有从虚处实写，实处虚写，有从此写彼，从彼写此，有从题前摇曳而来，题后透迤而去，风云变幻，不一其态。"概括起来讲，不外正写与侧写两大类型。

诗与生活的关系密不可分。不即指的是诗歌具有新鲜感，不离指的是诗歌具有真实感。美的"境"介于似与不似之间。《艺概》为刘熙载所作，其中写道："东坡《水龙吟》起句云'似花还似非花'，此句可作全词评语。盖不即不离也。"这里的不即指的是不局限于所描绘的对象；不离指的是不能离开所要描绘的事物。不即不离揭示了艺术创作能够创新、有着独特境界的原因。

第二节　"意象"与"意境"的界说

普通人对于"意象"和"意境"这两个概念非常容易混淆，二者有很多相同点，也有很多的不同点。从相同点来看：第一，"意象"和"意境"都是"意"的贯通，此"意"在大的方向上是基本一致的,指的是作者的志意、情志、意念、立意,是主体的思想情感;第二,在基本内涵和基本特征上,"意象"与"意境"具有相似之处,在情景交融中体现主体与客体、心与物的内在统一和双向交流,体现了内在的规定性;第三,在思想和形象相互结合的构思中产生了"意象"与"意境",二者对于美的创造首先表现在感性形式上,是客体的主观化,但是二者存在融合方式的差异,"意境"注重主体感情的表达与抒发;第四,从艺术表现的角度来说,二者均表现为虚实结合、含蓄蕴藉、意蕴深刻,有着独特的内涵与审美。"意象"和"意境"二者的区别主要表现在以下几个方面:

一、渊源各别

"意象"缘起于《周易》的"立象以尽意"。其在理论上最早提出了"意"与"象"关系的命题,而它的哲理思想则渊源于道家"意""象"的观念。"境"虽然也受老庄哲学"无"的影响,具有渊源关系,但自魏晋南北朝佛经输入以后,到了唐代,又与禅宗结下不解之缘。禅宗的哲学以"心为宗",所谓"河沙妙德,总在心源"。王昌龄、皎然、刘禹锡、司空图等人,有些就是诗僧,有的深受禅宗思想的熏染或影响,从而审美心理和审美意识发生变化,把诗歌创作实践的经验上升为理论。"境"的发现,正标志着对审美理论研究的深化,同时魏晋南北朝玄学领域的"言""意"之辨所产生的"象外"说,对"意境"也产生了直接影响,并由此产生了对"境"的"象外"之美特殊的规定性,使之成为中国美学独具特色的审美范畴。由此可见,"意象"说与"意境"说产生的理论渊源是各自有别的。

二、含义不同

"意"与"象"的交融契合就是"意象",在具体的物象中融入作者的主观思想,换句话说,含有情意的物象就是"意象",这样可以使诗歌达到一种内外表里相融、虚实相生的至臻状态,达到"象"在"意"中或"意"中之"象"的境况。一般来说,诗的本体是"意象",一篇艺术作品所构成的艺术特征也被称为"意象"。

"意境"的概念也包含"意"与"境"的相互融合,但是与"意象"不同的是其主要指一种心理感受,主要是作者超出具体物象之外的、独特的、微妙的内心观照。在艺术作品中所表现出来的就是情景交融的氛围和独特的艺术空间,换言之,诗歌的本体并不是诗人通过语言微妙提供的东西,而是存在于"象外"与

"意外"。诚如元代揭傒斯的《诗法正宗》所说:"句穷篇尽,目中恍然,别有一番境界意思。而其妙者,意外生意、境外见境,风味之美,悠然甘辛酸咸之表,使千载隽永,常在颊舌。"此句说诗歌的意境在诗歌的虚处,不在诗歌的实处。"境以幻为实"是祁彪佳在《远山堂曲品》中提到的,这点出了"境"所具有的虚幻特征,即可望而不可即,只可意会不可言传的特点。之后翁方纲在《石洲诗话》卷四中对祁彪佳之说做出了补充,即"唐诗妙境在虚处"。

综上所述,从内涵这个层面上来看"意象"与"意境"的区别主要在于"象"与"境"的不同含义。"意象"的"象"主要指的是物象,在作品中具体表现为艺术形象性;"意境"的"境"主要指的是一种不同于景物描写的心灵化、情感化的体验和感受。刘熙载《艺概·诗概》说:"花鸟缠绵,云雷奋发,弦泉幽咽,雪月空明,诗不出此四境。""花鸟""云雷""弦泉""雪月"为物象,而"缠绵""奋发""幽咽""空明"则是诗人的一种审美感受或审美心态,从一个侧面也表明"象"实而"境"虚,"境"可包括"象",而"象"难代替"境","境"是指主观意识中呈现的一个感受世界,故沈德潜《说诗晬语》说:"即征实一联,亦宜各换意境。"范玑《过云庐画论》也说:"苟能胸富丘壑,毕备诸法,纵叠出数十图,境界自无雷同。"这说的是同样的道理,这也可说是"意境"成为我国美学独具特色审美范畴的原因之所在。

三、异同辨析

在"意象"与"意境"的比较中,一些论者探讨了"意象"和"意境"各自的特点和它们之间的复杂关系。例如,有一些论者认为:"意境"论着重点在于全篇的立意与构思。所谓意境,是指全诗所创造的艺术形象。具体地说,在一首诗的创作中,意境产生于意象的叠加,意境就相当于诗中意象的总和。有一些论者所持观点则与此相反,他们认为:将意象认为仅仅是组合意境的元素和材料的观点将意象的范围缩小了,忽视了意象的价值和审美功能。对于意象与意境的关系,还有一些问题需要澄清,比如:意境是否必然由意象产生?能不能说没有意象就没有意境?意境一定要高于意象吗?

首先,通常来说,先有"意象",然后产生"意境","意境"在"意象"之后产生,"意象"衍化出"意境",尽管如此,并非所有具有"意象"的诗歌都能构成"意境",如韦应物的"窗里人将老,门前树已秋"(《淮上遇洛阳李主簿》),白居易的"树初黄叶日,人欲白头时"(《途中感秋》),司空曙的"雨中黄叶树,灯下白头人"(《喜外弟卢纶见宿》),三诗都由相近的意象构成和谐的诗节,"此景与情合也"(都穆《南濠诗话》)。然而正如谢榛所评:"三诗同一机杼,司空为优,善状目前之景,无限凄感,见乎言表。"(《四溟诗话》卷一)为什么以司空为优呢?因韦诗仅写出途中感秋的情怀;白诗仅显示出岁月渐进的思绪;司空之诗则借景以自况,秋风落叶的雨景与昏灯白头的孤寂相互映衬,树叶在秋风中飘落,和人之衰老正相类似,从而大大加强了悲凉的气氛,使许多难以言喻的思想情绪通过诗的优美意境表现出来,让读者领悟其象外深意。因而如果只说"意象"与"意境"的共同性,不讲其特殊性,就无法说明"意境"的本质,更难以全面、准确地认识两者之间的复杂关系。如"意境"的综合美,潘德舆《养一斋诗话》说:"神理意境者何?有关寄托,一也;直抒己见,二也;纯任天机,三也;言有尽而意无穷,四也。"这说明离开了综合美,就难以构成诗的"意境",正如林纾所说:"一篇有一篇之局势,意境即寓局势之中。"(《春觉斋论文·应知八则》)贺贻孙曾说:"清空一气,搅之不碎,挥之不开,此诗境也。"(《诗筏》)诗境具有透迤入胜的艺术容量和美感力量。因而从总体上来看,"意象"往往与"意境"的呈现有关,但"意象"不能等同于"意境",有些诗的"意象"可能高于"意境",也有的诗只有"意象"或只有"意境",尤其"意境"是"境生于象外",往往显得较为超旷空灵,它并非一定由"意象"生成,所以不能说没有"意象"就没有"意境"。应该承认,这种情况在我国诗歌史上是客观存在的,不能采取不承认主义。以上的辨析主要是说明"意象"与"意境"的关系并不是一些论者所说的"一大一小"的关系,一般地说是"实"和"虚"、"有"与"无"的关系,"意象"偏于实,"意境"则重虚,有如谢肇淛所说的"诗境贵虚"(王士禛《香祖笔记》引),使人读之能于"断续迷离之处而得其精神要妙"(叶矫然《龙性堂诗话》初集)。贺贻孙也说:"诗家化境,如风雨驰骤,鬼神出没,满眼空幻,满身飘忽,突然而来,倏然而去,不得以字句诠,不可以迹相求。"(《诗筏》)由此可见,"境"是"象"的一种突破,这也可说是"意境"的魅力所在。

其次,这里不可忽视的在于"意"的微妙差异。"意"作为审美感受,在对客观物象进行审美观照时往往迥然有别。"意象"的"意"侧重于主观情意的作用,"意境"的"意"除了主观情意外,则侧重于"心境""内境",王昌龄说过"视境于心"(《诗格》)。葛立方说:"人情对境,自有悲喜。"(《韵语阳秋》)鹿乾岳说:"神智才情,诗所探之内境也。"(《俭持堂诗序》)叶燮说:"舒写胸襟,发挥景物,境皆独得,意自天成。"(《原诗》)而林纾则说:"境者,意中之境也。"(《春觉斋论文·应知八则》)在上述诸说的论述中可以看出,"意境"的创造,首先在于心境的熔炼,就诗来说,有此心境,方能有此诗的"意境"。它不是诗人写出作品

第二章 "意境"理论与古代诗词

后才形成的,而是在写之前,在对客观物体的观照中就已经呈现于他的心意之中。因此诗人内心感受不同,他们所写之境亦随之而异,对此宋释普闻在《诗论》有过很好的阐述:"天下之诗,莫出于二句:一曰意句,二曰境句。境句易琢,意句难制。境句人皆得之,独意句不得其妙者,盖不知其旨也。"以黄庭坚《寄黄几复》"我居北海君南海,寄雁传书谢不能。桃李春风一杯酒,江湖夜雨十年灯"为例,诗人将无限的情意,通过时、地、景、事的强烈对照表现出来,在"江湖"而听"夜雨"就更增萧索之感,达到"意与境浑"。《王直方诗话》评云"真奇语",即就其整体的"意境"而说的。同一诗境的句子,由于诗人所贯注情意的不同,也表现出各自不同的情趣。如陈与义《怀天经智老因访之》云:"客子光阴诗卷里,杏花消息雨声中。"陆游《临安春雨初霁》云:"小楼一夜听春雨,深巷明朝卖杏花。"而清人舒瞻《为朱蕴千题杏花春雨图》云:"帘外轻阴人未起,卖花声里梦江南。"以上皆为广为传诵的名句。陈衍评陈与义的诗说:"诗中皆有人在,则景而带情者矣。"(《石遗室诗话》)陆游这两句更是诗中的佳句,卢世㴶评曰"有唐人风韵"(《唐宋诗醇》卷四十五)。而王文濡评舒瞻诗句云:"末句俊极趣极,唐人绝句中,亦称上驷。"说明诗的"意境"与诗人各自的"意"的精神态势和审美感受是密不可分的,正如潘德舆所说:"运意不同,各有境地。"(《养一斋诗话》卷三)"意境"是"意"之"境",是诗人内在情感结构的一种审美化表现。对此,胡应麟曾描述说:"诗家妙境,神动天随,寝食咸废,精凝思极,耳目都融,奇语玄言,恍惚呈露,如游龙惊电,插角稍迟,便欲飞去。须身诣其境知之。"[①] 胡应麟从审美感兴的角度,描述了"意"超越有限的"象",进入无限的"象外"的深层意蕴,即所谓"神动天随""精凝思极",从而"寝食咸废""耳目都融",唯有身到其境的人才能有所感知和体悟。

很明显,在整个创作过程中,"意象"的"意"被打上了强烈的主观色彩,运用象征、对比的手法渗透到审美意象,一般而言,有很稳定的内心情感结构。相比而言,"意境"的"意"具有鲜明的审美感受和激化的精神态势。二者存在巨大的差异。由此可见,"意象"是化"意"为"象","意境"是熔"意"成"境","意"的外化就是"境","境"的灵魂是"意",由此诗歌意境具有了鲜活的生命力。比如,柳宗元的《登柳州城楼寄漳汀封连四州》"城上高楼接大荒,海天愁思正茫茫",这两句诗生动形象地写出了诗人无限宽广的内心世界,曾被纪昀评为"意境宏阔深刻","有神无迹"。再如,《白雨斋词话》卷二评王碧山词写道:"品最高,

---

[①] 胡应麟. 诗薮[M]. 上海:上海古籍出版社,1958:70.

味最厚,意境最深,力量最重,感时伤世之言,而出以缠绵忠爱,诗中之曹子建、杜子美也。"意境之深在于"缠绵忠爱",借此抒发了对历史、世态、人生的深切感叹,其重点在"意"甚明。由此可见,"意境"指的是全诗,而"意象"是"意境"的形象单位。

四、"象"与"象外"

从审美特征角度来看,"意象"与"意境"也有明显的区别。"象"更为充实,侧重点在于艺术形象的显现方面,主要作用是展示作品意味深长、包容性强的艺术趣味和内涵。与"象外"相比,其审美意义在"象内",因为象征、比喻、暗示的作用加持,有时也会出现"超象"的显现。

"意境"的"境"主要是指"象外"的虚境。没有"象外"就没有"境"。刘禹锡在《奉和中书崔舍人八月十五日夜玩月二十韵》中写道:"象外形无迹,寰中影有迁。"虽然描写的是月亮的运行轨迹,但是"象外"与"寰中"对举,与司空图《与极浦书》中所言的"象外之象,景外之景"有异曲同工之妙。前一个"象""景"主要指的是客观存在的景物和物象,后一个则是指"景外""象外"。

第三节　古诗意境的生成

一、意境创造的方法

诗歌创作的中心课题是创造具有审美意义的意境。如何创造意境?换句话说,诗人如何恰当地将自己的"意"渗透到"境"中?对此,我们必须进一步研究在诗人心目中客观事物的主观化过程。这也就是说,我们应该对"境"的"意化"过程进行研究,或者说,对"意"转化为"境"的过程进行探究。

(一)创境达意

诗人的主观情思主要来源于生活。诗人面对丰富多彩的生活有感而发,这就产生了"意",之后诗人寻找用来表达意的"境",这个过程就是创"境"达"意"的过程,突出特点就是"意"在"境"先。换句话说,诗人在"物"上赋予浓重的主观色彩,"注情于物"。

在创"境"达"意"中，这是最为普遍的方式。具体事例，如崔护的《题都城南庄》：

去年今日此门中，人面桃花相映红。

人面不知何处去，桃花依旧笑春风。

这首诗描写的是诗人对去年春天认识的一个少女的怀恋。这个少女有着美丽形象，真挚的情意，在诗人的记忆中长久地存在。如何将这种感情进行表达，诗人创造了一个桃花与人面相互辉映的境界。人是桃花，桃花是人，在此基础上传达出诗人深沉的爱恋和无限的惆怅。在这层感情基础上，作者进行了升华，揭示了一种于偶然中遇见美好的事物，但没有及时把握住，时过境迁，不能再次拥有的人生体验，让人不禁惋惜和惆怅。诗人用美丽的桃花与少女相映，创造了两种境界：少女在时，"人面桃花相映红"；少女走后，"桃花依旧笑春风"。诗人将少女在时美好的感情与少女走后失落的追思注入其中，营造了一种令人销魂、暗自神伤的意境。

此外，还有一种是"借物达意"。这种方法有一个显著的特点，就是客观事物依旧是本身的样子，并没有被"人化"，只是充当传"意"的"桥梁"。例如，杜甫的《蜀相》中"映阶碧草自春色，隔叶黄鹂空好音"，在此句中，"碧草""黄鹂"等意象都是自然属性，诗人以此为桥梁来表达自身的感受，通过"自春色"的"自"以及"空"好音的"空"来表达伤感的心情和追怀的心境。再比如金昌绪的《春怨》：

打起黄莺儿，莫教树上啼。

啼时惊妾梦，不得到辽西。

这是一首少妇思念辽西征戍丈夫的诗，诗中的意是用黄莺传达的。思妇希望梦中与亲人相会，似乎黄莺有意和她过不去，有意破坏她的好梦，总是啼叫不已，所以思妇一腔幽怨迁怒于无知的鸟。诗人借鸟表达了少妇的相思之情，从而完成了意境的创造，但是黄莺的自然属性并未改变。

上述方法都是先有感受，然后根据"意"去寻找得以达意表情的景物，进而创造和谐的意境。

（二）缘境生意

当诗人接触生活中的各种现象、自然界中的不同景物时，往往会产生不同的感触，这会激发起诗人的情思。诗人以外界物境为出发点，对由此而触生的情思进行表现，营造出诗的意境，这就是所谓的缘境生情，境在意先是其主要的特点。

不同的人对于同样的事情会有不同的感受。例如，面对良辰美景，有的人会产生青春的萌动，有的人会哀叹青春易逝；面对秋天的景色，有的人会有收获的喜悦，有的人会产生萧条空虚之感。面对同一个场景，一个人在不同的心境下也会出现完全相反的感受。比如，面对淙淙鸣泉，心情愉悦的时候以为它在唱歌，心情低落的时候以为它在呜咽。就现象看，不管主体对客体的反映有着多么浓重的主观色彩，都是先由外物触发的。诗人对这个感知的过程进行捕捉和描绘，提炼出诗意，营造出意境。比如，唐代诗人赵嘏的《江楼感旧》：

独上江楼思渺然，月光如水水如天。

同来望月人何处？风景依稀似去年。

诗人登上江楼，触景生情，忆起去年同来的侣伴，感触油然而生。去年同来望月的人是一个还是几个，是男，还是女，是家人、朋友，还是情人，这都留待读者去想象了。触景生情，从而创造了望月怀旧的美好境界。

"睹物生意"也属同一类型。物，是具体的。一片落叶、一朵残花，或是一方手帕、一幅照片，均可生出情意来。如杜牧目睹一截断戟，生出"东风不与周郎便，铜雀春深锁二乔"的感喟。

另外还有一种缘境生意法，不过这种"境"却是抽象物。王维的"独在异乡为异客，每逢佳节倍思亲。遥知兄弟登高处，遍插茱萸少一人"是因"重阳节"触发的思乡情绪。抽象物经长期积淀成为象征性实体。比如人们一提起重阳节，便想到登高插花等有关具体的情景，所以它还是一种"境"，是产生情意的触媒。

（三）"境""意"互生

意在境先才能创"境"达"意"；"境"在"意"先，就会缘"境"生"意"。"境""意"互相依托，很难分清主次、先后的顺序和地位，境即意，意即境，写"意"包含在"境"内，写"境"就是写"意"。诗歌中有很多这样的情景，有的直接描写景物，有的吟咏事物，有的是直接叙述，还有的是直接抒发情感，但它们都包含着"情"和"境"。

第一，直接写景，景物就是情思。陶潜《饮酒》中的"采菊东篱下，悠然见南山"广为流传，这是对所见之景的直接描写，有着什么样的巧妙呢？苏轼说："采菊之次，偶然见山，初不用意，而境与意会，故可喜也。"虽然直接对景物进行描写，但是在不经意间就包含着情意了。陶渊明不为五斗米折腰，辞官归隐，醉身于山水田园之中，与"丘山"为邻。这两句诗真切地表明了陶渊明重返自然的悠然自在的心境。

第二，直抒其情，直陈其事，实现"境"与"意"的融合。如元稹《闻乐天授江州司马》：

残灯无焰影幢幢，此夕闻君谪九江。
垂死病中惊坐起，暗风吹雨入寒窗。

夜已深，油尽灯枯，光影摇曳，这是在写景。在这样的一个晚上，听闻朋友被贬谪九江，此时作者在通州，卧病在床，这是在展开叙事。作者听到朋友被贬的消息，内心受到了很大的冲击，最后一句又重新对眼前之景进行描写，这是在叙事，也是在抒情，情深意浓，景语即情语。

第三，直接抒发感受，营造出一种似真似假的有着深刻意蕴的情境。杜甫的《羌村》写道："夜阑更秉烛，相对如梦寐。"诗人在饱受战乱之苦后归家与妻儿团聚，多年以来一直盼望着相见，但是真的相见了又不相信这个是真的。在夜深人静的时候，夫妻二人在灯下沉默以对，都不相信这是真实的，以为在做梦。此诗情融神合，意蕴不尽。陆游的《游山西村》"山重水复疑无路，柳暗花明又一村"也是直接表达思想情感的典型诗句，直接表达人生的感受，在优美的景物描写中蕴含着哲理意味，有着高超的艺术境界。

（四）想象在意境创造中的作用

诗与想象是分不开的。中国古典文艺理论对想象力的重要性很早就开始重视了。陆机的《文赋》云：当一个作家展开想象的翅膀，他可以打破时空的局限，做到"精骛八极，心游万仞"，"观古今于须臾，抚四海于一瞬"。有相似观点的还有刘勰，他曾说诗人可以借助想象力"思接千载""视通万里"。换言之，没有想象力就没有诗。诗歌中对意境的创造也离不开想象力的发挥。想象可以帮助诗人开拓意境，是意境的翅膀。

丰富的想象与意境的发展和深化有着密切的关系。想象一方面是连接"意"与"境"的纽带与桥梁；另一方面，通过合理的想象对现实生活进行加工，可以使诗歌的意境更加深化。比如李白的《行路难》（其二）：

大道如青天，我独不得出。
羞逐长安社中儿，赤鸡白雉赌梨栗。
弹剑作歌奏苦声，曳裾王门不称情。
淮阴市井笑韩信，汉朝公卿忌贾生。
君不见昔时燕家重郭隗，拥篲折节无嫌猜。
剧辛乐毅感恩分，输肝剖胆效英才。

昭王白骨萦蔓草，谁人更扫黄金台？

行路难，归去来！

诗人通过想象，跨越时空，把现实与历史衔接起来，把个人的命运与历史人物的命运连接起来，层层递进，深刻揭示出自己的遭遇和命运，而这正是封建社会知识分子的共同命运和遭遇。诗人的想象深化了诗的意境。

意境要借助想象创造，能达到匪夷所思的艺术效果。诗人展开想象，飞驰天地，驭万物于笔端，以瑰丽神奇的想象完成意境的创造。李贺向以想象的奇特著称。如他的《梦天》：

老兔寒蟾泣天色，云楼半开壁斜白。

玉轮轧露湿团光，鸾珮相逢桂香陌。

黄尘清水三山下，更变千年如走马。

遥望齐州九点烟，一泓海水杯中泻。

这首诗通过想象，纵览奇景，令人惊叹，然后以天上人间的对照，寄寓了作者深沉的感慨。可以说，奇特的想象构成了一幅"视通万里"的画面，完成了意境的创造。

二、意境创造中的艺术辩证法

意境中的"意"与"境"是一种辩证关系。它是情与景、主与客、虚与实、形与神等诸多因素的对立统一体。在诗歌创作的艺术构思中，将这些相互对立、矛盾的因素，组成一个和谐而统一的整体，是意境创造的关键所在。

（一）情与景

抒情性是诗歌的主要特征。诗人一般借助景物进行抒情。在诗歌的意境中，情与景有着重要的地位和意义。这里提到的情是包含思想的情，在现实中，纯粹的、没有思想的感情是不存在的。景在本质上也不是一个纯粹的客观景，反映在作品中，反而是一个高度主观的景。在意境中，情与景是相互依存的关系。有学者认为景就是境，情景就是意境。谢榛在《四溟诗话》中云："作诗本乎情、景，孤不自成，两不相背……景乃诗之媒，情乃诗之胚，合而为诗。"王夫之也是与之相同的观点："不能作景语，又何能作情语耶？"这部分学者过分夸大了情与景，具有片面性和主观性。客观来说，情与景和意境并不是等同的，情与景只是意境中的一个下属系统。

第二章 "意境"理论与古代诗词

"情"与"意"既有关联，又分属不同阶段。"情"是接触外界事物后的感情，它属于认识的感性阶段；"意"是感性的升华。"情"易于变化，"意"却较为稳定。"意"统驭着"情"。"境"与"景"也不可混为一谈。景仅是"境"的内容的一部分。

刘勰说："情以物兴，故义必明雅；物以情观，故词必巧丽。"这就是说"情以物兴"是触景生情，"以情观物"是情注于物。二者是一种辩证关系。王夫之关于这一问题的著名论述也是滥觞于刘勰的，他说："情、景为二，而实不可离。神于诗者，妙合无垠。巧者则有情中景、景中情。"他又说："情景虽有在心在物之分，而景生情，情生景，哀乐之触，荣悴之迎，互藏其宅。"

"情生景""景生情"是指意境创造过程；"情中景""景中情"是指意境完成后的特点。这两者也是互为因果的。"情中景""景中情"是用"情生景""景生情"的方法创造的。

毕达哥拉斯说，美在于和谐，而和谐起于差异的对立统一。我们研究情与景，其目的就在于如何使这一对立物趋向统一和谐，以形成美的意境。

情中景，即王国维所说"以物观物，故物皆著我之色彩"。情不是景的属性，情景不一致。这里景（物）有它的独立性。"景"在作品中有所表现、有所显示，但"情"却逼"景"迁就自己、臣服自己。二者如何统一为"情中景"？一般来讲有两种方法：一种是造一致之景，一种是造对立之景、相反之景。

王夫之曾云："'昔我往矣，杨柳依依。今我来思，雨雪霏霏。'以乐景写哀，以哀景写乐，一倍增其哀乐。"战士们外出征战，远离家乡和亲人。他们的心情是悲伤的，但诗人运用反衬的手法，用"杨柳依依"的美丽景色来渲染士兵出征的悲壮。春天本来是一个万物复苏、欢乐的季节，但士兵们在这美好的时节却被迫出征，这让此诗更具愁苦悲惨之情。战士们归来，心中充满期待与欢喜，但诗中却用"雨雪霏霏"的悲情场面来侧面说明战士们渴望踏上回家的路程，不顾雨雪天气，着急归家，强烈的反衬表现了他们归心似箭。这就是典型的反衬手法。

景与情是相互联系的统一体，在一致中有差异，在一致中可以浑然一体。王国维称之为"无我之境"。实际上，无我之境是不存在的，只是在无我之境中"我"不突显，情较为恬淡。王国维就元好问《颖亭留别》中的两句说："'寒波淡淡起，白鸟悠悠下'，无我之境也。"仅看诗句，这两句诗流露出作者醉身于自然美景之中，悠然自得，并不是无我，在这首诗的后两句"怀归人自急，物态本闲暇"中，我们可以看到，诗人通过物态的"闲暇"表明自己急切归去的心情。在整首诗歌中若是纯粹的无我，就没有意境和境界的产生，在诗歌中通常来说"我"是不太显露的。正如王维的《山中》：

荆溪白石出，天寒红叶稀。
山路元无雨，空翠湿人衣。

这首诗的"我"已融进物中，如不仔细品味，还会以为是单纯写景的。像"山路元无雨，空翠湿人衣"，物我融合无间，不正反映出诗人对大自然美景的热爱吗？

但是，有的诗人之情却不是这样平淡。外物强烈地刺激了他，使他的"情"像决堤洪水倾泻而出。如杜甫的《登高》：

风急天高猿啸哀，渚清沙白鸟飞回。
无边落木萧萧下，不尽长江滚滚来。
万里悲愁常作客，百年多病独登台。
艰难苦恨繁霜鬓，潦倒新停浊酒杯。

这是作者在夔州登高所见长江秋色。诗人漂泊在外，贫困潦倒登高远望，百感交集，全部景色都充满悲凉慷慨的感情色彩。历来人们认为此诗雄阔高浑，是古今七律之冠。

（二）主观与客观

诗人在生活中获得感受，然后经过艺术构思、艺术加工、艺术创作之后营造的艺术境界就是意境。所谓的"主"就是指诗人独特的人生体验、构思和再现；所谓的"客"就是指诗人作品中所反映出的客观世界。意境就是主观的意与客观的境之间的完美统一。主（意）包括两个方面：一是感性，感性包含知觉和情感。这二者有着很大的区别，知觉比情感要低一层，情感是具有感情色彩，但还远远达不到理性的程度。二是理性，感性的升华就是理性，是对事物本身的认识，是对事物本质的把握。客（境）包括两个方面：一是人，主要指的是作品中出现的人物形象和人物的心象画面；二是物，主要是指作品中出现的自然场景以及生活的画面。具体而言，主与客的关系可以分成六种类型。

一是借景传达主体的意。诗人主要是借助形象、生动、具体的景物描写来表达主观感受或情感，将认识渗透到景中。

二是通过作品中的人物表达诗人主体的意。诗歌中对具体人物的刻画，就蕴含了诗人的内在情感。比如唐秦韬玉的《贫女》：

蓬门未识绮罗香，拟托良媒益自伤。
谁爱风流高格调，共怜时世俭梳妆。
敢将十指夸针巧，不把双眉斗画长。

苦恨年年压金线，为他人作嫁衣裳。

这首诗描绘了一个可怜、贫苦的女人形象：她出生在一个贫穷的家庭，虽然有着姣好的相貌和才德，但因为贫苦，已经到了待嫁的年龄，却没有人求娶。她哀叹自己的命运，心中充满了悲伤和痛苦，发出"苦恨年年压金线，为他人作嫁衣裳"的感叹。

"语语为贫士写照"是沈德潜在《唐诗别裁》中对这首诗的评价。诗歌蕴含着强烈的人生哲理和深刻的社会内涵。实际上诗的寓意已经超越了贫女的形象描绘，反映了封建社会穷苦人民的共同悲剧。诗人通过贫女形象在无声无息中传达了他的主体之意。

三是主体的意是靠心象画面再现的。诗直写精神世界，突出心象画面，使主客融合为一。如陆游的《示儿》、陈子昂的《登幽州台歌》都运用了这种写作手法。诗直抒诗人的内心感情，再现了其丰富复杂的内心世界，可视为诗中的心理描写。这类作品主即客，客即主，主客已难于区分。

四是主体的意与客体融合在人和景物的描写中。诗中既有人物形象描写，又有景物描写。如柳宗元的《江雪》：

千山鸟飞绝，万径人踪灭。

孤舟蓑笠翁，独钓寒江雪。

这首诗有景有人。诗的前两句创造了一个广大寥廓、幽静清冷的境界。在这一浩瀚无边的背景中突出了一位在江心冒雪垂钓的渔翁形象。诗中描绘了一片雪的世界，"千山"雪盖，"万径"雪遮，在这样的环境中"鸟飞绝""人踪灭"，天地空蒙、孤寂。可是，在这冷寂苍茫的天地中，那位老渔翁不怕天寒，不顾雪大，忘掉了周围的一切，专心致志地垂钓。老渔翁的形象显得多么孤独，又多么孤高自傲。而这个老渔翁的形象正是诗人情感的寄托者。柳宗元被贬到永州之后，精神受到极大刺激，他实际上是借渔翁的形象来抒发自己政治上失意的苦闷和不为世人了解的悲愤心情，以及高洁孤傲的情怀。诗以景物烘托人物，又借人物抒发作者的意。主客达到融合无间的境界。

五是既写人物外形，也写人物内心，以此宣泄诗人主观之意。也就是说，主体意是通过人物加心象来完成的。如李白的《秋浦歌》：

白发三千丈，缘愁似个长。

不知明镜里，何处得秋霜。

诗一开首即以高度夸张的手法塑造了"白发三千丈"的人物形象，接下来直接抒发内心愁思。原来是愁生白发，发因愁长，一字千钧，笔大如椽。这两句是刻画人物形象，也是描写内心世界。后两句写诗人揽镜自照，发出深沉痛切的疑问，为什么我会生出满头白发呢？联系到诗人一生坎坷，志在经世，屡遭挫折，壮志未酬，书生已老，怎不令人悲愤？这两句也是既写形貌，又写精神。全诗通过"自我"形象的塑造，将诗人忧积内心的怨愤和愁恨淋漓酣畅地宣泄出来，有强烈的艺术感染力。

六是主体的意是由多层面的客体反映的。客体中不仅有人有心象，还有景物。这一组主客之间要素齐备，表现也最完整丰富。如李白的《宣州谢朓楼饯别校书叔云》：

弃我去者，昨日之日不可留；
乱我心者，今日之日多烦忧。
长风万里送秋雁，对此可以酣高楼。
蓬莱文章建安骨，中间小谢又清发。
俱怀逸兴壮思飞，欲上青天揽明月，
抽刀断水水更流，举杯消愁愁更愁。
人生在世不称意，明朝散发弄扁舟。

这首诗一开头就掀起波澜，暴露出真实的内心世界。岁月匆匆，一去不复返，心中的"烦忧"很难消除。接下来，诗人笔锋一转，描绘了一幅辽阔秋景图——长风送秋雁。情绪转换非常快，境界发生了很大的转变，此时作者壮志思飞、豪情逸兴。在结尾四句诗中，"抽刀断水"不仅是对眼前景象的描绘，谢朓楼前流淌着终年长流的宛溪水，更是对诗人自身"抽刀断水"形象的描述。志向无法实现，诗人坦言，他只能通过"散发弄扁舟"逃离这个黑暗的世界。诗人将眼前的景物与思想情感相连接，实现了"自我"形象与精神世界的完美统一，在悄无声息中达到浑然一体。

在上述六种情况中，主体和客体是统一的，主体（意）必须支配客体，处于主体地位。换句话说，作者的思想感情必须渗透到客体之中。然而，诗人在创造意境的过程中，主客体的统一只是相对的统一。主要原因在于一方面客观事物不是永恒不变的，是不断发展变化的；另一方面主体受限于思想、客观环境等因素的影响，诗人的认知相对有限。

在创作过程中，客体是基础，主体起主导作用。换句话说，诗歌中呈现的客观世界是经过诗人主观化之后的客观世界，这就会出现不同的诗人在同一个题材下创造出意境不同的作品。诗歌中的形象并非生活中真实、客观的形象，因为诗人经过艺术加工之后，在其中渗透了自己的主观情感和意趣，它是一种再创造的形象。主体思想感情的差异必然会导致作品有形象上的差异。意境也就是有意味的境。在诗歌中"自我"一致有着突出的地位，就如王国维所说的"无我之境"并不是真的无我，而是"不知何者为我，何者为物"的主客高度融合的境界。突出"自我"，就是突出诗人的艺术个性。一般来说，有特色的作品都是有个性的作品。个性化是一种真正的艺术创作。

（三）出与入

创造意境，忠于生活，并且要能入能出。王国维在《人间词话》中说："诗人对宇宙人生，须入乎其内，又须出乎其外。入乎其内，故能写之。出乎其外，故能观之。入乎其内，故有生气。出乎其外，故有高致。"这段话深刻地揭示了生活与创作的辩证关系。"入"是细致体验生活，"出"是宏观把握生活。"入乎其内"，才能有所感受，进行创作，才写得生动实在。"出乎其外"，才能不被现象所迷惑，滤去杂质，把握本质，如此，诗才会有审美价值。

入与出的过程就是从生活到艺术的过程。入时，诗人为万象纷呈的生活现象所迷，感受纷至沓来，身在庐山，不易识其面目。只有跳出纷乱的现象，进行冷静的观照、回味、分析、综合，由具体上升到抽象，再由抽象返回到思维具体，加以形象的艺术表现，才有可能由现实世界跳到诗的世界，把生活感受变为审美感受，创造出美的意境来。对客体物象的把握，也涉及出与入的问题。客观物象一般是"横看成岭侧成峰"，它是多侧面、多层次的，在不同诗人的笔下，会呈现不同的侧面。怎样表现就在于诗人"出"时的不同认识和把握。创作意境的出入之道不能看得过死，以传神达意为主，力求达到入境和化境。若写得过死、过实，难以触发读者的想象、联想，就失掉了诗味，意境就显得凝固，没有生气，这便是所谓的"有入无出"。王维的《使至塞上》中"大漠孤烟直，长河落日圆"是千古传诵的名句。一个"直"、一个"圆"把塞外空阔、苍凉的独特景象，准确传神地表达出来。其实，这个"直"并非真的就那么"直"，这个"圆"也并非真的那么"圆"，它只不过是移步换形，"入"与"出"相统一的一种审美感受。

第四节　古词的意境营造

在王国维的《人间词话》中这样写道:"词以境界为最上。有境界则自成高格,自有名句。"由此可见,名句不仅贯穿于词人的创作中,是高度凝练的思想精华,使得诗词更加具有生命力,另外还增加了诗词的美感。诗词之美最突出的就是意境美,这种美就如同美人的美,在于举手投足,在于一颦一笑。"无可奈何花落去,似曾相识燕归来。"这两句诗不仅美在诗句的工整,而且还在于其中蕴含的情思与理致。诗词在形成的一瞬间,就有了生命力,最终成为历代广为传诵的佳句。词作生命的本质就是诗人在不同的情感驱使下对生活的态度和对事物的认识。

一、词贵有寄托

如果在作词的时候没有寄托,那么创作的时候话尽意也尽,诗词本身就没有深厚的意蕴;如果有寄托,那么言虽尽但意无穷,诗词耐人寻味。例如,范仲淹的《苏幕遮》:"明月楼高休独倚,酒入愁肠,化作相思泪。"在诗词中,用反衬的手法进行创作,用"明月楼高"等美丽的东西来反衬出离别人的孤独,然后用"酒入愁肠"来转换愁思。"酒"与"泪"相关联,"愁肠"巧妙地将酒滴转化为泪滴,这生动地说明了离别的苦闷心境无处排遣,只能寄托在诗词中。

晏殊的《蝶恋花》:"独上高楼,望尽天涯路。欲寄彩笺兼尺素(一本作"无尽素"),山长水阔知何处?""彩笺""尺素"的无法寄出,暗示了诗人彻夜思念,渴望与家人团聚的思想感情,使读者闻之落泪,催人肠断。在此诗中有很多需要读者细细品味的画外音,进一步增添了诗词的语言魅力与艺术内涵。王国维对此诗的评价很高,并借此诗来比喻"古今之成大事业、大学问者"需要经历的第一层境界。

二、虚实相生

范晞文《对床夜语》云:"不以虚为虚,而以实为虚,化景物为情思,从首至尾,自然如行云流水,此其难也。"所谓的"虚",也可以说是空灵、无。所谓的虚无的"实",也可以说是实在、有、真实。"实"相对于"虚"来说有具体的形象,因而比较容易被感知;"虚"相对于"实"来说是比较空泛的,是飘忽不定的,不容易被人们所感知,这就需要借助思维去体会。尽管如此,"虚""实"这二者间是相互联系、相互依存的关系,都对意境的产生和变化有着重要的影响。因此,我们可以这样认为,意境产生于情景的结合、虚实的结合。

虚与实的辩证关系对意境的开拓很重要。我国古代文论家对这一问题早有认识。刘勰在《文心雕龙》中说道:"夫情动而言形,理发而文见,盖沿隐以至显,因内而符外者也。"无形的情与理,通过言与文才能得以表现。他所说的从内到外,从隐至显,也包含着创作中的从虚到实的过程。他还说"神用象通",虚的"神"必须借助实的"象"来传达、表现。但是究竟该怎样认识虚与实的辩证关系,古人并未展开论述。

对于虚实关系的问题,首先需要考虑的是如何认识生活,如何反映生活。王骥德是明代戏剧理论家,他在《曲律》中曾经这样写道:"戏剧之道,出之贵实,用之贵虚。"他所提出的观点不仅是戏剧的法则,同时也是文艺创作的通用法则。"出之贵实,用之贵虚。"这提示我们在认识客观事物的时候要客观、全面地对真实的情况进行掌握,之后再进行构思,但是也不能被现实生活局限,可以进行虚化处理,化实为虚。对"实"的生活"虚"化主要是通过概括、提炼来完成的。概括化就是虚化,在诗歌创作的阶段,需要化虚为实,即将生活中提炼的"虚"转化为有形的"实",需要注意的是这里的"实"并非现实生活中的客观事物,而是经过作者艺术创作改造之后的"实",是艺术层面的"实"。

在意境创造中,对于虚与实的辩证关系的正确处理,可以从以下几点入手:一是以实见虚。实是具体形象,虚是内在寓意。艺术的生命不在于实本身是什么,而在实表现了什么。恰如刘熙载所说的"文在此而意在彼"。二是虚中带实。以实见虚是在写景叙事中表现感情,虚中带实则是以抒情为线索贯穿景、叙事。三是化实为虚。诗中留有空白,才能激起读者的联想、想象,从而拓宽读者的思维空间,创造宏阔的境界。这种虚化使诗空灵飞动,可增大艺术容量。

词人常将看不见、摸不着的心理、情绪,用有形的实物来表达,也就是将抽象的东西具体化。古词中写离愁别恨的很多,这是一种主观情绪,它虽是客观社会生活在人们头脑中的反映,但它不能直接作用于视觉、听觉、触觉,是无形的。诗人为使这种虚的感情形象化,采用多种手法化虚为实。如贺铸的《青玉案》:

凌波不过横塘路,但目送、芳尘去。锦瑟年华谁与度?月桥花院,琐窗朱户。只有春知处。

飞云冉冉蘅皋暮,彩笔新题断肠句。试问闲情都几许?一川烟草,满城风絮,梅子黄时雨。

这首词是晚年的贺铸在苏州所作,主要是通过美人、芳草等词汇来抒发内心抱负不能伸展、郁郁不得志的苦闷。"凌波"主要是指美人步履轻盈，有缥缈的仙姿；"芳尘"主要指的是美人在经过时，扬起的尘土也被美人的芳香所浸染。诗人靠在门上凝望远处，见到一位款款而来的女郎。女郎飘然而去，空留下作者满怀的惆怅。这位女郎将会与何人一起度过这锦瑟年华，月桥花院，琐窗朱户，大概只有春天知晓吧！这是诗词中上片所描绘的场景和人物，一切都若隐若现，似真似假，就好似那镜中之花，真假难辨。

下片主要抒发了作者的闲愁。"飞云冉冉蘅皋暮"——黄昏时候的景物凄迷中带有感情，天空中笼罩着愁云，水塘边高地上有很多凄迷的野草在生长，看到这样一幅景象，不禁让人迷茫、心碎。"彩笔新题断肠句"——诗人想用自己的才华抒写肠断的伤情，词美情深，直抒胸臆。"试问闲情都几许"简单一问，包含无限的愁绪。词的最后几句是广为流传的千古绝唱，化情思为景物，对"闲情都几许"进行了回答，将抽象的、难以言说的愁绪形象化、具体化，转化为三种景物、三个比喻、三个意象——溪边烟草蒙蒙、城中飞絮飘飘、天上细雨霏霏，这些组成了扑朔迷离的意境。因此，平川、烟草、城墙、柳絮都融于细雨之中。整首词是含蓄的、委婉的和有意蕴的。读者在细细品读之后满怀怅惘，忧思绵绵。

这种将抽象的情思化为生动可感的具体形象的方法，可创造出意境融洽的境界，实质上它就是将抽象的意形象化、诗境化的方法。它不仅符合形象思维的内在规律，而且是创造意境的重要途径。

三、情景交融

词的情境描述，呈现出复杂而多元的结构关系。很多对诗词的研究都离不开章法句法，注重以景开始，以情结束，上景下情成为词章法的完典。在之前情景理论研究成果的基础上，王夫之从主客体结构关系入手，提出了情、景的四种结构类型：一是"情景妙合无垠"；二是"情中景"；三是"景中情"；四是"以写景之心理言情"。据此，我们可以看出，要想创作出出彩的、成功的诗词，孤立的景不可能成为意象，也不可能是孤立的情。景脱离了情就是虚景，情脱离了景就是虚情，情与景的自然融合呈现出"情不虚情，情皆可景，景非虚景，景总含情"的时候，诗词才有了灵魂，达到一种妙不可言的至臻境界。情景交融的艺术手法有着多种多样的组合方式，主要包含八种：借景抒情、以景引情、寓情于景、触景生情、因情造景、以景衬情、移情于景、以景寓情。不管是这其中的哪一种方式，诗词的意境都产生于情景交融中，情与景二者是不可分割、不可相离的。没有情，景不会出现；没有景，情无法产生。

(一）融情入景

诗词运用借景抒情会对景物进行选择和加工，但依旧需要保持其原本的形态特征，在景物中渗透情境，自然过渡，这就是所谓的融情入景。融情入景以"景"为中心，借此表达感情，强调主体对客体的遵从，在形态、性质上，景物与情感具有相似性，以此来启发情感。因而，读者需要进行联想和想象，用心体会，才能从根本上把握作者的情感状态，体会诗词中蕴含的思想。

情在心，景在物，融情入景有着两个相互统一、相互联系的要求：一是"情者，景之情也"，这也就是说情在景中，化情为景，诗词中的情感需要借助具体的景物形象进行表达；二是"景者，情之景"，这也就是说"悲喜亦于物显"，在情中写景，指在创作时带着丰富的感情色彩对景物进行描写。从审美心理角度来看，它使审美主体与客体相适应，实现二者的和谐统一。换句话说，即物我统一、自然与人统一。世间万物与诗人的心灵相互统一，诗人的心灵可以投射到世间万物之中，比如秦观的《浣溪沙》：

漠漠轻寒上小楼，晓阴无赖似穷秋。淡烟流水画屏幽。

自在飞花轻似梦，无边丝雨细如愁。宝帘闲挂小银钩。

这首词写得轻盈，很有灵气，含蓄有韵味。整首词的六句话没有对人物形象进行描写，全是在写景。但是，人的感情渗透在对景物和气氛的描写中。词创作于初春，但是却呈现出一阵轻寒。"漠漠"二字看似在写早春时候浓重的轻寒，实际上却表现人轻寒的感受，从侧面表现出楼上之人的孤寂。虽然在词中描绘的是早晨，但是天空浓云密布，不见阳光，在这样的环境氛围下，人们生出无聊、苦闷之感。尤其在下片所描绘的"花轻似梦""雨细如愁"的境界，飞花自由自在，扑朔迷离，飘忽不定，细雨如丝一般下落，迷离无边。这两句可以引起人们丰富的联想，是飘忽不定的飞花闯入梦中呢，还是梦中幻化成了一片片的飞花，似实似虚。相对于现实而言，梦、愁本来就是非常抽象的事物，很难搞清楚。一般来说，在诗歌中，常常用具体比拟抽象，但在这首词中恰恰相反，用具体的"飞花""丝雨"比拟抽象的"梦似飞花""愁如丝雨"的愁思，主人公在这样的环境中正是一种漠漠的愁思。这个手法的运用将主人公的感情表现得非常细腻。最后一句进一步唤醒全词，用室中宝帘当作结束，帘外与帘内的种种愁绪更加明显。全词不直接表达春愁闺怨，但在全词中时时刻刻可以体会到春愁闺怨。景与情融为一体。

在这一类的写景句子中，主要呈现出一种物我不可分离、主客不可分离、"妙合无垠""互藏其宅"的境界，这就是传统诗学中的一种重要的抒情方式——拟物主义的抒情方式。"景中情"属于这种表达方式,与传统中"应物而感""感物而动"的说法相同,主要是对外在景物的描写,内在的情感并没有明确的表达,以景传情,情感是含蓄和隐蔽的。如"落花人独立,微雨燕双飞""可堪孤馆闭春寒,杜鹃声里斜阳暮"等,可以从景物形象中感知主人公的悲欢。

(二)移情于景

在借景抒情中,一是由于主观情感强行介入景物描写中,所以出现很明显的主观化描写;二是会对事物原有的形态和特征进行不同程度的改变;三是移情于景,在句子中会出现情感倾向的词语。诗人在选材时,立足于强烈的主观情感,对外界的景物进行筛选,将自身的主观情感融入景物之中,通过对景物的描写抒发出内在情感,这样可以达到一种情景交融、移情于景的艺术情境。

所谓的移情现象就是在诗词中,对于景物的描写掺杂了人的感情、思想、行动、性格、生命。例如欧阳修的"泪眼问花花不语,乱红飞过秋千去"、姜夔的"数峰清苦,商略黄昏雨"、晏殊的"槛菊愁烟兰泣露""细草愁烟,幽花怯露,凭栏总是销魂处"等,除此之外,大部分的咏物词的警句都有移情的作用。从现代美学的角度对移情现象进行解释,不外乎是作者对客观景物的情感想象,促使所描写的景物形象具有了情感色彩。

中国古典诗词中,典型的对诗词创作中的"移情"现象进行论述的有王夫之的"情生景"与王国维的"物皆著我之色彩""有我之境"等。强调物的人格化和感情的主动外射,由我及物,是典型的拟人主义的抒情方式。从审美主客体的关系意义层面上来说,"移情"是景物主体化的一种抒情方式,是一种全新的人与自然的审美关系,突破了传统"感物而动"的拟物主义抒情方式。对景物的主体化描述,可以更加突出诗词情景交融的特点。移情写景,就是指描写景物主体化不仅仅局限于单向之间,更多体现在整体的篇章结构上。作者对景物进行主体化描述主要是通过一片或者整首词来实现的。

辛弃疾的《丑奴儿近·博山道中效李易安体》中写道:"野鸟飞来,又是一般闲暇。却怪白鸥,觑着人欲下未下。旧盟都在,新来莫是,别有说话?"白鸥犹犹豫豫,想下但没有下来,并且偷偷看人,难道是准备毁约吗?作者借白鸥的背盟,抒发自身生活仕途坎坷之情。辛弃疾在《鹧鸪天·鹅湖归病起作》中写道:"红莲相倚浑如醉,白鸟无言定自愁。"好似少女一样的红莲相互依靠在一起,就好像全都醉了,此时的白鹭不鸣不诉,独自在发愁。辛弃疾的《沁园春·再到期思卜筑》中写道:"青山意气峥嵘,似为我归来妩媚生。"在《沁园春·灵山齐庵赋时筑偃湖未成》写道："争先见面重重，看爽气朝来三数峰。"在这两首词中，山活跃，有着顽强的生命力和丰富的感情，有的妩媚多情，有的意气峥嵘。在这些句子中，包含着词作者强烈的主观外射，景物的主体化使词呈现出"物皆著我之色彩"。与现实中的山相比较而言，辛弃疾笔下的山显得更加具有艺术性，更崇高，更富有情趣，更有理想，更加完美。景物的主体化在词人主观外射的前提下，隐蕴着作者的思想情感，进而形成寓情于景、物我融合的抒情方式。在诗词中，景物主体化的抒情方式使没有感情、没有生命的景物具有了生命力和感情色彩，是对传统的诗歌拟物主义抒情方式的突破和创新，丰富和发展了宋词中情景交融的抒情结构。

（三）情景相触

情景相触指的是在直接的审美感受中，促使情与景的自然融合与升华，从而达到配合巧妙、毫无痕迹的状态。这种契合并不是外在的简单拼凑，而是内在的统一。有的情景相间，有的先情后景，有的先景后情，形式多样，写法不一。

在北宋词中，一个常见的现象是许多词的第一句往往是点名时令，上片主要是对景物进行描写，下片才开始由景物描写转变为抒发情感。例如，张先的《千秋岁》云：

数声鶗鴂，又报芳菲歇。惜春更把残红折。雨轻风色暴，梅子青时节。永丰柳，无人尽日花飞雪。

莫把幺弦拨，怨极弦能说。天不老，情难绝。心似双丝网，中有千千结。夜过也，东窗未白凝残月。

这首词的首句首先对时节进行描绘，是暮春，作者见到此景很伤情，并且产生了惜春之情。下片由惜春伤春过渡到浓浓的相思之情，情感更加热烈。在这首词中，作者所产生的这些情感变化主要是由于"数声鶗鴂，又报芳菲歇"的物候变化引起的，这也成为宋词中典型的现象。当然，不仅包含季节的变迁、日月的更替，自然景物也会使作者产生激烈的情感变化。例如，周邦彦的词句"柳阴直，烟里丝丝弄碧。隋堤上，曾见几番，拂水飘绵送行色"；张元幹的词句"凉生岸柳催残暑"；柳永的词句"今宵酒醒何处，杨柳岸晓风残月"；等等。在这些词句中，"柳"很难判断出作者是写意还是写实，但可以肯定的是这些都是作者借景来表达内心的情感。通常来说，在宋词中："浮云"象征行游、漂泊；"雁"象征羁愁、淹滞等。这些词不一定是真实的景象，作者只是借助这个景象来表达更深层次的情感和思想，以及渲染情绪氛围。

唐宋诗词最重要、最突出的艺术特征之一就是情景交融。对于情与景的处理，作者往往采用多种方法。情与景互生互发，互相渗透，最终融为一体，为诗词创造出绝美的意境。情语缘景语而厚，景语因情语而活，上文我们所列举出的分类方式仅仅是为了论述方便，在这几种方式中也有交叉、渗透，而且并不全面。古典诗词是情与景的融合统一，不管作者采用的是哪种方式，情与景的关键在于"融"。只有情与景相互交融、相互渗透，"情不虚情，情皆可景，景非虚景，景总含情"，才能达到情与景的完美结合与统一。

第三章　古代诗词的艺术风格及文化意蕴

艺术手法就是表现手法。从广义角度来说，它是作者在用词和表达思想感情时所使用的特殊的语句组织。古诗词作为一种特殊的艺术形式，具有独特的艺术性。中国古代诗词的艺术性主要体现在：用夸张手法突出形象特征，用想象塑造形象，含蓄地表达思想感情。换言之，丰富的想象力、夸张的描写和含蓄的寓意相结合，集中展现了中国古代诗词的意境。

第一节　边塞诗的艺术风格及文化意蕴

以边塞为题材的诗在唐代极为流行，在盛唐时蔚为壮观，具有豪爽俊丽而风骨凛然的风貌，创造出了清刚劲健之美。

一、边塞诗的历史渊源

边塞诗的历史源头可以追溯到《诗经》，下面这篇《秦风·无衣》就颇有此类诗的风味：

岂曰无衣？与子同袍。
王于兴师，修我戈矛。与子同仇！
岂曰无衣？与子同泽。
王于兴师，修我矛戟。与子偕作！
岂曰无衣？与子同裳。
王于兴师，修我甲兵。与子偕行！

这首诗作于秦文公时，表达了秦国官兵同甘共苦、同仇敌忾的气概，他们互勉互励，要与西戎进行战斗。诗中气势豪迈，催人奋发。

到了汉乐府，就有了反映屯边战士生活的诗篇，情辞极为凄苦。如《十五从军征》：

　　十五从军征，八十始得归。
　　道逢乡里人，家中有阿谁？
　　遥望是君家，松柏冢累累。
　　兔从狗窦入，雉从梁上飞。
　　中庭生旅谷，井上生旅葵。
　　舂谷持作饭，采葵持作羹。
　　羹饭一时熟，不知饴阿谁。
　　出门东向望，泪落沾我衣。

这首诗记述了一个服役老兵退伍后，回家后看到的悲惨情景，表现了战争的残酷。魏晋之际，天下大乱，连年战火不息，三曹、七子及七贤中都有反映战乱的诗篇。如曹操的《蒿里行》、阮籍《咏怀诗》等，这些诗都写得慷慨悲壮，雄浑豪放，很能代表和体现汉魏风骨。

杨炯是"初唐四杰"之一，首开唐代军旅诗的先河。杨炯在其诗《从军行》中写道："烽火照西京，心中自不平。牙璋辞凤阙，铁骑绕龙城。雪暗凋旗画，风多杂鼓声。宁为百夫长，胜作一书生。"在这首诗中，我们可以深切感受到诗人想慷慨从军的豪情和志向。这是一首非常成熟的军旅诗。

盛唐诗人中，李白是较早写作边塞诗的诗人之一，他写有《塞下曲》六首，我们看其中的一首：

　　五月天山雪，无花只有寒。
　　笛中闻折柳，春色未曾看。
　　晓战随金鼓，宵眠抱玉鞍。
　　愿将腰下剑，直为斩楼兰。

这首诗中既有对盛唐时边塞生活的反映，又映照着李白自己的影子。李白一直渴望着能投笔从戎，为国立功，常以有志者自居，所以这些在《塞下曲》中表露无遗。

二、盛唐豪侠型诗人的边塞诗

盛唐时期，出现了一批具有北方阳刚气质的英雄俊才，在他们身上充满了积极进取的精神。他们渴望功名利禄，视自己为军事将领，非常自信和自负，经常通过写一些反映边塞生活的诗歌来表达自己壮怀激烈、横绝一世的狂傲气概。如王之涣、王翰、高适、王昌龄、岑参等共同创造了边塞诗的刚劲之美。

《凉州词》是王翰的代表作，诗中写道："葡萄美酒夜光杯，欲饮琵琶马上催。醉卧沙场君莫笑，古来征战几人回？"王之涣在他的《凉州词》中写道："黄河远上白云间，一片孤城万仞山。羌笛何须怨杨柳，春风不度玉门关。"《凉州词》展现了雄壮豪迈的场景，表达了主人公内心的无奈，但依旧充满豪情壮志、热情奔放的情绪。王之涣的《凉州词》展现了盛唐时期的风流与阔达。这两首诗充分展现了盛唐边塞诗的特色。

王昌龄是专攻七绝的高手，被称为"七绝圣手""诗家夫子"。他写的边塞诗格调高昂开朗，刚劲苍凉，雄浑跌宕，最能体现刚健之美。如《出塞》：

秦时明月汉时关，万里长征人未还。

但使龙城飞将在，不教胡马度阴山。

这首诗有着北方士人的阳刚气质，壮烈情怀与胜概英风并存其中，更显悲壮激昂。其章法井然，意脉贯穿，刚健有风骨。

崔颢早年曾被人讥为"有俊才，无士行"。他诗风的转变，是从开元后期北上入河东军幕时创作边塞诗开始的。他忽变常体，而具有凛然风骨。因此，殷璠《河岳英灵集》说："颢年少为诗，名陷轻薄。晚节忽变常体，风骨凛然。一窥塞垣，说尽戎旅。"典型代表是《雁门胡人歌》：

高山代郡东接燕，雁门胡人家近边。

解放胡鹰逐塞鸟，能将代马猎秋田。

山头野火寒多烧，雨里孤峰湿作烟。

闻道辽西无斗战，时时醉向酒家眠。

此诗对边境的描写就好似在眼前一样，似断未断的歌行流转体调，体现出了作者一如既往的豪爽风格。此诗描写戎马生活，读诗可以体会到诗人的阳刚意气。

此外，边塞诗人的代表还有祖咏和王维。祖咏的代表作是《望蓟门》，王维的代表作是《使至塞上》。

祖咏的边塞诗主要是对边疆要塞蓟城的险要进行描写，蓟城的险要令人心惊，但正因如此触及了诗人建功立业的豪情壮志。王维的边塞诗主要是对边塞的壮观景象进行描写和刻画。这两首诗都气势雄健，调高语壮，不愧是盛唐正声。

三、高适、岑参创造的慷慨奇伟之美

边塞诗人中最有代表性的是高适和岑参，后世合称高岑。高适和岑参的共同特点是，他们都有对边塞生活的实地体验和冷静观察。两人的诗风也比较接近，奇伟悲壮，读之使人感慨。

高适是个书生，其诗风雄浑，名满天下。高适诗风的"雄浑悲壮、浑厚古朴"是由其边地的实际生活体验造就的。他将青春抛洒在边疆，唱出了豪放雄浑的大唐盛世之音。在高适的诗中，"悲"情较少，"壮"怀高于"悲"情，他极负盛名的《燕歌行》就是典型的代表作。在这首诗中，描绘的是战争失败的场景，大地一片肃杀，草木凋零，战士们以命相搏，伤亡惨重，马革裹尸，梦中的妻子五内俱焚，肝肠寸断。诗中有悲，但是这种悲没有被扩大，在战场上，杀气腾腾，战士们挥舞武器，战斗到底，此时的战斗并非为了功赏，而是在尽军人的职责，虽然战争很残酷，但是非常悲壮，更多的是壮，而非悲。

殷璠评价高适的诗"多胸臆语，兼有风骨"。高适是一个感情特别强烈的人，不管是反映客观世界还是抒发直观感受，他都很少隐晦曲折，一般是采取直抒胸臆的手法来表明自己的感情和思想。当然，这种直抒胸臆并不是言之无物的空喊大叫，而是以包含着强烈感情的语言、以激动人心的感情力量去打动读者，这和他开阔的胸襟以及率直豪壮的性格有关。比如《燕歌行》中用敌我对比去表现战士的英勇；用士兵和将军的对比去批判将军的享乐腐化、不恤士卒，抒发自己的不满和离别家人的痛苦、征人的思念。这些强烈的爱憎感情都大大深化了作品的主题。

和高适一样，岑参也以边塞诗著称。杜甫称赞他英俊挺拔，朝气蓬勃。岑参的边塞诗具有广泛的题材，有着瑰丽的意境，色彩鲜明，同时诗歌的风格非常独特。不管是在艺术方面还是在思想方面，岑参的诗都有很多值得学习和研究的地方。岑参的边塞诗可以把描写的景与抒发的思想情感结合起来，运用各种艺术手段，比如强烈的节奏、浩大的声势、奔腾跳跃的变化等描绘出一幅幅巨大的、蕴含强烈艺术魅力的图卷。

他笔下各种景象和意象呈现出西北地区特殊的自然地理环境和人文特点，比如火山、热海、雪海、龙堆、沙地、鱼海、酷沟、盐泽、剑河、葱岭以及风狂雪暴、严寒酷暑等。读者在这些诗中，体会了气象万千、雄伟壮阔的景象，开阔了视野。岑参的诗虽然是粗线条的描写，但是可以将人们向往边塞、热爱边塞的激情激发出来。岑参的代表作有《临洮泛舟，赵仙舟自北庭罢使还京》《白雪歌送武判官归京》《送李副使赴碛西官军》等，诗中多是对军旅生活的描绘、对边塞人文景观的叙述，为边塞诗拓宽了写作的题材。

岑参前后两次出塞，创作的边塞诗达70多首，是盛唐诗人中此类题材留存作品最多的。他的边塞诗不仅可以使我们了解到当时边塞将士的生活状况，还能使我们了解到当时的驿传通信、边地音乐等多种知识。

在《唐诗综论》中，林庚先生把盛唐边塞诗归为"悲壮的豪情、异域的情调、辽阔的视野、边防的信心"。

第二节 山水田园诗的艺术风格及文化意蕴

一、古代诗人的山水审美心理历程

人与自然的关系以两个向度——自然的人化和人的自然化，体现在审美观照和欣赏活动中。

从实质上来说，自然的人化是对自然的一种定格化、意念化，即审美主体在欣赏自然美时具有主观能动性和自主选择性。自然美要想成为现实的审美对象，需要符合审美主体的道德观念。因此，作者对自然的解释往往具有主观性和规范性。孔子是这种审美向度的源头。

中国古代诗人的审美心理对大自然的观照是有一个过程的。在先秦时，诸子百家对大自然的美并不欣赏，主要专注于自身的品德修养。此时的代表性思想家、理论家是孔子和庄子，虽然在审美对象的选择上二者存在差异，但是有一点是相同的，即为了达到"道"的升华目的对自然山水进行观照。"知者乐水，仁者乐山"是孔子的著名语录，在《四书章句集注》，朱熹对此解释说："知者达于事理而周流无滞，有似于水，故乐水。仁者安于义理而厚重不迁，有似于山，故乐山。"这就是说在自然山水的自然属性中找寻与人的道德属性一致或者相似的地方，对二者进行比照。之后的学者对孔子提出的论断进行研究和解释，形成了"比德"的理论。其中刘向的《说苑·杂言》中有代表性的语段：

子贡问曰："君子见大水必观焉，何也？"孔子曰："夫水者，君子比德焉。遍予而无私，似德。所及者生，似仁。其流卑下句倨，皆循其理，似义。浅者流行，深者不测，似智。其赴百仞之谷不疑，似勇。绵弱而微达，似察。受恶不让，似包蒙。不清以入，鲜洁以出，似善化。至量必平，似正。盈不求概，似度。其万折必东，似意。是以君子见大水观焉尔也。"

"夫智者何以乐水也？"曰："泉源溃溃，不释昼夜，其似力者。循理而行，不遗小间，其似持平者。动而之下，其似有礼者……通润天地之间，国家以成，是知之所以乐水也。《诗》云：思乐泮水，薄采其茆，鲁侯戾止，在泮饮酒。乐水之谓也。"

以上语段表明，君子以山水比德，因此，山水成为君子观照的对象。换句话说，自然形象的山水中的一些特征可以象征人的某些高尚的品质和道德。在这种理论的影响下，中国最早的诗歌《诗经》并没有出现纯粹的山水诗。孔子所提倡的学《诗》可以"兴观群怨""迩之事父，远之事君""多识草木虫鱼之名"，也是看重《诗经》的教化作用和增长知识的作用。《诗经》中有一些对山水的描写，如：

蒹葭苍苍，白露为霜。所谓伊人，在水一方。(《蒹葭》)
关关雎鸠，在河之洲。窈窕淑女，君子好逑。(《关雎》)
伐木丁丁，鸟鸣嘤嘤。出自幽谷，迁于乔木。(《伐木》)

这样的描写，只是把山水当作劳动和生活的背景，或者把山水当作比兴的媒介，并不具备独立的审美价值。

《楚辞》中对山水的描写开始丰富起来，出现了许多美丽动人的画面。如：

表独立兮山之上，云容容兮而在下。杳冥冥兮羌昼晦，东风飘兮神灵雨……雷填填兮雨冥冥，猿啾啾兮又夜鸣。风飒飒兮木萧萧，思公子兮徒离忧。(《山鬼》)

这显然比《诗经》前进了一步，但山水依然处于从属的地位，是作者发泄心中的苦闷和寄托美好理想的附属品，山水仍然没有从人的道德观念的束缚中独立出来。

汉末魏晋六朝在精神上极度自由、解放，是一个智慧和激情并存的时代，这也造就了这个充满艺术精神的时代。在这个辉煌的时代，有王羲之父子的字，戴逵的雕塑，顾恺之和陆探微的画，郦道元的游记，嵇康的琴曲，二谢、陶渊明的山水田园诗，曹植父子的诗，龙门石窟、云冈石窟的雄伟造像等，这些都为中国美学走向自觉奠定了基础。自此，自然美和艺术美不再从属于道德，具有了独立的审美价值。

《观沧海》是曹操所作，这首诗是中国文学史上一首完美而独立的山水诗。诗云："东临碣石，以观沧海。水何澹澹，山岛竦峙。树木丛生，百草丰茂。秋风萧瑟，洪波涌起。日月之行，若出其中。星汉灿烂，若出其里。幸甚至哉，歌以咏志。"全诗气势雄浑，景象壮观。诗人从自然山水的博大中获得了胸怀的壮阔，增强了审美心胸的扩张力，而不再把自然山水作为自己道德观念的化身。《世说新语》载东晋画家顾恺之从会稽还，人问山水之美，顾云："千岩竞秀，万壑争流，草木蒙笼其上，若云兴霞蔚。"又载简文帝入华林园，顾谓左右曰："会心处不必在远，翳然林水，便自有濠、濮间想也。觉鸟兽禽鱼自来亲人。"孙绰《游天台山赋》云："恣语乐以终日，等寂默于不言，浑万象以冥观，兀同体于自然。"又云："游览既周，体静心闲。害马已去，世事都捐。投刃皆虚，目牛无全。凝想幽岩，朗咏长川。"在这种深厚的自然体验下，产生了王羲之的《兰亭序》，鲍照的《登大雷岸与妹书》，郦道元的《水经注》，这些都是优美的写景文学。此时也产生了一大批崇尚自然美的山水画家和山水诗人。"山水质有而趣灵"，宗炳将所画山水悬于室中，对之云："抚琴动操，欲令众山皆响。"这使中国山水画自始即是一种"意境中的山水"。诗人陶渊明的"采菊东篱下，悠然见南山"，谢灵运的"溟涨无端倪，虚舟有超越"，郭景纯的"林无静树，川无停流"，这玄远幽深的哲学意味渗透在当时人的美感和自然欣赏中，标志着人的审美意识由被动转为主动，由他觉走向自觉。

自然一开始主要是充当陪衬的角色或作为比兴的媒介物，后逐渐发展为具有独立的美学价值的欣赏对象。山水诗为诗人带来了新的启发，可以从美学的角度走近大自然，发现、感悟大自然的美，这在美学史上和文学史上具有重要的开创性意义。

二、冲淡美是山水田园诗的主要美学特征

早期山水田园诗的代表人物是陶渊明、谢灵运、谢朓。山水田园诗产生的社会背景是玄学的兴盛。以开阔的胸襟去体味和感受自然，超入玄境中追求表里澄澈，一片空明，从而建立起晶莹之美的意境，这些成为早期诗人的审美趣味追求。因此，山水田园诗所呈现的美学特征是以自然、淡泊、隐微等为主。与南朝山水诗相比，唐代山水诗中诗人的足迹遍布大江南北，其胸怀更加壮阔，意境更加丰富。尽管如此，诗中的审美趣味没有发生改变，依旧是以冲淡美为主要特征。这种美学特征一直贯穿中国文学史的始末。

司空图在《诗品》中关于冲淡美的美学特征做过以下的比喻：

素处以默，妙机其微。饮之太和，独鹤与飞。犹之惠风，荏苒在衣。阅音修篁，美曰载归。遇之匪深，即之愈稀。脱有形似，握手已违。

司空图提到的"素处以默，妙机其微。饮之太和，独鹤与飞"隐藏着一种自然、隐微的思想感情。冲淡美的主要美学特征中，一是自然，二是淡泊。司空图提到的"脱有形似，握手已违"就是一种神似胜于形似的美学思想，也成为冲淡美的特征之一。

最能表现出自然、隐微之美的诗是陶渊明的田园诗。崇尚自然是陶渊明思想的核心。《归去来兮辞（并序）》云："质性自然"，《形影神（并序）》说："神辨自

然以释之"。指导陶渊明创作的最高准则就是自然。在陶渊明的观点中，人是秉受天地的灵气孕育而生，因此要避免世俗的打扰，提出最符合人的本性的生活方式是躬耕田园，隐居山林。例如，陶渊明的《归园田居》：

少无适俗韵，性本爱丘山。误落尘网中，一去三十年。羁鸟恋旧林，池鱼思故渊。开荒南野际，守拙归园田……久在樊笼里，复得返自然。

返璞归真、回归自然，体现了陶渊明的美学思想。只有在大自然中，人们才能获得思想的自由，就像天空中的鸟儿一样，自由自在。因此，他经常念诵归鸟"云无心以出岫，鸟倦飞而知还"，"翼翼归鸟，相林徘徊。岂思失路，欣及旧栖"。陶渊明在归鸟的身上领悟到人生的真谛。例如，陶渊明的《饮酒》：

结庐在人境，而无车马喧。问君何能尔？心远地自偏。采菊东篱下，悠然见南山。山气日夕佳，飞鸟相与还。此中有真意，欲辨已忘言。

此诗被王国维称作达到了"无我之境"。诗人在看到南山归鸟的一瞬间，突然悟出了顺应自然才能心无牵累这一真理，可以说是妙悟的结果。诗中所说的"真"，也就是老庄所主张的"道""元气"，即自然和人的精神本体。人只有存朴含真，才能永远得到精神的解脱和自由。陶渊明的诗不存祈誉之心，生活中有了感触就诉诸笔墨，既无矫情，也不矫饰，一切如实说来，真率而又自然。朱熹说："渊明诗所以为高，正在不待安排，胸中自然流出。"元好问说："一语天然万古新，豪华落尽见真淳。"这些正道出了陶诗的风格特点。

孟浩然山水诗的典型特点是恬淡与孤清。在世人眼中，他是一个与世无争的高人、隐士。闻一多在《唐诗杂论》中这样说："孟浩然不是将诗紧紧地筑在一联或一句里，而是将它冲淡了，平均地分散在全篇中。淡到看不见诗了，才是真正孟浩然的诗。"例如，孟浩然的《过故人庄》：

故人具鸡黍，邀我至田家。绿树村边合，青山郭外斜。开轩面场圃，把酒话桑麻。待到重阳日，还来就菊花。

全诗语言非常朴实，意境很高。整首诗就好似在家常叙话，亲切自然。诗人没有任何心灵上的负担，没有任何的外在压力，与自然融为一体，这组成了淡泊的立意和主旨，是一种顺应自然的生活态度和迎合天理的心态。再看孟浩然的代表作《宿建德江》：

移舟泊烟渚，日暮客愁新。野旷天低树，江清月近人。

整首诗都笼罩着一层淡淡的忧愁与孤寂。作者没有刻意作诗，就好像是情绪和情感的自然流露和抒发，自然而然进行吟咏。就如同皮日休所说的："遇景入咏，不拘奇抉异。"

王维的山水诗除了自然淡泊的特点外，他更力求勾勒一幅画面，表现一种意境，给人以总体的印象和感受。他受禅家的影响较深，禅理所追求的冲淡的境界，主观精神的自由，妙悟自然之理，在他的诗中体现得比较明显。

王维擅长在纷杂的景物中将次要的部分省去，抓住鲜明的特征，突出表现最鲜明的、最引人入胜的部分。王维在对景物进行描写的时候，不会作琐细的形容和堆砌辞藻，给读者留出很多的想象空间，让读者再创造。王维在山水诗的写作中，注重运用中国山水写意画重神韵的笔法，使得山水诗具有绘画性、哲理性和冲淡美。

总之，从上文中，我们可以勾勒出冲淡美的最基本特征。冲淡艺术家描绘的对象大多数是山水田园，主要原因在于山水田园非常适合表达平和恬淡的心境。冲淡诗人大多数都是遗世独立，与世无争，超然物外，与山水田园有着密切的联系。陶渊明曾说："少无适俗韵，性本爱丘山。"孟浩然自道："我爱陶家趣，园林无俗情。"黄庭坚说王维"物外常独往，人间无所求"。由此可见，冲淡成为山水田园诗派的共同特色并不是偶然的事情。胡震亨在《唐音癸签》中说"以淳古淡泊之音，写山林闲适之趣"，正好对冲淡美进行了阐述。

三、山水诗的雄浑美

南朝山水诗所吟咏的对象主要在东南地区。南朝的诗人很少涉足黄河、岱岳，没有办法领略中原辽阔的风光。在盛唐时期，国家的统一和富强为诗人写山水诗提供了良好的环境和条件。

中国的山水诗到了唐代，才臻于完美纯熟。他们的山水诗，胸襟、气象、境界都得到了广阔的扩张和发挥。山水诗开始冲破淡泊美的传统观念，向豪放雄浑的境界发展。特别是一大批诗人所描写的边塞山水，更是把具有边塞特征的奇物景象引入山水诗的领域，使得山水诗的意象空前丰富和多彩。

关于雄浑美的特征，司空图《二十四诗品》曾喻示说：

大用外腓，真体内充。反虚入浑，积健为雄。

具备万物，横绝太空。荒荒油云，寥寥长风。

超以象外，得其环中。持之匪强，来之无穷。

按照司空图的理解，雄浑美需要磅礴的气魄，笼罩寰宇的气势，汪洋壮大的情感，往往包含着力量。雄浑之美在中国传统的审美体验中属于阳刚之美。姚姬传曾在《复鲁絜非书》中对之进行过形象的描绘：

其得于阳与刚之美者，则其文如霆，如电，如长风之出谷，如崇山峻崖，如决大川,如奔骐骥。其光也,如杲日,如火,如金镠铁。其于人也,如冯高视远,如君而朝万众,如鼓万勇士而战之。

这里的"崇山""峻崖""大川"等都是具有力量的物象,雄浑美常常以此类物象为意象。我们举一些诗作:

日照香炉生紫烟,遥看瀑布挂前川。飞流直下三千尺,疑是银河落九天。(李白)

八月湖水平,涵虚混太清。气蒸云梦泽,波撼岳阳城。(孟浩然)

大漠孤烟直,长河落日圆。萧关逢候骑,都护在燕然。(王维)

君不见走马川行雪海边,平沙莽莽黄入天。轮台九月风夜吼,一川碎石大如斗,随风满地石乱走。(岑参)

在这些山水诗中,巨大的瀑布,惊心的洞庭湖,大漠落日,雪海飓风,都能产生震天动地的力量,与隐微淡泊的山水诗形成了审美趣味迥然相异的艺术效果。

创造雄浑的意境美,需要有广阔的胸襟和伟大的气魄。孙联奎《诗品臆说》说:"《大风歌》云:'大风起兮云飞扬,威加海内兮归故乡。安得猛士兮守四方!'高祖为人,气象近于雄浑,故其诗雄浑。"此所谓气象,盖即指胸襟、气度而言。杜甫《望岳》诗云:"荡胸生层云,决眦入归鸟。会当凌绝顶,一览众山小。"这就是抒发雄壮的审美气度所产生的气压山河的联想。李白笔下的"黄河落天走东海,万里写入胸怀间",体现了诗人胸藏江海的气度和气吞山河的胸襟。

曾国藩在"家训"中说:"雄奇以行气为上,造句次之,选字又次之。然未有字不古雅而句能古雅,句不古雅而气能古雅者,亦未有字不雄奇而句能雄奇,句不雄奇而气能雄奇者。是文章之雄奇,其精处在行气,其粗处全在造句选字也。"说明了气度是雄浑美的关键。

诗歌中最能体现意境雄浑的是李白的山水诗。李白的山水诗常常给人以李白是大自然主人的感受,具有大自然的力量。正因为李白所具有的这种气概,才造就了李白诗词中的豪言壮语。比如:

举手可近月,前行若无山。(《登太白峰》)

划却君山好,平铺湘水流。(《陪侍郎叔游洞庭醉后》)

我且为君槌碎黄鹤楼,君亦为吾倒却鹦鹉洲。(《江夏赠韦南陵冰》)

李白的山水诗最典型的特点是意境壮阔。李白有着广阔的胸襟和长远的目光,这就使他的笔墨较于其他人更加雄健有力。在李白的诗中,我们不仅能感受到祖国山川河流之壮美,还能开阔心胸,收获豁达的心境。正是李白与其他边塞诗人的努力,山水诗不再局限于冲淡美的范围,而是从不同的角度展现了山水的别样美。

中国山水诗具有冲淡、雄浑、自然、豪放、清新、绮丽等不同风格，表现出不同的审美特征。我们需要翠微的山岚，山间的溪流，大河的波涛，海上的日出；我们需要夏日的清泉，冬日的雪峰，绿的草，红的花，黄莺的鸣啾，燕子的呢喃；我们需要"水光潋滟晴方好，山色空蒙雨亦奇"的迷蒙温柔，"黑云翻墨未遮山，白雨跳珠乱入船"的惊心动魄。当我们向往这些的时候，山水诗就与我们成了好朋友。我们品味山水诗，就像游览长城、游览长江、游览黄山、游览黄河、游览北方高原、游览江南水乡一样。山水诗将我们带回大自然之中，为我们指明世间美好的事物，带领我们一起赏析、体验大自然之美，在这样的体验中热爱大自然，培养我们的健康美感。这些就是山水诗最大的审美感染力和特征。

第三节　婉约词的艺术风格及美学特色

一、花间词的艺术特征及美学特色

从资料记载来看，婉约词的发展可以从晚唐五代时的花间词、南唐词和西蜀词算起。婉约词的题材主要以柔情委婉为主，风格上多是香艳而具有浓情蜜意的。这也奠定了婉约词的主要特征。婉约词在晚唐五代时期主要是以小令的形式存在的，当时的词风也主要是以含蓄为主，而所表现出来的"言近旨远"，现在看来是十分正宗的。张炎在《词源》中说："词之难于令曲，如诗之难于绝句。不过十数句，一句一字闲不得。末句最当留意，有有余不尽之意始佳。当以唐《花间集》中韦庄、温飞卿为则。"

《花间集》是五代时后蜀赵崇祚编选的。欧阳炯为其作序言时说："则有绮筵公子，绣幌佳人，递叶叶之花笺，文抽丽锦；举纤纤之玉指，拍按香檀。"说明《花间集》中的作品，大都是"公子""佳人"在酒边樽前的娱宾遣兴之作，其内容以写儿女恋情、闲愁绮怨者居多。其词风也大多浓艳软媚，脂粉气浓烈。如韦庄的《小重山》："一闭昭阳春又春。夜寒宫漏永，梦君恩。卧思陈事暗销魂。罗衣湿，红袂有啼痕。歌吹隔重阍。绕庭芳草绿，倚长门。万般惆怅向谁论？凝情立，宫殿欲黄昏。"

这首词的结句能让人感受到含蓄蕴藉、游意无穷的味道，引起人们的联想和情思。

后来也有境界高远,词格清丽,情感真实亲切,逐步摆脱了花间词风,向民间词吸取营养的作品,那就是被列为花间派十八家之一的词人李珣的水乡词。

李珣最为人称道的是他的十七首《南乡子》,这组词以南粤特有的水乡风物为背景,运用直率坦白的语言,描绘了一幅幅江南的风土人情世俗图。如:"乘彩舫,过莲塘,棹歌惊起睡鸳鸯。游女带香偎伴笑,争窈窕,竞折团荷遮晚照。"景真意趣,少女的活泼、可爱、调皮的姿态跃然纸上,结句生动入画,宛然一幅仙子浴戏图。《栩庄漫记》评价说:"设色明蒨,非熟于南方景物不能道。"

李珣生活的时期,正是花间词的鼎盛时期。在当时浮艳的文学环境中,李珣异军突起,高标一帜,以乡土生活入词,在脂粉堆里吹起了一缕沁人心脾的清风。《栩庄漫记》评价说:"李珣《南乡子》均写广南风土,如骑象背人先过水、竞折团荷遮晚照、愁听猩猩啼瘴雨、夹岸荔支红蘸水诸句,均以浅语写景而极生动可爱,不下刘禹锡巴渝竹枝,亦《花间集》中之新境也。"

其实在李珣之前,唐代就已经有诗人将乡土生活写入诗词了,这时的词句主要是采用民歌的形式创作而成的,所描绘的则主要是江南水乡的民土风情。例如,张志和《渔歌子》言:"西塞山前白鹭飞,桃花流水鳜鱼肥。青箬笠,绿蓑衣,斜风细雨不须归。"还有刘禹锡的《竹枝词》中写道:"山桃红花满上头,蜀江春水拍山流。花红易衰似郎意,水流无限似侬愁。"这些词句中所表现的都是几近民间的乡土风情,所表现出的是清新秀丽和朴实无华的诗词本色。这种创作方式对于后世诗词的创作产生了非常大的影响。后来,欧阳炯写了八首《南乡子》词,其中所描绘的也大多是炎方风物。其词写物真切,朴而不俚,一洗绮罗香泽之态,而为写景纪俗之词,与李珣可谓笙磬同音者矣,如:"画舸停桡,槿花篱外竹横桥。水上游人沙上女,回顾,笑指芭蕉林里住。"这其中所描绘的就是南乡的神奇景象,在隐隐秘秘中闻村中娇女声,俨然处于幽静之境中。与此同时,同一时期的孙光宪也创作有歌咏南乡风光的诗词,如《菩萨蛮》:"木棉花映丛祠小,越禽声里春光晓。铜鼓与蛮歌,南人祈赛多。客帆风正急,茜袖偎樯立。极浦几回头,烟波无限愁。"水乡的风情跃然纸上。陈廷焯曾云:"李珣《南乡子》诸词,语极本色,于唐人《竹枝》词外,另辟一境矣"(《词则·闲情集》卷一)。

李珣的水乡词,还包括四首《渔歌子》和三首《渔父》,皆淡秀可爱,出世超俗的思想隐然其中,更是花间其他词人所无法比拟的。如:"楚山青,湘水绿,春风澹荡看不足。草芊芊,花簇簇,渔艇棹歌相续。信浮沉,无管束,钓回乘月归湾曲。酒盈尊,雪满屋,不见人间荣辱。"逍遥自在俨然有隐者之风。

西蜀被后唐灭亡后,李珣终身不仕,保持了他留恋故国的气节。这时他写有两首《巫山一段云》，两首《河传》，五首《定风波》，皆为吊古伤今、抒发故国之思的作品。如《巫山一段云》云："古庙依青嶂，行宫枕碧流。水声山色锁妆楼，往事思悠悠。云雨朝还暮，烟花春复秋。啼猿何必近孤舟，行客自多岭愁。"情悲语酸，感人至深。又如《河传》云："去去，何处？迢迢巴楚，山水相连。朝云暮雨，依旧十二峰前，猿声到客船。愁肠岂异丁香结，因离别，故国音书绝。想佳人花下，对明月春风，恨应同。"全篇虽明写离人相思之苦，但却暗喻故国故君之思，非寻常情语也。

同样作为亡国诗人，鹿虔扆也曾经写了这样一首《临江仙》来表达自己的愤慨之情："金锁重门荒苑静，绮窗愁对秋空。翠华一去寂无踪，玉楼歌吹，声断已随风。烟月不知人事改，夜阑还照深宫。藕花相向野塘中，暗伤亡国，清露泣香红。"这首词的绝妙之处就在于诗人将亡国之情托予莲花，以无知之物来表现悲伤之情，与前句"夜阑还照深宫"相呼应，使哀婉之情更浓。其全词布置之密，感喟之深，突出花间诸人词之上。故刘大杰在《中国文学发展史》中评价说："此二家的感亡词境界高远，词格庄重，完全脱了花间词风的笼罩。在西蜀词坛，那真是凤毛麟角了。"

李珣现存可查的诗词约有50首，其中描写水乡风光的有24首，怀念故国的为9首，这占据了他所作诗词的绝大部分。李珣所作诗词与其他花间词作相比是含蓄的，从技巧上看也是十分精湛的。《临江仙》中有言："强整娇姿临宝镜，小池一朵芙蓉。"是人是花，一而二，二而一，绝妙形容，却无形容之迹，精巧新奇，如睹其人。《栩庄漫记》云："花间词十八家，约可分为三派：镂金错彩，缛丽擅长，而意在闺帏，语无寄托者，飞卿一派也。清绮明秀，婉约为高，而言情之外，兼书感兴者，端己一派也。抱朴守质，自然近俗，而词亦疏朗，杂记风土者，德润一派也。"李珣所创作的水乡词和感亡词一洗绮罗香泽之态，以其独特的风格和含蕴在花间词的词坛中卷起了一股别样清风，为宋代婉约词的发展注入了新鲜血液。

二、北宋婉约派的代表作家及作品

（一）北宋前期婉约派的代表作家

李煜作为长期以来一直受到世人喜爱的诗人，其所创作的诗词长久不衰，是因为诗词中包含着高尚而优美的艺术境界。李煜前期受到宫廷奢华生活的影响，作词一直延续的是南朝宫体和花间词的创作风格。到了后期，随着国家的灭亡，李煜不得不从醉生梦死的生活中清醒过来，所作诗词也发生很大变化。李煜的创作风格可以总结为两个层面。

（1）不事雕饰，自然神秀

清代词论家周济在《介存斋论词杂著》中说："王嫱、西施，天下美妇人也。严妆佳，淡妆亦佳。粗服乱头，不掩国色。飞卿，严妆也。端己，淡妆也。后主，则粗服乱头矣。"周济曾经以美人来比喻温庭筠所创作的词，认为它们是经过刻意打扮的，具有十分厚重的脂粉气息，同时还有很明显的人工痕迹。韦庄的词也同样如此，虽然从外表上来看是化有淡妆的美人，但还是需要脂粉等外物来进行修饰。而李煜的词所表现的就是一种天然的美感，是不要人为进行加工的，这也充分体现了李煜所创作诗词的本质特征。王国维在《人间词话》里也对这三人的词作进行过精深的评论："温飞卿之词，句秀也；韦端己之词，骨秀也；李重光之词，神秀也。"这与周稚圭《词评》的评价是相一致的："余谓重光，天籁也，恐非人力所及。"这些评论确中标的。温庭筠词虽有不少为人传诵的名句，但多数作品是堆砌华艳的辞藻来形容女子的服饰和体态，雕琢字句，稍缺意境。韦庄词也有一些佳作，但整体上还没达到高的境界。李煜则不同，他的词都是血泪凝成，有魂飞魄动之势、牵人心肺之力。李煜后期的词尤其超凡脱俗，能以雄厚的艺术功力直追唐朝诗坛大家李太白。谭献评价李煜词时说："后主之词，足当太白诗篇，高奇无匹。"的确，李词纯真自然，俊美沉郁，在当时是空前的。他以帝王之身最后沦为囚徒，这种遭遇也是十分罕见的。其以特殊遭遇写特殊之词，思虑源源如泉溪，气势汹汹如生马驹，不受控制，可谓词中帝王。

（2）善写情态，善用白描

李煜所擅长的就是抓住人物的细节情态进行刻画，可以想象成是将人物的情态纳入一个特写镜头，进而充分表现人物的情感。就如《一斛珠》中所描绘的那样："晓妆初过，沈檀轻注些儿个。向人微露丁香颗。一曲清歌，暂引樱桃破。罗袖裛残殷色可，杯深旋被香醪涴。绣床斜凭娇无那。烂嚼红茸，笑向檀郎唾。"最后三句的人物描写就将一个活泼可爱的少女形象生动地表现出来了，这个少女撒着娇，将红草花嚼烂吐向自己的心上人，可以说是"读之如见其态，如见其人，如闻其声"。

李煜的词与李白的诗词给人的感觉是十分相似的，总有一种"清水出芙蓉，天然去雕饰"之感，可以信手捻来，随口成诗。李煜也十分擅长运用白描的手法，以此勾勒出一个动人而优美的艺术境界。其《相见欢》中所描绘的"无言独上西楼，月如钩。寂寞梧桐深院锁清秋"和《忆江南》中所言"闲梦远，南国正清秋。

千里江山寒色远,芦花深处泊孤舟,笛在月明楼"都给人这样一种动人而优美的感觉。

另外,李煜还善于运用比喻,一语激活全词,给人留下深刻的印象。如:"离恨恰似春草,更行更远还生。""问君能有几多愁,恰似一江春水向东流。""还似旧时游上苑,车如流水马如龙。""剪不断,理不乱,是离愁。""雍雍新雁咽寒声,愁恨年年长相似。"这些生动的比喻点铁成金,启人思绪。

李煜词的创作风格是在前人创作经验的基础上,不断地探索和加工才形成的,独一无二。

李煜改变了晚唐五代时期借妇女悲惨遭遇来抒发自己悲闷心情的作词方式,而是选择直抒胸臆来表现自己的悲哀。这一做法使这时的词句摆脱了之前长期在花间樽前曼声吟唱中所形成的传统风格,形成了一种可以以多种方式来抒发情感的新词体,这对后期婉约词和豪放词的发展也是具有一定影响的。

李煜对于前人所运用的浓笔勾勒人物形象的写法进行改革,他选择直接抓住人物特点进行描写,以白描手法来表现自己的生活感受,并运用比喻的手法将虚拟的感情形象化。李煜这样的创作风格使词句的表现更加贴近口语的表现形式,摒弃了以往花间词人镂金刻翠的作风。

王国维在《人间词话》中说:"词至李后主而眼界始大,感慨遂深,遂变伶工之词而为士大夫之词。"李煜特殊的人生际遇,使他的词作范围由前人的闺情而扩展到家国之恨,用悲哀感伤的语言写凄凉的身世,为后代词人开创了一个新的意境。他写眼中景,耳中声,意中人,家国事,拓宽了词的表现功能。词有了广度,也就有了深度,有了感人肺腑的艺术力量。

(二)北宋中期婉约派的代表作家

在唐宋词史上,柳永是一个划时代的词人。《钦定四库全书总目提要》云:"词自晚唐、五代以来,以清切婉丽为宗。至柳永而一变,如诗家之有白居易。"[①]

柳永将诗词通俗化和音乐化主要是为了迎合当时市井百姓对于俗文化的追求。柳永长期生活于社会下层,所以其创作的诗词中自然也混杂有市井气息。为了配合慢词所采用的悠长音乐,他会选择铺叙的手法进行创作,因此他的作品中充满了一种前所未见的风味,那就是"俗"和"露"。如《定风波》:"自春来,惨绿愁红,芳心是事可可。日上花梢,莺穿柳带,犹压香衾卧。暖酥消,腻云亸,终日厌厌倦梳裹。无那!恨薄情一去,音书无个!早知恁么,悔当初,不把雕鞍

---

① 纪昀,等. 钦定四库全书总目[M]. 北京:中华书局,1997.

锁。向鸡窗，只与蛮笺象管，拘束教吟课。镇相随，莫抛躲，针线闲拈伴伊坐。和我，免使年少，光阴虚过。"柳永创作的词要么不说，要么就会选择把话说清说透。他不爱用类似晏殊的含蓄做法，而是用层层铺叙的方法来解构和抒发自己的情感。晏几道"落花人独立，微雨燕双飞"的温柔敦厚的笔法也同样不是他所惯用的，他更惯于运用直抒胸臆的笔法来抒发自己的感情。

清人陈廷焯曾言："耆卿词，善于铺叙，羁旅行役，尤属擅长。然意境不高，思路微左，全失温、韦忠厚之意。词人变古，耆卿首作俑者也。"[①]他所说的由柳永开先的"变古"，是指不同于温、韦、晏、欧等人的含蓄词风的"发越"，亦即铺叙、直露的作风。这种作风正与诗歌中"以刻画清楚为主"的"宋调"相似。

虽说如此，柳词的"宋型化"却不仅仅是体现在语言风格和表现手法上，值得注意的是在内容表现上也可以体现出由自然感发之情到具有理性色彩之志的转换，如《满江红》：

暮雨初收，长川静、征帆夜落。临岛屿、蓼烟疏淡，苇风萧索。几许渔人飞短艇，尽载灯火归村落。遣行客、当此念回程，伤漂泊。

桐江好，烟漠漠。波似染，山如削。绕严陵滩畔，鹭飞鱼跃。游宦区区成底事，平生况有云泉约。归去来、一曲仲宣吟，从军乐。

这首词创作于柳永担任睦州团练推官期间，这时的柳永早已年过五十。《满江红》中所描绘的是隐士严子陵钓鱼时的情景，因其所生归隐之情，有"游宦区区成底事，平生况有云泉约"之叹，因此这首词所传递的也是毫无脂粉气息的清雅感情。其中的"鹭飞鱼跃"，源出于《诗经·大雅·旱麓》的"鸢飞戾天，鱼跃于渊"。唐代孔颖达疏云："其上则鸢鸟得飞至于天以游翔，其下则鱼皆跳跃于渊中而喜乐。是道被飞潜，万物得所，化之明察故也。"后来"鸢飞鱼跃"也常常被用来表现万物各有归处之意，这种境界也是宋代理学家所十分推崇的，程颢也常常用这句话来教导自己的学生。柳永词中所描绘的"鹭飞鱼跃"也尽显隐逸之志，这对于宋代理性精神也是一种很好的诠释。

（三）北宋后期婉约派代表作家

秦观前期词的风格大都以轻柔婉约为主，内容主要是抒写爱情和自己的闲愁。如《满庭芳》："山抹微云，天连衰草，画角声断谯门。暂停征棹，聊共引离尊。多少蓬莱旧事，空回首、烟霭纷纷。斜阳外，寒鸦万点，流水绕孤村。销魂当此际，香囊暗解，罗带轻分。谩赢得、青楼薄幸名存。此去何时见也？襟袖上、空惹啼

---

① 陈廷焯.白雨斋词话足本校注：卷一[M].济南：齐鲁书社，1983：58.

痕。伤情处，高城望断，灯火已黄昏。"此词是秦观前期的代表作，《双砚斋词话》说："《满庭芳》一曲，唱遍歌楼。"宋代笔记中多有歌楼广唱此词的记载，可见影响之深远。苏轼常戏云"山抹微云秦学士，露花倒影柳屯田"（《避暑录话》），又云"销魂当此际，非柳词句法乎"（《花庵词选》），点明了秦词与柳词题材及风格上的接近，此词堪与柳永的《雨霖铃》"寒蝉凄切"比美，二者称得上是宋词中描写摧心断肠爱情的双珠。但在炼字与立意上，其又比柳词高出一筹。从用语来看，"山抹微云，天连衰草"的"抹""连"，有琢字之功，所以尤为当时所称道。这首词将欧阳詹、隋炀帝、杜牧等人的诗句化用其中，更显其中所蕴含的书卷气息。这首词既具有柳词的通俗之感，词尾也体会出柳永所不具有的含蕴之感，且总体来看也是明快的。

秦观词开头和结尾有着极强的艺术特色，这在婉约词人中独树一帜，堪称一绝。秦观词的开头以工于炼字著称，善用八字两句的对偶修辞手法。如《满庭芳》的"山抹微云，天连衰草"，"抹""连"两个动词把大自然的美形象地表现出来。一个"抹"字，抹得出奇！如果换成"山掩微云"，那就风流顿减，意致无多了。他的诗中还有"离离云抹山，宿宿天粘浪"（《与子瞻会松江得浪字》）和"林梢一抹青如画，应是淮流转处山"（《泗州东城晚望》），同样被人传诵。从众多的词作中，我们可以发现，秦观词的开头不仅喜用对联体，而且是有意为之，就是因为这种修辞格不仅能体现他炼字的功力，而且能体现他音律和谐，平仄协调，便于人们朗诵、演唱的美学思想。他把这种修辞格与所要表达的思想内容融为一体，从而显示出独具一格的特色。

不仅是词的开头，秦观所作词的结尾也同样耐人寻味，细细品味，能从其中品出韵流弦外，有言有尽而意无穷之感。这也是他作品的特色之一。例如，"放花无语对斜晖，此恨谁知""回首，回首，绕岸夕阳疏柳"等词句就能体会出含蕴无穷、意境悠远之味，颇有游丝荡空、春水流淌的艺术效果。《八六子》中有言："倚危亭，恨如芳草，萋萋刬尽还生。念柳外青骢别后，水边红袂分时，怆然暗惊。无端天与娉婷。夜月一帘幽梦，春风十里柔情。怎奈向、欢娱渐随流水，素弦声断，翠绡香减。那堪片片飞花弄晚，蒙蒙残雨笼晴。正销凝，黄鹂又啼数声。"这首词最初读来似有明快流水之感，读到结尾几句层层深入，又以"正销凝"作停顿，以黄鹂啼叫来收尾。这种做法可以体味到诗词深厚之感，从中也可以窥探到几分晚唐五代时期词句的余韵。

三、南宋婉约词的艺术特征

婉约词在经过了李清照和周邦彦等人的丰富和发展之后，其体系也变得更加完整和富有层次感，正一步步走向完美。而到了姜夔，传统婉约词的艺术表现也发生了天翻地覆的变化，新的审美规范也被重新建立起来。姜夔常常将自己的得失和国家的兴亡联系到一起，通常会采用咏物的方式来表现这种情感，为读者留下很大的想象空间。

南宋末年的词人王沂孙也是这种风格的继承者之一。王沂孙所创作的词与姜夔、周密和张炎等人是十分相似的。周济将王沂孙称之为宋代词坛的四大领袖之一，在《宋四家词选序论》中这样评价道："咏物最争托意，隶事处以意贯串，浑化无痕，碧山胜场也。"认为王沂孙所作的词是借外物之形来抒发疏离之感。如《眉妩·新月》：

渐新痕悬柳，淡彩穿花，依约破初暝。便有团圆意，深深拜、相逢谁在香径。画眉未稳。料素娥、犹带离恨。最堪爱、一曲银钩小，宝帘挂秋冷。

千古盈亏休问，叹慢磨玉斧，难补金镜！太液池犹在，凄凉处、何人重赋清景。故山夜永。试待他、窥户端正。看云外山河，还老桂花旧影。

这首词笔法含蓄，立意高远，可称佳作。作者通篇都是在写新月，但又处处隐露出寓含之意，让人体味到个中意旨。为了达到含蓄的效果，作者融合了许多神话故事，在这些形象上寄托了自己的感情。如"素娥"句抒发自己的亡国之恨，"玉斧"句表达自己回天无力，"桂影"句展示自己对未来的信念。明写新月，暗喻故国，虚虚实实，让人似有所悟，但又捉摸不定，造成了一种空灵神秀的意境。张炎曾评价姜夔的词是"如野云孤飞，去留无迹"，这个评语用在这里也是很恰当的。"最堪爱、一曲银钩小，宝帘挂秋冷"，抒发的是既爱新月又怕月冷的矛盾心情，这与张炎的"莫开帘，怕见飞花，怕叫啼鹃""空怀感，有斜阳处，却怕登楼"，塑造的是一个意境。王沂孙和张炎都主张含蓄美，提倡隐意，不要明说出来；提倡用典，以影射象征的方法来表达情意。如这首咏月词，通篇都在写月亮，但并未使用一个"月"字，却让人处处感觉到月亮的存在。代替的是"新痕""画眉""银钩""金镜""端正"等字眼。沈义父曾经对这种含隐手法做过一个精辟的说明："咏物词最忌说出题字，如清真梨花及柳，何曾说出一个梨、柳字？"但沈义父的含隐后来在向诗谜的方向发展，这不可取。但我们看王沂孙的这首词，既表现了含隐美，又没有诗谜那样的弊端，这就是周济说的"以意贯串，浑化无痕"的高妙之处了，由此可看出南宋末年婉约词派的基本风格。

第四节　豪放词的艺术风格及精神内涵

一、北宋豪放词的艺术特征及精神内涵

两宋时期是词的鼎盛期，其中《全宋词》和《全宋词补辑》中的作品已有20 800余首。明代张綖在《诗馀图谱·凡例》中提出："词体大略有二：一体婉约，一体豪放。"至此之后，古代人在论述宋词时就常以"豪放"和"婉约"等词作为评价标准。从实际的发展来看，"豪放"的概念其实是经历了从萌芽到成熟四个阶段。在先秦和两汉时期是由单字来指代语义，而发展到魏晋时期就已经出现了字词的连用，这也是个体精神行为的一种体现；到了唐宋时期，"豪放"一词已经被广泛运用到文学理论之中了，同时在词学评价中也占据有一定位置；而明清时期也可以称之为"豪放"发展的成熟期，其中共涉及了风格划分、产生原因、内涵定义、苏辛词比较四方面内容。

（一）北宋豪放词的思想内涵

一般我们所说的文学可以将其理解为"人学"，是一部中国封建社会文化的变迁史，其中包含了古代文人的情感、思想和文化，是古代文人生活状态和精神状态的再现。当时的北宋社会虽然经济繁荣，但是在军事实力上有所欠缺，在这样的背景下，宋代文人的爱国思想和政治情怀无法得到抒发，引起了文人之间的慨叹；从另外一方面来看这时的文人也体现出了一种完全不同于前人的创作特点和风格，这在文人的理性思考和内在修养上也得到了充分体现。这些特点在豪放词中可以体现在以下三个方面：

1.忧国忧民的爱国情怀

北宋自建国之日起就处在与少数民族的不断征战之中，且始终处于劣势，这就明显加深了文人们对于国家的忧患意识，且"宋代文化精神导源于这种忧患意识，在理学、史学、文学各个领域内可以看到"[①]。北宋时期文人创作的豪放词中存在着大量抒发文人忧患意识和爱国情怀的作品，主要体现在以下的两个方面：

（1）咏史怀古的忧患意识

北宋豪放词承载着士大夫们"修身、齐家、治国、平天下"的治国理想和理念，

---

① 吴怀祺.中国文化通史·两宋卷[M].北京：中共中央党校出版社，2000.

也可以窥探出其文化缩影,这并不是古人古事的简单叙述,而是将古迹和古人等历史故事经过深思熟虑后借来影射北宋当时的社会问题,如描写苏州、杭州,描写西施、项羽等。欧阳修就曾借《浪淘沙》中"只有红尘无驿使,满眼骊山"的历史遗迹来抒发自己对北宋的忧患之心。贺铸的《台城游》:"楼外河横斗挂,淮上潮平霜下,檐影落寒沙。商女篷窗罅,犹唱后庭花。"由咏史转为述今,表达了词人对家国衰败的忧患之情。除此之外,还有欧阳修的《渔家傲》、苏轼的《竹枝歌》和王安石的《桂枝香》等作品也充分体现出了作者的忧国之思。凝聚着文人政治理想的文学作品不仅是北宋时期豪放词的一种体现,也是时代心灵的一种体现。

(2)军旅边塞的激越表现

宋代之初,统治者为了维护政权,避免军权过度集中,导致了北宋军事实力的迅速衰弱,在外对战时无法发挥强大的实力,加深了边疆危机。这一时期民族危机的激化直接导致了当时的士大夫们将军旅边塞词推到了一个新的高度。

在这样的民族文化背景之下,面对国家危难,有爱国情怀的战士们显然不会陶醉于自己的安乐生活,而是将国家的危亡放在首位,将国家的未来命运始终放在心头,将报国杀敌作为自己的最高追求。范仲淹在北宋仁宗年间就积极抗战。通过四年军旅生涯,他所创作的作品也已经将温柔婉转的风格转化成边塞的凛然之气。如:

塞下秋来风景异,衡阳雁去无留意。四面边声连角起。千嶂里,长烟落日孤城闭。浊酒一杯家万里,燕然未勒归无计。羌管悠悠霜满地。人不寐,将军白发征夫泪。(《渔家傲》)

从其中所描绘的广阔塞外景象就可以看出戍边将士的思乡之情和报国之志。这首词将全新的审美境界带到了世人面前,也为后续词人的创作指明了方向。

蔡挺的《喜迁莺·霜天秋晓》是对战争经历的回顾,其中所描绘的塞外景物,如汉马、秋晓、边鸿、衰草、烽火等可以淋漓尽致地展现出环境的寂寥。其中,"剑歌骑曲、櫜鞬锦领"所描绘的就是戍边少年的报国豪情,奠定了整首词的情感基调,虽说一句"谁念玉关人老"展现了一丝英雄毫无用武之地的慨叹,但随之而来的"金樽频倒"就迅速将这种不快驱逐,回到了整首词的情感基调之中。

除了这种亲身经历过战争的词人之外,那些没有投入抗战的词人就将自己的报国热情投入创作中,这类作品占据了军旅边塞词的绝大部分。例如,词人贺铸就从当时的现状中深深感受到边塞危机对于国家的威胁,但当时的国家政策制定以主和派为主,这时的贺铸就只能选择寄情于山水,从他所作的《六州歌头》就可以体会出来。吴则礼的《红楼慢》词上片曰:"声慑燕然,势压横山,镇西名重榆塞。干霄百雉朱阑下,极目长河如带。玉垒凉生过雨,帘卷晴岚凝黛。有城头、钟鼓连云,殷春雷天外。"通过描绘雄奇壮阔的边塞景色,有力地烘托了下片所写"欲掳名王朝帝""锦带吴钩未解"的飞将军形象,表达了词人渴望如他一样驰骋疆场,建功立业。

北宋的豪放词以爱国情感浓厚而闻名,当时的爱国情感被大张旗鼓地浓缩进了诗词当中,不仅增强了诗词的表现功能,还提升了其在文化史上的地位,打破了当时"诗庄词媚"的边界,也为后世词的创作提供了思路。

2.宦海沉浮的人生感慨

尽管当时宋代的文风十分开放,但从封建王朝的本质上来看当时的政治仍然是以皇权为中心的,这些文人的理想也始终围绕着封建皇权,但当文人的理想与皇权的价值观念出现分歧时,他们就只能沦为政治斗争的牺牲品,"感士不遇"的困顿也就由此而产生。这一时期思想领域的发展就在一定程度上解决了这一问题,那就是儒、释、道三者的合流。当儒家所倡导的理想被现实所打击时,道家和释家就可以及时进行补充。"随缘自适的释道精神,不仅可以开解陷入困境而无法自拔的士人心结,同时可以帮助人以出世的心态来超然处世,化解入世与避世的矛盾对立。"[1] 北宋文人人格的多样化也由此而形成,不仅积极淡泊而且执着通达,这种丰富而有层次的内在思想品质必然对他们文学的创作产生了不小的影响。因此,北宋的豪放词可以大致分为以下几种类型:

(1) 羁旅词

羁旅行役首次出现在宋玉的《九辩》中:"贫士失职而志不平。廓落兮羁旅而无友生,惆怅兮而私自怜。"北宋文人通过对故园和以往生活的回忆,表现被迫远离家乡而漂泊在外的悲闷心情,诗词内容还涉及对考取功名的厌倦和流落他乡的哀怨,以此来实现自身的价值。

黄庭坚所作《减字木兰花》,同样是以怀古之意来抒发"官宦羁旅之感",在襄王梦中到达"草绿烟深"之处。黄庭坚还将自己比作"宋玉",在暮雨朝云之际感受沿途飞花之景,感受"羁人肠欲断",面对茫茫春江水,被贬谪的词人只能"更断肠"。

羁旅行役的词作从本质上来看是词人用来抒发自己怀才不遇之感的,在当时的社会背景之下,考取功名是文人墨客们实现"治国平天下"理想的一条必经之

---

[1] 洪修平.论儒道佛三教人生哲学的异同与互补[J].社会科学战线,2003(5).

路，而现实却总是不尽如人意。情感得不到抒发的他们就将自己的无依之感寄托于诗词之中，羁旅词也由此演变为中国文学创作的一种主要类型。

（2）隐逸词

在当时的社会和政治背景之下，士大夫们在追求治世理想时频繁遭遇挫折，不得已将外在得失转化成为追寻内在的超脱，而释道思想可以教人们忘怀得失，摆脱利害，超越种种庸俗无聊的现实计较和生活束缚，或高举远蹈，或怡然自适。北宋文人隐逸词的创作正体现了这一理念。

刘述所作《家山好》就将其隐退官场、归隐自然的心情描绘得淋漓尽致，词中高唱："功名富贵非由我，莫贪他。"苏辙所作《调笑词》中通过对渔夫活动和闲适行为的刻画，生动形象地表现出词人遨游于精神世界的快乐和畅然。

苏轼在《菩萨蛮·买田阳羡吾将老》中云："来往一虚舟。聊随物外游。"这首词将人物形象和舟合为一体，以表现词人的旷达胸襟，同时还体现了词人归隐山林、纵情山水的美好愿望。

北宋时期超然隐逸的人生追求深深受到释道思想的影响，也是北宋词人抚慰心灵的方法。其中随遇而安的心态也更能够使士大夫们向外胸怀天下以关注民生，向内以关注和丰富自己的内在情感和人生价值。

（3）慨叹命运词

宋代文人一般是集多种身份于一身，既是官僚，又将作者和学者的身份运用得淋漓尽致，这也在一定程度上使宋代的文学与政治更加紧密地联系在一起，加深了政治和文学之间的互动。面对北宋当时的内部社会危机和外在民族隐患，身处官场之中的文人都对此具有很深的感悟。他们将自己的内在情感和官场沉浮连接在一起，文学创作也由此成为士大夫的情感寄托。

苏轼的《定风波》："莫听穿林打叶声，何妨吟啸且徐行。竹杖芒鞋轻胜马，谁怕？一蓑烟雨任平生。料峭春风吹酒醒，微冷，山头斜照却相迎。回首向来萧瑟处，归去，也无风雨也无晴。"苏轼在黄州戴罪期间，虽然在官场上受到了不小的挫折，但这并没有击垮他的意志，恰好相反，当时苏轼的内心已经转化为"不以物喜、不以己悲"的超然状态，他选择以更为乐观的心态去面对人生，在逆境中始终保持自我，保持初心。

3.人文自然的铺陈再现

释道思想"教人们去忘怀得失，摆脱利害……与活泼流动、昂然生意的大自然打成一片，从中获得生活的力量和生命的意趣"。这就为北宋文人抒发情感开辟了一条捷径，也就是将思想寄情于山水，从山水万物中获得力量。不仅是释道思想，儒家思想中所倡导的观点也是当时北宋文人十分关注的一点，当时的都市风情和节令作为北宋政治、经济和文化、生活等的综合反映，同样也是民俗文化中一条重要的分支，带有十分强烈的人文因素。这也就是为什么北宋时期的豪放词中既存在不少寄情山水之作，又同时有不少描绘当时社会和民俗文化的作品。具体可以从以下几方面来阐述：

（1）山水风情的心灵观照

山水自古就受到文人和士大夫们的喜爱，如孟子所作的《孺子歌》中一句"沧浪之水清兮，可以濯我缨"和左思在《招隐》中所言的"非必丝与竹，山水有清音"都是取材于此。这其中所强调的都是一个"清"字，而"清"自古以来就被认为是中国文化中的生命境界和价值源泉。在北宋的豪放词中，"清"也可以理解为是当时文人广阔视野和旷达胸襟的一种体现，这都是当时人们登山临水所获得的最真实的体验。因此，北宋的豪放词也是词人多情心灵的一种物质化表现。

潘阆《酒泉子》就娴熟地运用白描手法将西湖中的钓鱼舟、芦花和白鸟等景物表现出来，一方面将西湖的情景展现得淋漓尽致，另一方面也借助西湖垂钓的情景将作者悠然自远、清高潇洒的情怀传达了出来。

欧阳修的《采桑子》一词以游湖为线索，写尽颍州西湖幽静之美。上片中可见流水绵绵，芳草漫布于长堤之上，游人众多，却又只闻其声不见其人，动静结合，以动衬静，将笙歌融于山林之中。行船将沙滩之上的水鸟惊起，又构成了一幅生动形象的画面，作者也将自己旷达自适的情思融于幽美的西湖之中。许昂霄在《词综偶评·宋词》中说"闲雅处自不可及"[①]，可谓中肯。

山水词所着重体现的就是一种回归淳朴和自然的生命状态，当然自然本身也是"道"的本质属性之一。当时北宋创作山水词的文人深深受到道家思想的感染，以山水为媒介，急切地想在山水丛林间将其旷达飘逸和潇洒不羁的人格特征展现出来。

（2）自然风物的情感寄托

当自然风物成了人们抒发情感的源泉和人们交流、生存的媒介，它们也就更能够唤醒沉睡在人们心底的对于宇宙万物和人生情感的感悟。当世间万物不断流转变化，文人们的情感也随之受到触动，在文学作品中也能够有所体现。

苏轼《减字木兰花·雪词》就将黎明之际的雪描绘得生动形象，既如云之飘

---

① 许昂霄. 词综偶评[M]. 北京：中华书局，1986：1555.

动,又似皓白之纯洁,其中所言的"风力无端,欲学杨花更耐寒"就能够将雪花那种耐寒的品格很好地呈现出来,任风吹不改变形态。当苏轼在看到这样的雪时,自然也会联想到现在的自己。词中,苏轼以司马相如自比,虽然身处混沌之境,但只要还有热情和意志在,纵使千疮百孔,对生活和文学创作就始终充满热情和期望。这首词虽说表面上是为赞扬白雪之风采而写,但实际上却是苏轼慨叹在被贬谪于黄州期间自身如白雪之品格和如江梅之品行。

正如黑格尔所说:"人有一种冲动,要在直接呈现于他面前的外在事物之中实现他自己,而且就在这实践过程中认识他自己。……在这些外在事物上面刻下他内心生活的烙印,而且发现他自己的性格在这些外在事物中复现了。"[1]咏物词的创作从某一方面来讲也可以说是词人托物言志手法的一种展现。

(3) 都市风光的真实再现

北宋时期可以称之为中国封建社会中经济发展十分迅速的一个时期,这时国家的经济处于一个较高的水平,甚至还有"四方无事,百姓康乐,户口蕃庶,田野日辟"等繁荣景象的出现。随着时间的推移,北宋的经济水平也日益提高,甚至还出现了如东京、杭州和成都等繁华都市。当时的东京作为全国的政治、经济和文化中心,是世界上承载人口最多的城市,其繁华程度可见一斑。如"垂髫之童,但习鼓舞,斑白之老,不识干戈。时节相次,各有观赏……新声巧笑于柳陌花街,按管调弦于茶坊酒肆。"这些充满着浓厚市井气息的生活场所自然也是北宋词人的重要取材之地。

例如,张先就曾在其所作的《破阵乐·钱塘》中描写了宋代的杭州盛景,采用浓墨的手法来叙述被薄雾所笼罩的故苑、楼台、垂柳、池塘和流泉等风物景象,到了黄昏还有被烛光所照耀的长街,其间呼朋引伴,往来游乐,处处飘荡着欢声笑语,直教人想"画图写取"。整首作品以杭州的繁华景象为基调渲染出了一幅欢乐的西湖游玩图。

(4) 四时节令的世俗情怀

节令是北宋社会文化中市民们十分重视的一环。节令所表现的就是世间时序的更替和人生的变迁,将无休无止、毫无止境的时间分割成了若干单元,因而引发了文人们对于自然和生命的思考。品读北宋涉及节令的词作,就可以想到"元夕""立春""七夕""清明""端午""重阳"等节令。这些作品的存在不仅可以帮助我们了解北宋时期的文化和风土人情,还将北宋文人对于世俗人生的关怀和思考体现得淋漓尽致。

---

[1] 黑格尔.美学:卷一[M].北京:商务印书馆,1997:39.

其中由晁补之所作的《失调名》所描绘的就是市民们喜迎除夕和春节时的场景，人们将过年所需的，如灶马、门神、醁酥酒、桃符、爆竹等准备齐全，显示出了浓厚的新年气息和对未来一年美好的祝愿。在这首词中，我们可以深深感受到北宋时期人们过年时的欢乐气氛。

北宋时期还创作有许多与节令相关的文学作品，如欧阳修的《渔家傲》、苏轼的《瑞鹧鸪》《望江南》等。节令词是北宋时期所特有的一种文化作品，这种作品的背后是当时的文人和士大夫们对于生存问题的思考和感慨，也隐含着对于时光消逝的哀叹。当与生存有关的事物成为人类思考的永恒话题，文人们就会通过对人文和自然的铺叙来再现这种对于人生的哲理性思考，也就帮助了他们超脱物质层面的束缚，从而获得真正超脱于物外的自由和幸福感，从而展现本身的个性和特征。

"豪放"这一概念的内涵也随着时代的发展不断地丰富，从人物形象到艺术风格皆是如此，词作本身的文化意义也在不断加深。北宋豪放词其中所蕴含的最根本的思想是受到国家政治、经济、文化、军事等情况影响的，再加上作者本人所处的环境和境遇不同，最终呈现出来的中心思想也是不同的，如有的词是对官场沉浮的慨叹，有的词是对生命和自然的人文关怀等。

（二）北宋豪放派的代表作家及作品

1.北宋前期豪放派代表作家

在经历了五代的战乱和流离失所后，北宋初期所奉行的就是"尚黄老"政策，在这时的士大夫们之中弥漫着一股静默的政治风气，他们不思变革，将不逾越规矩视为上德。在如此社会风气之下，宋代的前70年只出现了30多位词人，从创作诗词的总量上来看，也只有大约500首。宋代最初的词还延续着晚唐和五代时期的奢靡气派，重在描绘男女之间的爱情故事和相思相恋的情节，以婉约之法来吟诵风花雪月。因此，在北宋初期，男欢女爱和及时行乐的世俗生活以及伤春悲秋的哀怨是当时词作的主流。

北宋词坛的这种状况直到范仲淹所作的《渔家傲》出现才被打破。《渔家傲》将文人对于国家前途的担忧代入了词的创作之中，这首词以完全不同于以往的豪放意境为宋词的创作注入了新的灵魂，也是北宋边塞词创作的开端。魏泰在《东轩笔录》中说道："范文正公守边日，作《渔家傲》乐歌数阕，皆以'塞下秋来'

为首句，颇述边镇之劳苦，欧阳公尝呼为穷塞主之词。"① 虽然范仲淹现存的词作数量不多，但却将词作的描写对象拓展到了雄伟凄凉的边塞，不仅是题材，在内容和风格上也开创了全新的领域。如他的《苏幕遮》：

　　碧云天，黄叶地。秋色连波，波上寒烟翠。山映斜阳天接水，芳草无情，更在斜阳外。黯乡魂，追旅思。夜夜除非，好梦留人睡。明月楼高休独倚，酒入愁肠，化作相思泪。

　　在范仲淹驻守延州的四年，他深深感受到了战争对于人民和将士们所带来的痛苦。这首词虽说从表面上看是对远方亲人的怀念，但实际上是对戍边将士和国家的忧思。《苏幕遮》上片通过对"碧云天"和"秋色连波"等的形容，将一幅斜阳芳草的秋景图描写得绘声绘色。接下来的"无情"一词直接点出本文主旨，叙述思乡之情，只能黯然神伤。当长夜漫漫难以入眠，只能登高眺望远方，面向家国的方向，无处搁置的忧思漫涌而出，情到深处化作相思泪点点而下。值得注意的是，这里提到的"相思泪"并非北宋早期常用来描写男女恋人分别场景所流下的眼泪，而是经过长时间抗战蕴含愁思的泪水。

　　《剔银灯》这首词作，作者借三国争霸之事来抒发自己怀才不遇、功业未成之忧愁；《御街行》则是通过描绘在秋日思念远人来隐喻自己所处的政治环境以抒发自己对家国处境的担忧；《定风波》一词将失意词人的形象描绘得灵活生动，将词人那种试图回归自然寻求心理慰藉的情形描绘得淋漓尽致。这三首词可以看作范仲淹人生经历的代表，从创作风格和词境上都与宋代最初的婉约词有很大的不同。

　　范仲淹几年的参战经历使他对于战争和民族危机有了更为深刻的理解，因此，他将自己的所感所悟写进了诗词当中。同时期很多词人把传统意义上的男女之情转变成为对于家国前途的担忧，北宋这时的词坛创作呈现出更加慷慨激昂的景象。这些词不仅抒发了作者保家卫国和建功立业的愿望，也开始承载当时的时代精神和文化底蕴。

　　2. 北宋中期豪放派的代表作家

　　到了北宋中期，文人士大夫们已经将先前那种以道自任、胸怀天下的主体精神很好地继承并传承了下去，而且一改唐末五代以来文士"恬然以苟生为得"②的积弊，开启了"矫厉尚风节"的议政之风，正如顾炎武所赞"知以名节为高，廉

---

① 魏泰. 东轩笔录：卷十四 [M]. 北京：中华书局，1997：56.
② 欧阳修. 死事传序 [M]. 北京：中华书局，1999：235.

耻相尚，尽去五季之陋"①，体现出一种积极有为的士人风貌。

在这样的环境氛围之下，北宋中期的词人们在创作时逐渐形成了一种将天下豪情与个体灵魂融合在一起的人格结构，充分体现出了"穷则独善其身，达则兼济天下，处庙堂之高时不忘平心以对，处江湖之远时犹记关心社稷"的思想理念。这一时期在词坛中出现了不少对后世诗词创作有深远影响的代表人物，其中欧阳修尤其突出，他旷达而高远的人格精神甚至被纳入了词体的内涵之中。

欧阳修曾在贬谪途中阅读李翱所作的《幽怀赋》，从中他深深感受到中唐时期政治环境的艰辛，悲愤而写下："然翱幸不生今时，见今之事，则其忧又甚矣。奈何今之人不忧也！"在作词过程中，欧阳修同样联想到了自己的好友范仲淹和其他人所处的境遇，在词中也怒斥当朝为官者的不作为，在其位而不谋其政："在位而不肯自忧，又禁他人使皆不得忧，可叹也夫。"身处这样的环境下，欧阳修在这一阶段所创作的词都是表现自身对于官场生涯的慨叹和对于国家前途的担忧。他的创作打破了宋初婉约派的审美风格和理念，将自己的愁思化作文字，"士不遇"之感在他所创作的词中也体现得淋漓尽致，塑造出了一种极具个性的自我形象。如《圣无忧》：

世路风波险，十年一别须臾。人生聚散长如此，相见且欢娱。好酒能消光景，春风不染髭须。为公一醉花前倒，红袖莫来扶。

这首《圣无忧》创作于与老友重聚之时，上片慨叹了十年往事如白驹过隙，虽其中有艰辛无数，但仍发出"人生聚散长如此，相见且欢娱"的宽慰之词，以此来掩饰自己内心的苦楚；而下片主要希望以美酒来消遣自己不如意的时光，以酒醉欢愉来掩盖内心的悲苦，在其中寻求心灵的慰藉，即便花前醉倒，红袖莫来扶，这是"不遇之士"的遣愁语。整首词是欧阳修对于为官道路和政治环境情形的清醒认知，是对人生境遇的真实体现，具有十分深刻的思想境界。

欧阳修所作词中不仅有对于现实状况的不满，还有以开阔胸襟来面对人生的感悟，如《渔家傲》"更待秋高天气爽，菊花香里开新酿"是词人生命体验的真实展露，在《采桑子》中"谁羡骖鸾，人在舟中便是仙"体现了被贬之后的豪爽胸怀。这几首词通过简单的语言，将作者退出官场、回归山林的豪爽心态真实地表现出来。作者以歌酒自娱，与三两好友为伴，生活得通透自然。欧阳修的词将最真实的情感融入其中，直抒胸臆，使词焕发出了新的生命力。

---

① 顾炎武. 日知录：卷一三 [M]. 北京：中国文史出版社，1999：595.

3. 北宋后期豪放派的代表作家

北宋后期豪放词的创作已全面开花，在数量上也十分可观，这正是儒释道三者融汇的结果，这也使得当时的文人们可以在困顿和超脱之间灵活转变。这些词作大部分以当时的社会现状为创作背景，主要表现的是对世俗人生的人文关怀，可以体会出作者对人生的感悟。例如，苏轼的农村风物词、黄庭坚的咏茶词、秦观的都市风光词等，都是士人以乐观、旷达的态度"去忘怀得失，摆脱利害……与活泼流动、昂然生意的大自然打成一片后"[1]所达到的生命境界。

苏轼作为北宋时期十分有代表性的豪放派词人，其创作的诗词包含着对国家前途命运的殷切关心和自身旷达胸襟的生动体现。他用独特的文笔在北宋词坛中掀起了一阵改革浪潮，将北宋时期豪放词的创作推向了一个新的高峰。当时北宋词坛的创作风格受到苏轼作品的深刻影响，苏轼所倡导的"大略如行云流水，初无定质，但常行于所当行，常止于所不可不止"，旨在要求词人们摒弃传统的创作思路，将自身最真实的体验和感受融入诗词的创作中，以达到"文理自然，姿态横生"的文学和艺术境界。不仅如此，苏轼还将诗文革新运动的精神带入北宋诗词的创作领域，正如宋胡寅在《酒边集序》中说，"一洗绮罗香泽之态，摆脱绸缪宛转之度，使人登高望远，举首高歌，而逸怀浩气，超然乎尘垢之外"，揭示出苏轼的词作所创造的一种新的美学风范。

苏轼在诗词的创作领域中兼容并蓄，将儒释道三者的理念进行重新构建，形成自我心性生命之学。当时的苏轼十分尊崇道家，所形成的思想与庄子提出的"有真人而后有真知"的"任真适性"十分契合，不被世俗所羁绊，始终有一份天真保留在心中，以"齐物忘我"来观照主体之性情，心游于物外，安时而处顺，最终以超然达观的心态对待一切。同时，苏轼选择吸收佛家"明心见性"的思想，对世间万物以辩证的角度来看待，将观察的焦点放于现实的本来事物中，观察事物本质。二者的融合使苏轼在本来平淡无味的生活中探寻到一丝乐趣，从而摆脱世俗欲望的束缚，达到超俗而洒脱的思想境界。苏轼将儒释道三者的思想融会贯通，从词中可以感受到苏轼那种超拔旷逸、烛理洞彻的独特风格。如《水调歌头》：

明月几时有？把酒问青天。不知天上宫阙，今夕是何年。我欲乘风归去，又恐琼楼玉宇，高处不胜寒。起舞弄清影，何似在人间。

转朱阁，低绮户，照无眠。不应有恨，何事长向别时圆？人有悲欢离合，月有阴晴圆缺，此事古难全。但愿人长久，千里共婵娟。

---

[1] 李泽厚. 中国古代思想史论[M]. 天津：天津社会科学院出版社，2002：100.

这首词创作于宋神宗熙宁九年（1076），是苏轼处于流放时期在中秋佳节怀念远方的亲人时所作，当时的苏轼与苏辙已有多年未见。上阕运用对比的手法，将宇宙的宽广无垠与自身的渺小进行对比，一个"问"字表现出作者并没有陷于孤独与悲凉中，相反，体现出了作者对于未来的期望与豪放的情怀。苏轼词中所表现的"问天"这一行为其实是出自屈原《天问》中的"激狂"，是一种自我意识觉醒的表现，寄托了词人超越自我，与天地融为一物的期望。苏轼与现实的羁绊之深是不可被忽略的，因政治斗争而被迫流放的经历，让苏轼生出了一种"欲乘风归去"的无奈，但随之又陷入了"恐琼楼玉宇，高处不胜寒"的苦闷之中，面对这样的现实境遇，苏轼最终选择了"起舞弄清影，何似在人间"。这首《水调歌头》下阕由怀念胞弟的心情转为寻求自我的解脱和宽慰。他抒发了"人有悲欢离合，月有阴晴圆缺，此事古难全"的无奈感悟，以旷达的胸襟突破物理的阻隔，将月亮与人情共通，以表现自我"但愿人长久，千里共婵娟"的超脱思想。本首词主要是以物来喻事，意境深远，仿佛是在与明月探讨人生的意义，以切实具体的形象来传递人生哲理，以清澈辽阔的自然境界来衬托词人思想的开阔。胡仔称："中秋词，自东坡《水调歌头》一出，余词尽废。"[①] 当非虚语。

二、南宋豪放词的艺术特征

靖康之难后，如雨后春笋般冒出的爱国词一改以前委婉清秀的婉约派作法，继承了北宋末期苏轼所创作豪放词的风格和特点，这时以苍凉和豪壮为特点的爱国词成了南宋词坛的创作主流。当时的爱国词是基于南宋时期的政治和文化背景所发展出来的具有鲜明文化特色的文学产物。其所表现的思想内涵和艺术风格中都展现出十分明显的时代特色。

对国事的忧虑在南宋初期词作中体现得最为强烈，如张元幹的《石州慢》：

雨急云飞，惊散暮鸦，微弄凉月。谁家疏柳低迷，几点流萤明灭。夜帆风驶，满湖烟水苍茫，菰蒲零乱秋声咽。梦断酒醒时，倚危樯清绝。

心折。长庚光怒，群盗纵横，逆胡猖獗。欲挽天河，一洗中原膏血。两宫何处？塞垣只隔长江，唾壶空击悲歌缺。万里想龙沙，泣孤臣吴越。

这首词的上片充分运用象征手法来描绘战争过后的荒凉和作者内心的悲愤之情。词中以狂风暴雨象征被践踏过的土地，以黑夜之中的月来象征被"洗劫一空"后的人间景象。词人将清冷的月色作为背景，岸上一片"疏柳低迷""流萤明灭"

---

① 胡仔. 苕溪渔隐丛话：后集卷三九[M]. 北京：人民文学出版社，1962：321.

尽显荒凉萧瑟，整个画面所表现出的色彩是沉重而宁静的，线条也是相对静止不动的，蕴含着词人心中无尽的悲凉之感。当看到自己的家乡变成这幅景象，词人却无可奈何，只得借酒消愁以入梦。但烈酒只能消掉短暂的哀愁，长时间的忧国之思是无法忘却的，待梦醒之后，作者只能倚栏而思。从文字的表面来看，作者所描绘的是自然风光，但实际上却是作者内心情感的抒发，看尽天下局势，尽显悲凉之情，词句深深体现出词人对于国家命运的担忧。词的下片是上片悲伤心情的续写，词中言道："心折。长庚光怒，群盗纵横，逆胡猖獗。"这既是为内忧而担心，也是为外患而忧愁，杀敌报国的雄心壮志也就由此而产生。"欲挽天河，一洗中原膏血"深刻表现出了作者报国的心情如天雷和地火一般，展现出了一种不可阻挡的气势。这句话也是运用夸张的浪漫主义手法来表达作者对于国事的忧思和悲愤。

辛弃疾善用文字来表现浴血的斗争和爱国精神，他是亲身经历过抗金斗争的名将，也是南宋词作时代最强音的代表。

少年时代的辛弃疾，是沙场点兵的将帅、执戈横槊的英雄，气势豪迈，虎啸风生。"少年握槊，气凭陵、酒圣诗豪余事。"（《念奴娇》）他写的战斗词篇很多，如：

汉水东流，都洗尽、髭胡膏血。人尽说、君家飞将，旧时英烈，破敌金城雷过耳，谈兵玉帐冰生颊。想王郎、结发赋从戎，传遗业。

腰间剑，聊弹铗。尊中酒，堪为别。况故人新拥，汉坛旌节。马革裹尸当自誓，蛾眉伐性休重说。但从今、记取楚楼风，庾台月。（《满江红》）

南宋词悲壮慷慨的词风是时代使然，是国势使然，是由众多词人的共同努力形成的，代表了当时的最强音。辛弃疾与众多爱国词人的慷慨高歌，为摇摇欲坠的南宋半壁江山注射了强心剂，正如刘过《呈辛稼轩》所说："书生不愿黄金印，十万提兵去战场。只欲稼轩一题品，春风侯骨死犹香。"

第四章　诗词理论对古代诗词的推动作用

本章的研究内容是诗词理论对古代诗词的推动作用，共包括四节，第一节是南北朝诗歌理论与唐诗的繁荣，第二节是宋代的词学理论与宋词的发展，第三节是金元明清的诗歌理论，第四节是金元明清的词学理论。

第一节　南北朝诗歌理论与唐诗的繁荣

魏晋南北朝时期，文学创作丰富多彩，产生了品评诗文的篇章和著作，其中影响力比较大的是刘勰的《文心雕龙》和钟嵘的《诗品》。这两部作品囊括百家，体大而思精，古来所未有。

一、刘勰《文心雕龙》

《文心雕龙》一书中总共涉及诗歌评论三十余篇（除《明诗》《乐府》专篇论诗外），由此可见刘勰对于诗歌的重视程度。

（一）创作主体与客体及其关系

1.诗歌创作主体："才气学习"

刘勰重视诗歌创作主体这点与其所倡导的人文起源理论是分不开的。《文心雕龙》中的"文心"指的就是"为文用心"，同时在《原道》的开篇就曾表明人为"五行之秀，天地之心"，文章是源自人的，因此《文心雕龙》是具有一定的主观性的。《文心雕龙·体性》篇中写道：作者创作所要具备的四个基本要素是"才、气、学、习"。同时，"才有庸俊，气有刚柔，学有浅深，习有雅郑，并情性所铄，陶染所凝"。刘勰曾经以"情性"二字来表明"才"和"气"本身所具有的特性，也就是先天性，这说明了人所具有的气质是与生俱来的，不容易被更改；"陶染"二字也曾经被用来形容"学"和"习"，这说明"学"和"习"是后天形成的，是通过自身的努力所达成的。人的自我意识自魏晋时期开始觉醒，这在一定程度上打破了两汉时期文学附属于政治和经学的状况，诗歌的创作开始注重作者自身的性格体现，刘勰也在尊重作者个性的同时，注意到后天学习的重要性。

"才力决定作品文辞，气质决定作品风格或格调，学问决定内容和意义的深厚程度，习尚决定风格样式的倾向。"刘勰关于作家创作主体要素的论述是具有一定创新性的，从文学作品本身的内容和形式，再到先天的因素和后天的学习都是不可分割的，这也为后世诗人对主体主观因素的研究奠定了基础。如唐代的史学家刘知几就曾提出"学、才、识"的学说，这也是在刘勰理论的基础上提出的。

2.诗歌创作客体："物"

《文心雕龙》并不是仅仅对创作的客体进行简单阐述，而是将焦点集中在"物"与"心"、"物"与"情"、"物"与"神"的关系上，并对此进行了相对完整和系统的阐述。刘勰对于"物"的阐述更注重于自然之物，从创作论角度而言，"物"是用来代指和主体发生联系的客观事物，不论是专写"心物关系"的《物色》，还是涉及"神与物""情与物"的《神思》《比兴》都是侧重于"自然物"的，这和当时的社会背景脱不了干系。在六朝时期，山水诗十分盛行，刘勰身处其中一定会注意到不论是诗歌还是骈文大部分都与山水游玩息息相关，当然，其在对作者的创作构思进行具体阐述时，必然是无法脱离对主客体之间的关系研究的。从这个角度而言，其对于创作客体"物"的论述显然是具有一定局限性的。

"气"在我国的传统文化中有着相当悠久的历史，从《典论·论文》再到《文心雕龙》中都可看到学者对于"气"的研究。寇效信先生还曾评价《文心雕龙》是建立了完整而系统的文气论的。《文心雕龙》中有关"气"的含义十分丰富，可大致归纳为以下三种：其一为自然界的"风云之气"；其二为人或者动物的"生理之气"；其三为作家所具有的"精神和心理之气"。从宏观角度而言，刘勰对于"气"的理解具有一定的一致性，所强调的都是作者在创作时的一种精神状态。例如，《养气》所阐述的是文学创作要"率志委和"，要顺从自己在舒适的环境下创作。《神思》主要论述的是艺术构思的相关问题，而"养气"是构思的前提和基础，也是在进行艺术创作时的必要步骤。刘勰在其中也提到了"养气"的有关方法：首先是"从容率情，优柔适会"，即诗歌的创作要在平心静气和心情良好的情况下进行，自在从容，才能引发良好的创作灵感。其次是"清和其心，调畅其气"，这是指在遇到思路不畅的时候不能暴躁、轻言放弃，在创作时保持平和的状态是十分重要的。

3.诗歌创作主客体关系："心物交感"

《文心雕龙》常常用"心""情""神"来指代主体，因此"心"与"物"、"情"与"物"、"神"与"物"之间的关系也可以用来指代主客体之间的关系。刘勰还提出了"情以物迁""辞以情发"的观点，外物是经常作为触动人心的主导方面而存在的，文学的创作也被看作心物交感的辩证统一的过程。

理论家和文学家在山水诗盛行期间经常关注自然和文学之间的关系，优美的自然景色也是触发诗人创作热情的诱因，因此诗人们常常在自然山水中获得创作灵感。《文心雕龙》中从心和物的关系出发来探讨人和自然之间的关系。刘勰作为传统"物感说"的继承者也提出了"物触心感"的诗歌生成观。在《明诗》中所提到的"应物斯感"和《诠赋》中所提到的"睹物兴情"都表现了自然对于人的触动，这也是引发诗人创作的一种心理根源。人本身就具有七种情感：喜、怒、哀、惧、爱、恶、欲，这些内在情感一旦被触动，人就会想要表现自己的欲望，而这种欲望一般是借助文字来抒发的，表情传志的诗歌也就应运而生。《物色》开篇即云："春秋代序，阴阳惨舒，物色之动，心亦摇焉。"四季有更替，气候有冷暖变化，不同的四时风景也会为作者们带来不同的情绪波动。这些自然之物是不分大小和形态的，诗人的心情也随着四时的变化不断变化，然后以文字的形式将情绪抒发出来。从总体的发展脉络上来看，其主要是按照"禀情—应物—兴感—吟志"的过程来发展的，其中包含有"情""物""感"三个要素。人只有先具备了"情"，才能对外界的变化产生"感"，如果这个人不具有六识是不能欣赏到这些美景的。其中，"物"是"感"的对象，而"情"只有在接收到外界的刺激时才会出现，"感"在其中是起到桥梁连接作用的。有了"感"作为连接物，诗人就能够实现"神与物游"，外界与内心就能实现互联互通了。《文心雕龙》中的《物色》就是专门讲述心与物之间关系的，王元化先生也在其所作的《文心雕龙讲疏》中讲到这是对刘勰所提出的"神与物游"的进一步发挥，但他认为"随物宛转"是以物为主，所强调的是以心服从物，而"与心徘徊"所强调的是以"心"为主，这从侧面上看是心与物之间关系的一种割裂。虽然诗人在创作的过程中应该顺应自然规律，但诗人在创作的过程中却不可失去自己的风格和特色，将心与物、情与景融为一体。一般我们所说的"物"指的是主体化的物，而"心"

指的就是客观化的心,同时主体与客体之间还是不可分割的一个整体。刘勰所倡导的"心物"说在进一步探讨了"心"与"物"之间的关系后,更进一步地说明了"情""物""辞"三者之间的联系,这也是在继承了前人的思想之后所得出的。正所谓"情以物迁,辞以情发",主体在遭受了外物的触动后才会有表达的欲望,但想要将自己心中主观化的"感"表达出来,却往往会出现力不从心的现象。诗人虽然在创作时经常会有灵感迸发,但真正要将其呈现在文字中时,又往往会遇到困难,这就需要作家在文字和艺术描绘上多下功夫,在落笔之时表现出自己心中所构想的世界,全身心投入以达到忘我的境界,只有这样才能创作出优秀的文学作品。

(二)艺术想象与艺术意象

《文心雕龙》中的《神思》是专门论述艺术构思的一个篇章,其中对于艺术想象的特征和想象与"志""意""辞"三者的关系等做了详细的论述。不仅如此,在叶燮《原诗·内篇下》中也对诗歌的创作构思问题做了详细阐述。

刘勰对于艺术想象的认识主要是借鉴了陆机《文赋》中关于想象的描绘。陆机指出文学创作最开始的阶段是"皆收视反听",当诗人的内心受到触动时,就能够博古通今,心游万仞。换句话说,陆机在这时已经看到了想象的自由性和广阔性,但因为当时思想尚不成熟,所以其中的一些论断还是相对零散和不完整的。而刘勰就在《神思》中对于想象的超越性做了相对细致化的阐述。《神思》的开篇就提出身体在江海之上而心却可以远在万里之外的朝廷,这是化用了魏牟所说的话,可以理解为是一种由此及彼的联想,是将外物与内在相统一的一种形式。而"神思"其实就是想象的代指,具有"文之思也,其神远矣"的特点。

刘勰在文学创作中所倡导的就是将诗人的主观性放在首位,主张"为情造文",将"情"视为想象的关键。《夸饰》中也说到"谈欢则字与笑并,论戚则声共泣偕",意思就是当作者的心情是愉悦时,所写的文字也会给读者传递出一种愉悦感;反之,当作者在创作时心情不佳,文字也会给人一种伤泣的感觉。因此,只有当作者的想象活动与自己的情绪相结合,所创作出的文字才能激起读者与作者之间情感的共鸣。与此同时,想象活动本身对于加强和加深作者的思想感情也是具有积极作用的。优秀的文学作品是讲究留白的,在作者和读者进行情感互通的同时,也会为读者留下一定的想象空间。

刘勰可以说是将"意"与"象"二者结合起来的人,他将"意象"首次纳入了文学的范畴,这在某种程度而言也是对于"神思"的另外一种解释。不仅如此,刘勰还提出了"意象"的特征——"隐秀",这一理论的阐释对于后世文学的发展也产生了深刻的影响。黄侃在《文心雕龙札记》中论述了刘勰对于"隐秀"理论的重视,认为"夫隐秀之义,诠明极艰。彦和既立专论篇,可知于文苑最要"。"隐秀"可以理解为一种由内而外的创作过程,对于作者的才力和笔力都具有一定的要求。刘勰本人专门创作了《隐秀》一篇来进行阐释,由此可见其重要性。

在刘勰眼中,"隐秀"不仅仅是简单的创作技巧,更是在创作时所要遵循的原则,也是刘勰对于文学创作和艺术形象总体认识的一个重要环节。

我们首先要阐述的就是"秀"。具体而言,"秀"指的是一个作品中最为突出和优秀的部分,是在整个作品当中最鲜明和生动的部分,刘勰虽然十分注重"秀"的重要性,但也指出不能将"秀"与整体割裂,"秀"是整体中的一部分。所谓"秀句所以照文苑",纪昀评道:"此秀句泛称佳篇。"因此,"秀"也可以理解为是刘勰对于文学作品整体创作美的一种要求。在后世,作家和学者们也常常以"秀"来评价优秀的文学作品和其中十分精彩的部分。例如,钟嵘《诗品》中评价谢朓的诗歌,指出他的诗歌往往是佳句和败笔共存的,其中奇特的篇章和卓绝的秀句能够起到警醒世人的作用,也能够流传千古。刘勰在《隐秀》中也论述了"秀"如何做到"卓越"。"秀"不是简单地将辞藻进行堆叠,而是要"自然会妙",将一些难以描绘的景物尽量逼真化和生动化,让人身临其境。因此,刘勰所倡导的"秀"所追求的是一种自然的美感,而不是刻意精雕细琢的。刘勰对于作品"隐秀"的要求就是要经过"修饰"而达到一种自然的美感,这种理论为后世诗歌美学的发展奠定了基础。随后所提出的一系列诗歌美学思想,如钟嵘的"直寻"说、梅尧臣的"景在目前"和王国维"隔"与"不隔"的论述都是在刘勰的思想之上发展起来的。

其次,关于"隐秀"中的"隐"的理解,刘勰对于文学形象的表现不是停留在表面,还有更深层次的暗示和象征性。也就是说,文学作品中的形象要能够激发起读者的想象和思考。"隐"所表现的就是作家所要表现的含义,将自己的内心情感寄托于自然事物之中,将主观精神隐身于客观描写之中,过于直白的表述是行不通的,委婉含蓄的表达可以为读者留下联想的空间。这种含蓄的美感对我国传统美学的发展产生了一定的影响。其后,皎然提出"情在词外"说,刘禹锡有"境生象外"的观点,司空图有"象外之象"的观点,这些都是在刘勰"隐秀"论述的基础之上生发出来的。

二、钟嵘的《诗品》

钟嵘的《诗品》是诗歌批评类专著,其中所阐述的诗歌创作理论和与诗学相关的理论都对我国后续的诗歌创作有很大的影响。

(一)诗歌发生之自然

在钟嵘的眼中,诗歌的创作是一个自然而然发生的过程,这其中是具有一定必然性的。《诗品·序》开篇云:"气之动物,物之感人,故摇荡性情,行诸舞咏。"[①]钟嵘用简单的语言阐述了情感和诗歌的产生过程,认为人的情感是宇宙中的元气触动外物而产生的,外物因受到触动,自身的形态等也会发生变化,因而这种变化也就触动了人类,使之也有了情感的变化。这些情感在人的心中堆积,不知不觉就有了想要通过舞蹈或歌咏来表现出来的想法。

钟嵘在论述诗歌的来源时也同样注意到了诗歌的自然属性:"若乃春风春鸟,秋月秋蝉,夏云暑雨,冬月祁寒,斯四候之感诸诗者也。嘉会寄诗以亲,离群托诗以怨。至于楚臣去境,汉妾辞宫,或骨横朔野,魂逐飞蓬。或负戈外戍,杀气雄边。塞客衣单,孀闺泪尽。或士有解佩出朝,一去忘返,女有扬蛾入宠,再盼倾国。凡斯种种,感荡心灵,非陈诗何以展其义?非长歌何以骋其情?"[②]他首先强调自然景物是触发诗歌创作的重要来源之一,其中温柔的春风、夏天的暴雨、秋天的朗月和蝉鸣以及冬季的皑皑白雪都会时时刻刻牵动诗人的心神,当这种情感充溢在心中时诗人就会以文字的形式抒发出来,这种诗歌创作的观点在当时已经在诗坛达成了共识。陆机、刘勰和萧统等人都对这种观点有过类似的论述。钟嵘所提出的观点就是将社会与人生际遇作为诗歌产生的重要来源之一。从钟嵘对于这两方面内容的叙述来看,他认为社会和人生境遇对诗歌创作的影响是更加深刻的,并重点突出了人的不幸遭遇和生命体验对于诗歌产生的重要性。例如,屈原曾因遭人诽谤而不得不离开故乡;汉朝王昭君远嫁和亲;战场上的战士们浴血奋战,抗击倭寇,闺中思妇想念远方的丈夫而泪影婆娑。"女有扬蛾入宠,再盼倾国"[③],从表面上来看女子入宫获得盛宠,看似是一件令人高兴的事,但她们也无时无刻不在担心年老色衰之后遭到抛弃,这些经历都容易让人产生哀怨的情感。这种情绪在心中积压良久,就会想要以"陈诗"和"长歌"的形式来宣泄出来。钟嵘在其中甚至连用两个"非……何以……"的句式来强调这种情感。总而言之,

---

① 萧华荣.《诗品》注译[M].郑州:中州古籍出版社,1985:36.
② 萧华荣.《诗品》注译[M].郑州:中州古籍出版社,1985:48.
③ 萧华荣.《诗品》注译[M].郑州:中州古籍出版社,1985:48.

诗人内心的情感在受到触动后，就会通过诗歌形式抒发出来，也从侧面强调了诗歌存在的必然性。

（二）诗歌创作之自然

钟嵘在《诗品·序》中提出："观古今胜语，多非补假，皆由直寻。"[1] 接着描述了诗坛上争相用典的恶劣风气，然后发出感慨："自然英旨，罕值其人。"[2] 可见，"在钟嵘的诗学自然观中，直寻是其最主要的内容"[3]。直寻是创作出"自然英旨"之诗的重要方法。"直寻"作为一种创作方法是针对当时诗坛上错误的创作风气而提出来的。

齐梁时期，许多诗人致力于继续前人的事业，将其发扬光大，形成了一股奢靡之风，使诗歌的发展不断走向形式主义的道路。钟嵘在这一时期就敏锐地嗅到了这种风气，遵循崇尚自然的原则，试图从根源上找到这种现象产生的原因，并发现，如果仅仅以"直寻"的方式来拼凑出诗歌，这是完全行不通的。但对于"直寻"究竟是怎样的一种创作方式，钟嵘并没有进行详细的解释和说明，这就为后人留下了很大的阐释空间。后来，也有许多学者尝试对"直寻"这一概念进行解释说明，如卢佑诚、卢净认为"'直寻'的本义是'窥意象而运斤'，即诗人将瞬间直觉到的'即景会心'的审美意象直接传达出来"[4]。罗立乾则认为直寻包括两个方面的内涵："一方面，强调抒情诗必须具有能给人以美感享受的审美形象；另一方面，必须遵循对客观物象进行直接审美观照的规律，通过'情'与'景'的自然契合而自然而然地产生审美兴象。"[5] 作者对于"直寻"这一概念的阐述是在前人的研究成果和《诗品》之上进行的，认为其想表达的本意是反对刻意的经营和雕琢，主张追求自然和作者内在情感的抒发，认为诗歌的创作是在创作主体的内在情感和外在境遇的碰撞下迸发出来的，奇妙的审美意象也就由此展开。具体来讲"直寻"包括两个方面：第一是审美意象的生成阶段，这一过程是自然而然形成的，是在诗人进行审美观照时内心的情感和外在的景物相接触时发生的，这时所形成的审美意象是独特而生动的。第二是审美的自然传达阶段，诗人将堆积在内心的审美意象通过文字表现出来，这时的文学创作阶段是绝对反对堆砌典故、回忌声病和过度雕饰的行为的。

---

[1] 萧华荣.《诗品》注译[M].郑州：中州古籍出版社，1985：58.
[2] 萧华荣.《诗品》注译[M].郑州：中州古籍出版社，1985：58.
[3] 高文强，王婧.从"见山是山"到"见山只是山"——论古代文人自然观念的三重境界[J].华中学术，2018（4）：42-49.
[4] 卢佑诚，卢净."窥意象而运斤"——钟嵘"直寻"说新解[J].淮北煤炭师范学院学报，2005（6）：85-88.
[5] 罗立乾.钟嵘诗歌美学[M].武汉：武汉大学出版社，1987：61.

(三)自然"清"风之推崇

钟嵘倡导自然的创作风格,这种观点在其创作的《诗品》中也有所体现。据统计,《诗品》中多次出现"清"字,由此可见"清"在钟嵘的眼中是十分重要的概念。"清"的本意是代指水的清澈透明,随着后来"清"进入文论领域,发展成为一个重要的审美范畴。钟嵘在作品中常常以"清"来形容诗人的气质,并将其作为诗歌自然风格的重要影响因素。钟嵘在《诗·品序》中还谈及了刘琨在转变诗风中所起到的积极影响:"刘越石仗清刚之气,赞成厥美。"[1]这里所提到的"清刚之气"指的是刘琨所具有的刚健和清壮的气质,也可以指代由这种气质所带来的诗歌整体面貌。显而易见的是,钟嵘已经关注到了诗人的气质和诗歌面貌之间所存在的联系。在具体品评时,他也非常赞赏刘琨诗的"清拔之气"[2],并直接强调这种诗歌风格的形成与诗人的才性、经历及时代环境有密切的关系:"琨既体良才,又罹厄运,故善叙丧乱,多感恨之词。"[3]

"清"字在《诗品》中不仅可以用来形容人物形象,还可以用来形容诗歌的声律与辞采,用以突出声律的自然和婉转,也可以用来形容文字的明晰和清丽。钟嵘在《诗品》中多次用"清"来形容诗歌的特点,这点在对鲍照和范云的评价上就可以看出。评鲍照诗:"然贵尚巧似,不避危仄,颇伤清雅之调。"[4]可以看出钟嵘对于鲍照本身的遭遇是十分同情的,肯定了他在诗歌创作上的能力和水平,认为他综合了四大家之长而又独具自己的风格,但也指出了他的缺点,就是过于注重诗歌的形式,这对于清新典雅诗歌风格的形成具有一定的消极影响。鲍照的创作风格还受到民歌的影响,因此在词句中运用俗字俗韵是他所特有的一种创作形式,但这并不被当时的人们所看好。大家认为这是一种"操调险急"的行为,会使得诗歌本身的声律略显急促,不够流畅自然。钟嵘对于鲍照的批评可以看出其对于清雅之诗的欣赏和喜爱。钟嵘在评价班姬时曾说:"辞旨清捷,怨深文绮。"钟嵘认为班姬所作的《团扇诗》诗意轻快,但又可以表现出怨情的深沉。在这里,钟嵘将"辞旨清捷"与"怨深文绮"对举、清与绮并提,可见他在追求诗歌语言清新、明快的同时并不反对适当的藻饰,而且认为这种藻饰有助于成就诗歌的自然清丽之美。

---

[1] 萧华荣.《诗品》注译[M]. 郑州:中州古籍出版社,1985:37.
[2] 萧华荣.《诗品》注译[M]. 郑州:中州古籍出版社,1985:108.
[3] 萧华荣.《诗品》注译[M]. 郑州:中州古籍出版社,1985:108.
[4] 萧华荣.《诗品》注译[M]. 郑州:中州古籍出版社,1985:124.

第二节　宋代的词学理论与宋词的发展

词又称作曲子词、近体乐府、诗余，可见，词本身是作为诗的分支而存在的。词这种文学形式起源于隋唐时期，成熟于晚唐和五代，到了宋朝达到大盛。虽说词这种文学形式早早就已经进入人们的视野，但词学理论的发展却是十分缓慢的，甚至是处于一种滞后的状态，这与诗论的发展是完全不同的。

虽然词的创作在宋代已经达到了"盛"，但却没有具体而系统的创作理论出现，当时文人们所创作的词在某种程度上其实是模仿当时的民间词以用于把酒言欢，在创作之初是带有一定的娱乐性质的。

关于宋代的词学主要讨论的问题有两个：其一是艺术特征问题，包括词的本色、词所遵循的音律或格律、诗与词之间的界限等等，其中词学家们最常讨论的问题就是词的豪放与婉约或词的雅与俗。其二是关于词的创作技巧等。

宋代词学的发展可以分为三个阶段：第一阶段为词学的初兴期，这一时期婉约派占据了词创作的上风，十分注重词的音律创作；第二个阶段是词的发展期，这一时期的词十分注重词的豪放性；第三个阶段可以称之为规范期，要求严格遵守词创作的音律。

一、宋代词学发展第一阶段

词与音乐的关系自欧阳炯的《花间集序》就有所涉猎了。在宋代的词学论战中，是否"入律"是衡量词的一个重要标准。

唐朝、五代以及宋代创作词所采用的音乐系统是"杂胡夷里巷之曲"的"燕（宴）乐"，也就是我们通常所认为的"俗乐"。燕乐就是我们常常称之为"靡靡之乐"的一种音乐系统，它的基调是"凄怆"和"哀怨"，但与此同时也蕴含着感动人心的能量，它可以将人们心中所积压的情感宣泄出来。当燕乐的这种特性反映在词的创作中就表现为"哀乐极情"，因此在唐、五代时期所创作的词句往往都是缠绵悱恻的。其中以敦煌曲子词尤为著名，它被誉为民间词的开端和倚声家的"椎轮大辂"，多表现征战在外的将士和在家的思妇之间的相思之情和离愁别绪。词自创作之初就以女性人物形象为表现中心，配合燕乐来表现极尽哀乐之词，而这一特性也对后期词学理论的产生和发展产生了一定的影响。

《花间集》作为第一部文人词选集编成于后蜀广政三年（940），这本书共十卷,将温庭筠等十八家"诗客曲子词"都收录其中,有五百首之多,其中欧阳炯所创作的序也被称之为最早的词学论文。欧阳炯认为曲子词和前人所创作的歌词是具有十分紧密的联系的,以"镂玉雕琼,拟化工而迥巧;裁花剪叶,夺春艳以争鲜"为主要特征。同时,他还认为词的远祖是上古时期所创作的乐歌,这是因为当时的乐歌具有令人"心醉"的作用,"乐府"中的杨柳、大堤诸曲也可以看作词的近源。其中所创作的序文中对于大部分的艳歌都持肯定的态度,对于"南朝之宫体"和"北里之倡风"也是十分欣赏的,这也是《花间集序》中十分值得注意的一点。

宋人胡寅曾将词派的风格进行划分,将"花间派"、柳永和苏轼认定是同一体系。如果按明清时期流行的说法来讲,"花间派"和柳永等人属"婉约派",而苏轼等人属"豪放派"。这样的分类方法是在整合了唐、五代和两宋词的创作实际和演变轨迹的基础上得出的。显而易见的是,苏轼的创作风格和"花间派"是完全不同的。苏轼在创作风格上打破了"艳俗"的传统和音律的束缚,在一定程度上加大了词的容量。苏轼所写的《念奴娇·赤壁怀古》《江城子·密州出猎》《水调歌头·中秋》等词在词坛中具有举足轻重的地位。虽然苏轼并没有专门创作有关词学理论的著作,但他的文集中有一些书简与题跋论述到相关词理,其他的一些诗话著作中也有相关词学观点的记录,从中我们就可以窥探到东坡词学的大概面貌。

首先,苏轼不论是作词还是论词都主张自成一家,这与当时的柳永有所不同。苏轼《与鲜于子骏书》云:"近却颇作小词,虽无柳七郎风味,亦自是一家。呵呵,数日前猎于郊外,所获颇多,作得一阕,令东州壮士抵掌顿足而歌之,吹笛击鼓以为节,颇壮观也。"这其中提及的词就是苏轼时任东州太守所创作的《江城子·密州出猎》,词中说道:"老夫聊发少年狂,左牵黄,右擎苍,锦帽貂裘,千骑卷平冈。为报倾城随太守,亲射虎,看孙郎。酒酣胸胆尚开张,鬓微霜,又何妨?持节云中,何日遣冯唐?会挽雕弓如满月,西北望,射天狼。"词中所描绘的场面十分壮观,充分展现了慷慨雄壮的情调,与柳永创作的"浅斟低唱"的风格大相径庭。苏轼要想在宋代词坛中自立门户,首先要做的就是破除柳词在其中所造成的影响。经过苏轼在创作和理论两方面的不懈奋斗,柳词在当时的士大夫中已经不再具有以往的市场了,但在市井中的流行程度一如往前。

其次,苏轼在论词时所使用的是论诗的标准,将词视为诗的"余脉",但并未提及诗与词的地位是否相同。苏轼在评价陈季常和蔡景繁二人所创作的词时就是从评价诗的角度来论述的,曾说陈季常的词"句句警拔,此诗人之雄,非小词也",蔡景繁的词"此古人长短句也"。苏轼论词就是看是否符合诗的创作标准,合乎标准的就可以称为好词,而不合乎标准的则称为"余技"或"小词"。

由此可知,虽然苏轼极力在推崇扩大词体和词境,却并不认为词的地位是高于或等同于诗或文的。这从他现存的三百多首词中就可以看出,虽然他为词的发展开辟出了一条新的道路,并且打破了"花间"和柳永一派的桎梏,但当涉及严肃和十分重大的主题时就很少使用词了,反而更喜欢使用诗和文。东坡曾言:"诗不能尽,溢而为书,变而为画,皆诗之余",这与他曾说过的"小词"和"余技"是相吻合的,这一观点也可以认为是南宋"诗余"说的开端。

苏轼一生所教导过的学生和门客众多,如黄庭坚、张耒、晁补之和李之仪等,他们都有一些论词的文章现世,其中黄庭坚和张耒二人的观点与苏轼最为相似,同时也有一些变化和创新。

黄庭坚曾将词称为"乐府之余",评价晏几道的词为"寓以诗人句法",这种说法与苏轼的论点是极为相似的,同时他还将小晏词比作《高唐赋》《洛神赋》《桃叶诗》《团扇诗》,这在一定程度上展现了其以词比诗而又"言情"的论词特点,这是在苏轼的基础上有所发挥和创新的一种体现。

张耒曾为词人贺铸的词集作序,称贺铸的词是"满心而发,肆口而成,虽欲已焉而不得者。若其粉泽之工,则其才之所至,亦不自知也。夫其盛丽如游金、张之堂,而妖冶如揽嫱、施之袪,幽洁如屈、宋,悲壮如苏、李,览者自知之,盖有不可胜言者矣"(《东山词》)。

张耒十分注重贺铸词中所具有的音乐特性,这一点触及了词创作的本质,并且称赞其词"盛丽""艳冶",这与"婉约派"的创作风格和特点是十分相似的,而与苏轼所作词风与词论大异其趣。可以看出,张耒对于"婉约词"和"豪放词"都是有所肯定的,态度较苏轼而言宽松了许多。

总体而言,黄庭坚和张耒二人都在一定程度上继承了苏轼的词学,将词、诗和文相比,同时又摒弃了唐及五代时期的"花间体"传统。由此可见,在北宋中期,苏轼的"豪放词"与其他的词相比是占据了上风的。但随着词的发展,著名词人李清照在其所作的《词论》中批评了以"不协音律"和"似诗"为特点的豪放词,并且提出了一系列新的主张。这种理论在当时超过了苏轼,李清照为"婉约派"夺回了词坛的正统地位。

实际上在李清照之前,就有人提出了类似的言论,那就是苏轼门下的晁补之和李之仪二人。他们所倡导的词论与苏轼和黄庭坚并不相似,但这种言论也并不能称为是"婉约派"的主张,因此成了在欧阳炯《花间集序》和李清照《词论》

之间的过渡性词论。晁补之所作的《评本朝乐章》可以说是站在"婉约派"的角度来论述的,这与苏轼和黄庭坚二人的论点大有不同。如晁补之评张先词"韵高",对于秦观所作的词也十分推崇,尽管这是苏轼之前多次批评过的。晁补之说:"近世以来作者,皆不及秦少游,如'斜阳外,寒鸦万点,流水绕孤村',虽不识字,亦知是天生好言语。"这时晁补之的观点与李清照的观点已经十分接近了。

除此之外,李之仪还创作了《跋吴思道小词》,这本著作论述了从《花间集》到北宋词的发展历程和概况,但这其中并没有出现豪放词,由此就可以窥见其词论宗旨。李之仪曾言"长短句于遣词中最为难工,自有一种风格,稍不如格,便觉龃龉"。从中可以看出,他认为词的地位是高于诗和文的,同时还强调词应自成一风,认为词应是"以《花间》所集为准"。

李清照所作的《词论》是宋代最为严格的词学理论文章,可以看作北宋词学的总结,主要分为三部分,分别为叙词史、评词人和论音律。

《词论》介绍了词的发展历史,从开元、天宝到唐末和五代时期的词都有所涉及,然后论述了北宋时期的"礼乐文武大备",这在柳永出现后就"变旧声作新声"。这时全新的宋词开始出现。紧接着,李清照在其中又论述了北宋时期词人的创作情况,既涉及了"词史"的性质,又兼有作家论的性质。在这其中值得关注的是,李清照倡导词须雅正,对于传统的俚俗与淫艳之作是持反对态度的。

李清照论及了北宋除周邦彦以外几乎所有较重要的词人。她根据词是否为本色将词人分成两类,第一类为北宋前期的作家,即不具有本色的一类。除柳永外还有张子野、宋子京兄弟、沈唐和元绛等人,妙语而破碎,何足名家。至晏元献、欧阳永叔、苏子瞻,学际天人,作为小歌词,"直如酌蠡水于大海,然皆句读不葺之诗耳。又往往不协音律"。王介甫、曾子固文章似西汉,若作一小歌词,则人必绝倒,不可读也。"第二类也就是北宋后期的词人,他们创作的词是具有本色的,但也瑕瑜互见:"乃知别是一家,知之者少。后晏叔原、贺方回、秦少游、黄鲁直出,始能知之。又晏苦无铺叙;贺苦少典重;秦即专主情致,而少故实,譬如贫家美女,虽极妍丽丰逸,而终乏富贵态;黄即尚故实,而多疵病,譬如良玉有瑕,价自减半矣。"平心而论,李清照对于北宋词人的评价大都是直击要点和符合实际情况的,吴梅《词学通论》云:"其讥弹前辈,能切中其病。"但在她所评价的词人中竟无一人符合标准,也不免让人认为这一标准是否过于严苛,有失公正。

因李清照对于词律的研究十分透彻,对词律的分析也十分细致,因此在词律上李清照比其他人要严格得多,这也对后人如张炎后期创作《词源》产生了深远的影响。张炎还评价王安石等人的词作为"句读不葺之诗""不协音律""不可读"。这都是从词是否可歌、入律而评价的。李清照在《词论》中主张"别是一家"的言论，认为词论的重点是严诗、词之别，这种论断对于后世词的发展具有一定的积极影响。

北宋时期，词的地位逐渐提升，并且在词论中也十分注重对于词创作的艺术技巧和风格特色的探讨，同时兼具音律的研究。在北宋时期的词论之争中，《花间集》以来的婉约词最终占据了上风，更胜一筹。

二、宋代词学发展第二阶段

靖康之变，金兵入侵中原，词人们的清梦被迫中断，婉约清雅的词唱不下去了。在这样的社会背景下，辛弃疾的豪迈词风直上云霄，在词坛中引起了重大反响。这一时期词的创作尤重"豪迈"之音，推崇苏轼和辛弃疾的词作，也可以视为宋代词学发展的第二阶段的典型特征。

《碧鸡漫志》一书是由王灼所作，成书于南宋初期，是一部具有较高价值的系统性词学专著，分为五卷，其中第一卷为乐，第二卷为文辞，第三、四、五卷为词调。这本王灼所作的《碧鸡漫志》说"乙丑冬，予客成都之碧鸡坊妙胜院"，因而作《碧鸡漫志》，并于"己巳三月"写了这篇序言。

王灼论词以史论结合为基本特征，不仅如此，他还发现了一个十分有趣的文学现象，即词的创作与国家政治的兴衰并不统一，虽然他并没有进行具体的解释，只是表明发现了这一奇怪的现象而已。

从论述的词人和问题来看，其实王灼比李清照所论述的更加广泛，主旨也各有不同。王灼将宋词的词体分为四类，其中一类就是以苏轼为代表的，也可称之为"苏东坡体"，不仅是苏轼，晁无咎、黄庭坚、叶少蕴、蒲大受和苏在廷等人也被王灼列入了这一体系中。在这其中，王灼还提及了陈无己、陈去非和徐师川等人，这几位诗人的创作风格是与苏轼和黄庭坚等人十分相似的。王灼对"苏东坡体"的评价十分高，认为苏东坡独具慧眼，"东坡指出向上一路"条云："长短句虽至本朝盛，而前人自立与真情衰矣。东坡先生非心醉于音律者，偶尔作歌，指出向上一路，新天下耳目，弄笔者始知自振。今少年妄谓东坡移诗律作长短句，十有八九，不学柳耆卿，则学曹元宠，虽可笑，亦毋用笑也。"（《碧鸡漫志》）这与胡寅对苏东坡的评价相似。陆游也说："昔人作七夕词，率不免有珠桃绮梳惜别之意。唯东坡此篇，居然是星汉上语，歌之曲终，觉天风海雨逼人。"（《跋东坡七夕词后》）苏轼一派的豪放词的崇高地位，经王灼而至陆游才得以确立。

第二种就是与"苏东坡体"风格截然不同的,是以贺铸和周邦彦为代表的一种词体,他们所倡导的是传统的婉约派,其中包括晏几道、僧仲殊以及秦观、毛泽民和黄大舆等人。

第三种词体就是以柳永为代表的,词风恻艳俚俗,主要包括沈公述等六人。他们是王灼批评的对象之一。王灼将柳永词称为"野狐涎",将沈公述等人所创作的词称为"病于无韵""恻艳"。不仅如此,王灼又云:"柳耆卿《乐章集》,世多爱赏,其实该洽,序事闲暇,有首有尾,亦间出佳语,又能择声律谐美者用之。惟是浅近卑俗,自成一体,不知书者尤好之。予尝以比都下富儿,虽脱村野,而声态可憎。"

第四种指"滑稽体","长短句中,作滑稽无赖之语,起于至和。嘉祐之前,犹未盛也。熙丰、元祐间,兖州张山人以诙谐独步京师,时出一两解"。

从长远来看,王灼对于宋代词作的派别分析是十分富有创见的,但后人对于王灼的论断不够关注。《碧鸡漫志》中还有专门评价李清照的论述,其中有褒也有贬,有言李清照"自少年便有诗名,才力华赡,逼近前辈,在士大夫中已不多得。若本朝妇人,当推词采第一"。其先谈论了李清照在宋朝词坛中的地位和其不可磨灭的才华,然后又对其词作中的内容提出了不满,认为其"作长短句,能曲折尽人意,轻巧尖新,姿态百出,闾巷荒淫之语,肆意落笔,自古缙绅之家能文妇女,未见如此无顾忌也"。

这段时期的词论皆与之同声相应,同气相求。胡仔创作的《苕溪渔隐丛话》是一部诗话总集,本书博彩众文,在其中抒发出自己的感想并加以辨证。这本书中共有前集五十九卷、后集三十九卷专论"乐府"。唐圭璋据其采集入《词话丛编》,并将其命名为《苕溪渔隐词话》。在选择排比的过程中就能够很明显地观察出胡仔的取向,其中的某些按语也能表明他的意见。胡仔论词特尊苏轼,颇重欧、晏、张先、秦观,贬抑柳永,宗旨与王灼十分接近。

胡仔在词的起源和创作技巧上也颇有见地,其言"唐初歌词多是五言诗,或七言诗,初无长短句。自中叶以后,至五代,渐变成长短句。及本朝则尽为此体"。"词句欲全篇皆好,极为难得。如贺方回'淡黄杨柳带栖鸦',秦处度'藕叶清香胜花气'二句,写景咏物,可谓造微入妙,若其全篇,皆不逮此矣"。"凡作诗词,要当如常山之蛇,救首救尾,不可偏也"。胡仔所提出的这些言论后来被许多词人所采纳和借鉴。

自此之后又开始有一些词人和词论家重新重视辛弃疾的词作,并将其与苏轼的作品划分为同一派。辛弃疾四十九岁时其门人范开为其编刊《稼轩词甲集》,

范开认为辛弃疾所作的词是用以抒发心中的情绪，这与苏轼是十分相似的，辛弃疾将作词视为抒发心中豪气的一项工具，但其中所具有的清丽之感又是苏轼词中所没有的。南宋时一些稼轩词集的序跋，也都强调了辛词的豪放："世之知公者，诵其诗词，而以前辈谓有井水处皆唱柳词，余谓耆卿只留连光景歌咏太平尔；公所作大声鞺鞳，小声铿鍧；横绝六合，扫空万古，自有苍生以来所无。其浓纤绵密者亦不在小晏、秦郎之下。"（刘克庄《辛稼轩集序》）

各家在论述辛弃疾的词作时的观点十分相似，可归纳为以下几点：首先，辛弃疾的创作风格正是在苏轼的词作之上发展出来的，又在此基础上进行了发展和创新。其次，辛词与苏词跟柳永、周邦彦、姜夔之间的创作风格是相同的，甚至可以说是高于他们的。另外，辛弃疾所作的词豪放而悲壮，既"横绝六合，扫空万古"，又"如悲笳万鼓"，这是之前的词人和词作所不具有的。另外，辛弃疾所作的词风格十分丰富，"其浓纤绵密者亦不在小晏、秦郎之下"。其并不仅仅是流连逝去的光景，也有失意时对于英雄的慨叹。最后，陈亮等人学稼轩豪放词，有画虎不成反类犬之恨。

这一时期的词坛十分看重苏轼和辛弃疾，由此可以反映出人们对于词作的看法已经改变。在这时，人们开始反对柳词，认为其俗艳不堪，反而十分推崇欧、晏、张、贺直至姜夔的"雅正"。当时推崇的《碧鸡漫志》和《苕溪渔隐丛话》也都视豪放词的地位高于婉约词，首重豪放而次重雅正。但到了南宋后期，雅正的观点逐渐占据了上风，宋代的词学也因此开始走向没落。

三、宋代词学发展第三阶段

当词学发展到南宋后期时就进入了第三阶段。这一阶段对于词学的发展来说是十分不利的，当时的辛派后学并没有学习到稼轩所作词的长处和优点，仅仅只是流于形式，甚至走上了叫嚣之途，这也就导致了豪放词逐渐走向了没落，婉约词又重新出现在了大众的视野中。但南宋后期的婉约词与传统的婉约词相比，缺少创造性和自然真率之趣，过于注重创作的技巧和音律，在词作内容和题材的选取上也力求雅正，这就在一定程度上导致了词作的创造性大幅降低，"匠气"却有明显的增加。这一时期的代表词人有二窗（周密，字草窗；吴文英，号梦窗）、碧山（王沂孙）、玉田（张炎）等人，创作的词学相关著作以沈义父的《乐府指迷》最为突出。

沈义父，字伯时，吴江人，为一位信奉程朱理学、有气节的词学家。其于嘉熙元年（1237）仕南康军白鹿洞书院山长，以其文名噪一时，于宋代亡后开始隐居而不仕，以遗民终。其所作的《乐府指迷》共二十八则，其中第一则为总纲，用以叙述其和词学之间的渊源和论词宗旨。根据其所述可将作词之法概括为以下四点：一是音律欲其协，不协则成长短之诗；二是下字欲其雅，不雅则近乎缠令之体；三是用字不可太露，露则直突而无深长之味；四是发意不可太高，高则狂怪而失柔婉之意。

这四点虽说是理论标准，但又有较明显的针对性。首先，就是要求词作本身的协律，否则就变成了长短诗，这与李清照在其《词论》中所言苏轼之词"皆句读不葺之诗耳。又往往不协音律"的论点是相同的，对于豪放词都是持反对态度的，主要是其对"不协音律"的特点十分不满，但并没有否定苏轼与辛弃疾二人的词作。其次，讲"典雅"，云"不雅则近乎缠令之体"。这主要是对于以柳永为代表的"艳俗词"有所不满，同时还指出"康伯可、柳耆卿音律甚协，句法亦多有好处。然未免有鄙俗语"。

词作本身就是起源于民间的一种文学形式，敦煌曲子词大多是"胡夷里巷之曲"，虽说在后期词人的仿效过程中，其词风逐渐趋向于雅正，固然对于词体本身的净化是具有积极作用的，但其本身所蕴含的淳朴、真率之趣逐渐丧失殆尽。宋代的词论家对于柳永一派的词作一贯是呈贬低、反对态度的，这种态度和看法在现在看来是有失公允的。沈义父对于俗词的看法是有其积极的一面的，但也存在类似落后和绝对化的问题。在《乐府指迷》中就提出了"用字不可太露，露则直突而无深长之味"。也就是说，作词要含蓄。《乐府指迷》中就曾评价白石词十分生硬，但又提及词"不可太野"，说"遇长句须放婉曲，不可生硬"，"结句须要放开，含有余不尽之意"，这显然对于词作的创作是强调含蓄委婉的。这是因为词作所表现的就是诗和文中所不具有的曲折和委婉，表达的情感也更加细腻和流畅，若缺乏了这些特点就与其他体裁无异了，反而流露出一种狂怪、直露和浅率之感。因此，沈义父所主张的这种观点从大体上来看是正确的，同时也强调委婉不可过甚。

沈义父认为各家的论断都具有两面性，多是瑕瑜互见。他认为，唯有周邦彦所作的词是符合其所制定的标准的："凡作词，当以清真为主。盖清真最为知音，且无一点市井气。下字运意，皆有法度，往往自唐、宋诸贤诗句中来，而不用经、史中生硬字面，此所以为冠绝也。学者看词，当以周词集解为冠。"这也就是说周邦彦词既音律和谐又清新脱俗，"下字运意，皆有法度"，无"太露""太高"之病，四条标准无不符合，故被沈氏推为词家指南。

第三节 金元明清的诗歌理论及其价值

一、金元诗歌理论及其价值

（一）金代诗歌理论

金在中国历史上是由少数民族所建立的一个王朝，在古代是与宋并立的。但因为金本身的文化是存在缺陷的，因而其词学是在宋文学的基础上形成的，而且并没有止步于此。金代在诗论方面并不仅仅学习宋代蔚为大观的诗话，而是选择以自己的方式留下大量的论诗诗来表现自己的观点。

1.诗歌本体论

"古代诗歌本体论是一个由创立到发展再到深化的过程，主要包括三个命题：'诗言志''诗缘情''诗达义'。"[1]这就是在讨论诗歌创作和产生的原因，也可以看作诗歌理论中的重要一环。中国历史上对于诗歌本体论的认识是：诗歌为抒发诗人的志向、诗人的情感和讲述自己的道理而作。

金政权所处的地理位置位于中国的北方，由十分骁勇善战的少数民族建立。豪放旷达的性格和真挚的情感就是金廷民众所具有的特点。诗歌存在的根本就是诗歌之情。他们所强调的诗歌就是抒发个人情感，不是为了向其他人来展示或传达。

金代论诗诗十分强调诗歌源于真情，认为真情即是诗歌的本原。所谓"心画心声总失真，文章宁复见为人"，诗歌的真情即是诗歌存在的根本。又有"作诗见我意，非欲他人观"[2]之论，其中"我意"便是我的真情，既不是为他人造情，也不是为创作造情，是真实的情感。史肃发"诗书作我闲中地，风月知人醉里天"[3]之语，同样也认为为追求名利而作的诗歌是没有意义和价值的，不是由真情触动而作的诗歌所表现的也不是其真实的内心。在创作时要求诗人要为自己寻得一方寂静天地，诗人只有对其身旁的一草一木产生真挚的情感，才能在摒弃功利心态后创作出优秀的诗作，才能在创作过程中达到自由而旷达的天地。

诗歌本体论的观点较其他诗论而言是较为单一而枯燥的，它所强调的仅仅是诗歌的创作必须立足于真实的情感，必须是有感而发的，当时金代的诗人受儒家

---

[1] 刘疏影，吴建民.古代诗歌本体论之三种命题[J].河池学院学报.2011（4）：39.
[2] 薛瑞兆，郭明志.全金诗（第二册）[M].南开大学出版社，1995：543.
[3] 元好问.中州集[M].北京：中华书局，1959：230.

思想影响较少，因而并不注重用诗歌来教化世人。除此之外，金代诗人比中原诗人的思考方式更为粗犷，其情感的传递也更为直接，因此金代论诗诗是具有传递真情的功能的。

2.诗歌创作论

诗歌理论中具有指导性的部分就是诗歌的创作方法。金代论诗诗中提及诗歌创作理论的多达 119 首，这些诗歌是具有较为清晰而明确的诗学观点和理论的，其中一部分是从诗歌评价的角度来进行阐述的，可以显示出诗人的创作论观点。这些金代论诗诗不是一成不变的，是随着金代社会的发展而变化的，是与诗歌的取材、师承和精神内涵等多方面有直接关系的。

（1）诗歌取材：寻句于自然、现实与真性

从诗歌取材的角度而言，金代论诗诗具有十分明确而清晰的要求，这是因为诗歌灵感的产生直接关系到诗歌的最终面貌。对于金代论诗诗而言，诗歌要求从自然、现实和真性中取材，这对于表达真实而朴素的情感是有帮助的。

首先，诗歌从自然中取材。在金代论诗诗当中提出从自然取材的共有 32 首，其中有 3 首来自金代初期作者之笔，22 首来自金代中期作者之笔，有 7 首来自金代末期作者之笔。由此可见，从自然取材是金代论诗诗从一而终的取材理念。

金与宋并立，是由少数民族所统治的，因此其民众构成较为复杂，从事文学创作的文人与其他时代相比也复杂许多。在金代的创作文人当中，有一部分为少数民族文人，还有一部分是经由北宋主动或被迫进入金的汉族文人。他们中留有论诗诗作的文人都对诗歌取材于自然提出了一定的要求，但提出的原因是具有一定差别的。最开始立足于金朝文学创作的一批文人生于乱世，饱受动乱之苦，在他们心中皆有着文人出世的不甘和痛苦，也有心存隐逸和无心官场的懈怠之感。金代初期，以蔡松年和吴激等人为代表的文人，他们为了寻求自己内心的平静，将内心放眼于万物，企图在山水之中得到慰藉。蔡松年在《庚戌九日还自上都，饮酒于西岩，以野水竹间清，秋岩酒中绿为韵》中有云："去年哦新诗，小山黄菊中。年年说秋思，远目惊高鸿。"[①] 这首诗是他根据自身的生活经历所创作出来的，端坐于山野之中，在遍地的菊花中取材，他认为诗歌的创作就是来源于周边的美景和四时变化。

自从大量的汉人进入金朝，金代的文学发展也不可避免地受到宋朝文学的影响。金代诗歌创作取材于自然的观点正是因为金人所生活的地理位置地广人稀，

---

① 元好问. 中州集 [M]. 北京：中华书局，1959：28.

因而人们与自然格外亲近，文化认同感很高。因此，诗歌取材于自然的这一理论就随着社会的发展而流传下来了，成为金代论诗诗中十分重要的取材理念。无论是中期的蔡珪、党怀英、王庭筠，还是后期的李纯甫和元好古，都将这种取材理论贯彻到底。

其次，诗歌从现实中取材。在金代论诗诗中还有 12 首倡导从现实中取材。其中有 2 首是初期的作品，4 首是中期的作品，剩下的 6 首则是末期的作品。这一观点和自然取材相同，都是贯穿于整个诗歌发展历史中的。

诗歌从现实中取材的观点自金代初期以来就存在了，如由宋入金的文人吴激在《寄定园》写道："新诗从何来，远自金马客。雄深作者意，奔轶古人迹。"[①]吴激认为诗歌的创作灵感来源于"金马客"所走过的路和所看过的景色，他对于诗歌取材的要求是来源于自身经历。吴激没有长时间混迹于官场，他仅仅是因为自身的贫困而在金朝任职，不久之后便辞官离去。辞官后的吴激有了更加充足的时间去游历四方，并在这一过程中得出了要从现实生活中获得诗歌创作灵感的观点。

诗歌的创作灵感来源于现实这一点与诗歌取材于想象或虚构的事物是完全相反的。因金人性格豪爽、率直，所以从虚构和想象中取材的观点不太适合金人。党怀英曾写道："梦中作诗真何诗，梦中自谓清且奇。觉来反覆深讽味，字偏句异诚难知。岂非梦语本真语，无乃造物为予嬉。"[②]他虽然在梦境中创作了诗歌，但当醒来便发觉对自己所创作的词句非常迷茫和不知所措，这种在非现实的环境中所创作的诗歌与取材于现实的创作观点是相违背的。因此，他称这首诗歌是难以算在优秀之列的，无非是自己的消遣之作，难登大雅之堂。由此可见，金代文人对于诗歌取材的要求是十分严格的。这种取材于虚构之境，并非亲眼所见的景物和事物是不能作为诗歌创作的灵感的，他们对于这种取材方式十分反对，认为只有真切地见到、触到之后，心中的所感所念才是有意义和价值的，才能生出作诗之意。这也是金代中期及以后对于论诗诗的评判观点之一。

金人只将真实的所见作为取材对象，艺术上的虚构是不被允许的，这种要求与诗歌创作取材于自然的要求相承接，都是对诗歌发于真情这一理念的一种附和。

再次，诗歌从真性中取材。在金代论诗诗中，从真性中取材的共有 21 首，其中只有除宇文虚中的一首表达了诗歌取材于胸中苦闷的要求之外，其他的皆可见于金代中期及以后的论诗诗作家的作品中。

关于金代论诗诗取材于真性的观点自金代中期后就开始出现了。元德明在

---

① 薛瑞兆，郭明志. 全金诗（第一册）[M]. 南开大学出版社，1995：42.
② 元好问. 中州集 [M]. 北京：中华书局，1959：145.

《遣兴》中写道："张翰一杯酒，林逋千首诗。性唯便自适，材敢论时施。"[①] 他认为只有由真情而发的诗作才算是达到了诗与选材合二为一相融合的境界。任询在《浙江亭观湖》中也表现了胸臆是诗触发而成的必要条件之一，他之所以推崇苏轼的诗作，就是认为苏轼的诗能够包容江山，这与苏轼在创作时是发源于其广阔的胸襟和开朗的性格不无关系。元好问可以说是金代十分具有代表性的论诗诗作家，他也常常强调诗歌的创作应当是有感而发，达到"一语天然万古新，豪华落尽见真淳"的状态。他认为诗歌不可以为创造而创造。元好问对于阮籍在司马王朝统治下的行为有许多不同的见解，认为其在迫害之下做出的行为是在长时间的折磨下不得不出的抑郁情感，这时的作品才是在真情实感之下创作出来的。

所谓"长歌当哭"，就是诗人在痛苦的环境下有感而发创作出来的，这种取材对象也是为金代论诗诗诗人所肯定的。金代论诗诗认为苦难是诗歌创作的灵感来源之一，认为其中被触发的情感才是诗歌取材的温床。金人认为，在苦难中而生的情感相较于其他某事某物所触发的情感更具有真的力量。因此，金代论诗诗从苦难中取材是相较于从真情中取材更为高层次的追求，这样的诗作才可以称之为佳作。

诗歌创作的开端就是取材，而取材的好坏在一定程度上也影响着诗歌的整体面貌。因金代论诗诗崇尚淳朴和真实的情感，所以诗歌来源也和真实存在的事物和情感之间具有不可分割的关系。其中金代论诗诗人对于从自然和现实取材的观点是广受认同的，前者是源于诗人们寻找心灵慰藉与金代文化的契合点，有着源源不竭的生命力，而后者则反映出金代论诗诗对于虚构文学的反对与排斥。

（2）诗歌语言：创作平实自然之语

金代论诗诗中总共存在30首论述诗歌创作语言的文学作品，它们对于诗歌语言的要求是不拘泥于声律，不刻意地精雕细琢，而是以平实质朴的语言来描绘想描摹景物。

金代论诗诗将诗歌和自然看作一个整体，认为诗歌既要取材于自然又要回归自然，要求最后呈现出的诗歌作品必须是流畅而不加修饰的。金代论诗诗对于诗歌源于真性这一观点有着高度的认同。真性往往是质朴的、不加修饰的，而存在于层层华丽辞藻之下的情感已不能称之为真情。根据金代论诗诗对于真性的要求，只有天然而质朴的语言才能作为诗歌创作的必备要素。质朴而平实的语言就是最为工整而奇妙的，是不需要再额外经过雕琢和修饰的。

[①] 薛瑞兆，郭明志. 全金诗（第二册）[M]. 南开大学出版社，1995：270.

第四章　诗词理论对古代诗词的推动作用

元好问就在其创作的《论诗三十首》中针对元稹对杜甫的评论进行了批评，认为元稹指出杜甫的作品仅仅注重声调的工整和铺排陈事是不全面的。元好问认为将杜甫诗歌的成就仅仅归功于语言的修饰和加工这是十分片面的，也从侧面反映出其对于追求声律和语调的不满。与此同时，他还推崇语言的质朴和平实天然，认为陶渊明的作品是十分符合这一要求的，而对于孟郊的苦吟、江西诗派的炼字化典是持反对态度的，同时对过于追求格律的行为也是不齿的。房暠在《读杜诗三首》中有云："穿磨冥搜枉费功，天然一语自然工。况兼诗是穷人物，好句多在感慨中。"[①] 他认为诗歌的创作不应是刻意而为的，而是经由真情实感的流露而自然抒发出来的，只有这样的诗句才能焕发出耀眼的光芒。房暠与元好问对杜甫作品的看法虽然都是持批评的态度，但房暠对语言的运用是加以肯定的。归根结底，二人最根本的目的就在于肯定"天然一语"的诗歌语言创作。

金代论诗诗对于诗歌情感的要求是十分高的，要求其是强烈而真挚的。这种情感是不需修饰的，不需进行过度包装的，所谓"三江滚滚笔头倾"，最动人的情感就要以最直接的方式出现，金代论诗诗对于诗歌语言的要求也就应运而生。

（3）诗歌师法：学习宋前诗歌创作

诗歌创作需要范本这是必然的，而金代的论诗诗中也有多达 20 首作品与作品论和诗歌的师法相关。

在金代初期，除去宇文虚中赞扬《离骚》和蔡松年提倡乐府创作外，因金初文人的创作总体上呈"借才异代"[②] 的状态，这时的部分论诗诗人就选择以北宋为师，虽然并没有提出学习北宋传统的诗歌作品，但马定国所作的《四月十日遇周永昌》和《宣政末所作》以及施宜生《黄州吊东坡》都体现了对于苏轼和黄庭坚的推崇。一方面是因为苏、黄二人的创作风格与金代的文人性格十分贴合，另一方面也因为"宋南渡后，北宋人著述有流播在金源者，苏东坡、黄山谷最盛"[③] 的现实情况，金初文人学习苏黄之作更加便捷。在金代初期以后，政权和社会发展也逐渐步入正轨，由宋入金的文人在吸收了北宋的汉文化后也逐渐接受了金廷的管制。金代统治者，如金世宗和金章宗等人也逐渐认识到发展文化的重要性。但为了使百姓真正接受金朝自己的文化，统治者们就选择将宋朝文化进行隔离，达到"南宋人诗文则罕有传至金源者"[④] 的程度。在这个基础之上，金代论诗诗的作者也开始推崇那些富有民族特色的诗歌作品，以力求降低宋代文化对自己的影响。

---

① 薛瑞兆，郭明志. 全金诗 [M]. 南开大学出版社，1995：386.
② 庄仲方. 金文雅序 [M]. 吉林人民出版社，1998：107.
③ 赵翼. 瓯北诗话 [M]. 上海古籍出版社，2002：95.
④ 赵翼. 瓯北诗话 [M]. 上海古籍出版社，2002：95.

正是由于如此措施的施行，推崇苏黄二人的诗作开始减少。在这样的创作背景下，金代的论诗诗就有意跳过北宋的诗歌，而转而学习更加高古的作品。

首先，诗学《诗经》。在当时有13首金代论诗诗要求诗人们学习《诗经》，将《诗经》作为古诗创作的典范，在一定程度上是为了追求文化的正统地位。风雅也成了诗作创作的师承重点，占据了当时有关师承论诗诗总数的半数以上。《诗经》作为中国古代诗学的源头，在诗歌历史上有着举足轻重的地位。《诗经》的学习也能够帮助金代文学向正统文学的方向发展，金代文化也就成了正统主流文化。除此之外，《诗经》中的语言也十分生动形象，其中质朴平实的语言色彩也与金代文学创作对于自然和真性的追求相吻合。

元好问就曾经在《论诗三十首》中提出过有关"正体无人与细论"的观点。元好问所提到的"正体"指的就是高古之体，即《诗经》，他认为当时的诗人对于正体的重视程度已经不复以往。他当时创作《论诗三十首》的初衷就是要引起人们对于正体的重视，教导人们"暂教泾渭各清浊"。郭邦彦也曾在《读毛诗》中对学习《诗经》做过详细的论述："含气有喜怒，触物无不鸣。天机泄鸟迹，文字从此生。……遍读萧氏选，不见真性情。怨刺杂讥骂，名曰离骚经。颂美献谄谀，是谓之罘铭。诗道初不然，自是时代更。秦火烧不死，此物如有灵。至今三百篇，殷殷金石声。"[①]郭邦彦认为诗歌的可贵之处就在于具有真性情，但近年来的诗人已经失去了这种可贵之处。《诗经》中这种真性情就得到了重现，同时其中"怨而不怒，哀而不伤"的创作传统也是值得推崇的。《诗经》历经那么长时间也不曾失传，因而其中所传达的诗歌面貌也是历久弥新的，所以有不竭的生命力。当人们不再重视正体的学习后，诗歌的创作也时常出现"不见真性情""怨刺杂讥骂""颂美献谄谀"等弊病，这在一定程度上也是因为人们对于《诗经》的漠视。因此，为了让诗歌焕发出新的生命力，能够富有"殷殷金石声"，人们必须重视对于《诗经》的学习。金代论诗诗学习《诗经》的理由就是为了使诗与情更加自然地融于一体，这和郭邦彦所言的观点是大致相同的。

在学习《诗经》的过程中除了要注重其中的真性情外，也要注意对于其中质朴语言的学习。"曲学虚荒小说欺，俳谐怒骂岂诗宜。今人合笑古人拙，除却雅言都不知"，诗歌语言应当同《诗经》相同，应当是敦厚温柔而质朴平实的，但如果将诗歌创作的正宗舍弃，将诗歌与小说、戏曲混为一谈，也就失去了诗歌本身的典雅之姿。

---

① 薛瑞兆，郭明志. 全金诗（第三册）[M]. 南开大学出版社，1995：457–458.

其次，诗学其他创作。除了学习《诗经》外，其他的论诗诗提出了学习其他诗人和作品的创作要求。

提出这一观点的主要代表诗人有边元鼎和王寂二人，这二者将关注点放在了唐代，认为学习唐代诗人的作品是诗歌创作的要求。边元鼎在其所创作的《客思》中有言"浪从李杜学文章"，王寂在《题中隐轩》也说到"我则愿师白乐天"，由此可以看出他们对于唐代诗人的重视。

认为学习除《诗经》外的作品的还有蔡松年及秦略、宇文虚中等人，他们提出了可以学习乐府与《离骚》。蔡松年在其创作的《庚戌九日还自上都，饮酒于西岩，以野水竹间清，秋岩酒中绿为韵》中提出了对于乐府的学习。乐府的诗歌创作就是以叙事为主，语言是平实而质朴的，是不加修饰的。蔡松年也提出了学习乐府就是要学习其简单质朴的创作语言和创作传统，使诗歌能够富有文学风骨。对于《离骚》的学习应当注重其情感表达的方式。这些以学习乐府和《离骚》为诗歌创造要求的诗人们对于学习的创作点与以往的诗人不同，他们大多是参考了个人的审美与经历的，他们强调的并非诗歌抒发真情的传统，而是作品的内涵和诗歌语言。这些人对于诗歌创作学习的要求，一方面与金代中后期论诗诗诗人致力于树立文化自信有关，虽然没有要求诗人们必须学习《诗经》，但学习的对象也是宋代前的名人佳作，另外一方面也体现了金代论诗诗对于师承对象选择的多样性。

金代后期的文学创作已经达到了十分强大的境界。金代的文人群体也开始逐渐摆脱北宋对于金代文学创作的影响。金代的文人将文学创作的要求放在《诗经》和宋代其他的古典作品之上，一方面是为了维护自己自然而质朴的文化特色，另外一方面也是为了建立属于自己的文化自信和金朝的正统地位。

（4）诗歌内涵：融汇佛学道法之理

金代诗文和佛禅之间有着密不可分的关系。第一，从上层建筑层面来看，金代的统治阶层十分推崇佛学，并且当时的统治者也十分乐于吸收先进、新鲜的文化。宋朝文化也在金代统治者的学习之列，被纳入学习和借鉴的范畴。宋朝时期，宗教也随之有所发展，佛教对于中国社会和文化的发展也是具有一定影响的，甚至逐渐出现了儒道释三者融汇的面貌。金代的统治者在当时将其顺势进行了融合和发展，更加推崇佛理。当统治者试图将佛教施加于人民的所思所想中时，统治者本身也深深受到了佛理的影响。金代的统治者与高僧的交往十分密切，如玄武玉禅师和万松行秀等佛学大家都与统治者的交往十分密切，佛理和佛法就是这样渗透进金代的文化之中。许多文人和僧人的交往也十分密切，还有众多的佛教中人也在进行文学创作。金代诗学本身受到佛学影响的原因也多种多样。第一，金代文人和僧人的交往甚笃；第二，宋代文学作为金代文学的源头，受到了佛学的影响。金代论诗诗作为评论诗歌的作品在创作过程中也融入了佛理，其中有 8 首甚至还提出了诗歌和佛理相融合的要求。

元好问在《答俊书记学诗》中有云："诗为禅客添花锦，禅是诗家切玉刀。心地待渠明白了，百篇吾不惜眉毛。"[①] 前两句是元好问对诗歌和佛理之间关系的阐释，诗歌可以让佛家阐释佛理和佛学时更加顺畅，是作为佛家传递自身思想的一种文化载体；同时，禅理也可以为诗歌增添趣味和深度，可以为诗歌增光添彩。而后两句则阐明了佛理对于诗歌创作所产生的作用：当诗人将佛理融会贯通后，诗人的创作就会更加流畅；而诗人对于佛理阐释有了更多的热情后，也会催促诗人完成更加优秀的诗歌作品。"不惜眉毛"一词本就是佛家用语，本意是眉毛掉落，是佛家对于泄露秘密这一行为的阐述。佛理的阐释和文学创作本身就存在一定的相似之处，文学创作讲究"羚羊挂角"，而佛家则讲究"不立文字"，元好问也提出了诗歌的创作不能仅仅局限于文字。刘迎在《题吴彦高诗集后》中写道"名高冀北无全马，诗到西江别是禅"[②]，"西江"在古代所指的就是从九江到南京的一段路程，在《景德传灯录》中曾有记载马祖道一"待汝一口吸尽西江水，即向汝道"[③] 的禅语，刘迎所说的"西江"一方面是化用前文所提及的佛家语典，从另一方面来看，"西江"与"冀北"相对也可以理解为"江西"的反语。刘迎作为金代少有的推崇江西诗派的作家，倡导诗与禅融合。诗歌与佛理融合的形式多种多样，因佛理所包含的内容十分广泛，所以当其融合在诗歌之中时侧重点也各有不同。其中，元好问所提出的融汇佛理要求，既有诗歌精神层面上对于阐释佛理的要求，也有在学习佛理时对于不立文字的诗歌语言方面的探索。刘迎对于融汇诗理的要求就是要意境高远，论诗诗中要含有对诗歌意境的追求，富有禅意以滋养创作原理进行情感表达。

金代论诗诗在取材上自初期起就有着源自自然、现实和真性的理念，而在诗歌的创作语言以及内涵上却因不同时期有着不同的差异。金代的论诗诗诗人虽然在初期就提出过诗歌创作语言方面的要求，但当时的文人大都是由宋入金的，文学底蕴十分深厚，也没有为创作语言而捉襟见肘过，所以他们对于诗歌语言的使用并不是十分在意。在师法传承方面，金代初期并没有准确提出要学习谁的作品

---

① 元好问. 遗山先生文集 [M]. 商务印书馆，1959：156.
② 元好问. 中州集 [M]. 中华书局，1959：120.
③ 顾宏义. 景德传灯录译注 [M]. 上海书店出版社，2010：549.

和观点，但当时的绝大多数文人都十分推崇苏黄二人，由此也可以看出当时的文人有学习北宋文化的倾向。到了金代中期以后，国家和民众的文化认同感普遍提升，论诗诗作家也开始关注自身的文化特色，并且结合当时的民族特征提出诗歌的创作语言应质朴、自然而平和，对于诗歌创作的学习也大多是学习宋代之前的高古作品和理念。在诗歌的内涵方面，诗歌的创作大多是与当时的佛理相结合的，力图使诗歌具有佛道之智和佛道之境。

3.诗歌风格论

金代论诗诗在诗歌风格方面的特色十分突出和明显。金代论诗诗所倡导的就是以"清"为特色的创作风格，追求诗之原貌；同时对于硬朗古朴的风格也十分推崇，讲究在诗句中突出慷慨激昂的格调。不仅如此，风流和天真的诗歌风格在金代论诗诗中也时有出现。

（1）清新朗健之风

金代论诗诗在发展过程中，对于诗歌"清"的要求可谓是十分常见。金代由于其本身的文学创作历程和含蕴较浅显，同时北方民族爽朗而又直率的性格也深深影响着诗歌的创作，因此"清"字在诗歌创作中的体现主要是在清朗自然和舒健开阔上。

金代论诗诗中对于诗歌风格最终应归于清新的要求，从姚孝锡《鸡肋集·赋雪》、高士谈《次韵饮岩夫家醉中作》、宋景萧《春雪用上官明之韵》和王中立《题裕之乐府后》四首作品中就能体现出来。"清新"本身所具有的含义就是十分广泛的，在诗歌的创作语言、音律和内涵等方面都有所体现。虽说以上几首论诗诗并没有提出明确的"清新"风貌要求，但从其只言片语中也可窥探一二。

例如，姚孝锡所要求的清新就是"酒敌余威翻索寞，诗含幽思倍清新"[1]之清新，他主要阐述的是"清新"在诗歌内涵方面的要求，即通过自己的所思所想来创作出清新脱俗的内容。而高士谈与王中立所提及的"清新"是"清新李白诗能胜，勃窣张凭理最玄"[2]"常恨小山无后身，元郎乐府更清新"[3]之清新。这二人主要通过赞扬诗人的清新之风来表达对于清新风格的推崇。元好问所创作的乐府诗歌之所以能够受到推崇和赞扬，就是因为其在创作诗歌时是遵循自己的要求而作的。李白所作的诗之所以能够流传千古，在诗坛中处于不可被忽视的地位，一部分原因是其强调诗风应归于清新。李白与元好问二人在诗歌创作方面的清新，主

---

[1] 元好问. 中州集[M]. 中华书局，1959：506.
[2] 元好问. 中州集[M]. 中华书局，1959：506.
[3] 薛瑞兆，郭明志. 全金诗（第二册）[M]. 南开大学出版社，1995：513.

要是体现在语言的自然不羁和内容的超凡脱俗上,这也是高士谈与王中立所看重的一点。宋景萧推崇之清新是"诗中有味清于酒,只欠冰梢数点香"[①]之清新。与他人不同的是,其所探讨的清新是与"酒味"相比较的,以此来突出诗歌意蕴上的清新自然之感。

综上所述,四首论诗诗对于"清新"的总要求是一种自然而明快的风格,他们并不要求诗歌的创作语言和音律是多么雅致和猎奇,而是要求这种风格的诗歌能够拥有自然流畅的语言以及清新明快的含蕴。

这种"清朗之风"的要求是在"清新诗风"之上的一种进步和承接。"清朗"中的"清"与"清新"中的"清"比较而言,更加强调刚劲和舒朗。因此,金代论诗诗对于诗歌创作的总体要求是有刚健的风骨、爽朗的意境和自然流畅的语言。

清朗之"清"主要体现在诗歌骨骼的舒健上,健骨也是可以由清朗造就出来的。这一点与瘦硬诗风的要求具有一定的相似之处。

(2)高古质拙之风

在现存的金代论诗诗中,约有10首诗作提倡论诗诗要富有古风。诗人有祝简、蔡松年与洪皓,他们都是由宋入金的文人。提倡富有古风也是这些文人对于中原文明的一种怀念和继承。而金代末期要求古风诗歌的作家大多具有一定的现实意义。在金代承平时期曾经出现了一位具有很高文学修养的皇帝——金章宗,他的创作风格与金代论诗诗的总体要求不同,具有靡丽纤巧之风,更加重视工巧秾丽。这种风格是在继承了昌宗重视文化传统基础上形成的。刘祁曾于《归潜志》记载:"明昌、承安间,作诗者尚尖新,故张蓍仲扬由布衣有名,召用。其诗大抵皆浮艳语,如'矮窗小户寒不到,一炉香火四围书'。"[②]有先例在前,文人们为附和皇帝的这种喜好,这类靡艳柔弱的创作风格也开始在金代诗坛中弥漫开来。自此之后,由于卫绍王昏庸无能,蒙古族军队大举入侵,因不敌,在丧失国土的同时,金宣宗又率师北伐。在这样的时代背景下,百姓们揭竿而起,农民起义在国内开始大量爆发,金廷处在内忧外患之中,统治也摇摇欲坠,当百姓们流离失所,忍饥挨饿,文人们也无法独善其身。时至金代末期,文人开始试图拯救这种靡艳文风,以此来洗刷当时的社会风貌,让这个社会重新恢复之前的面貌,民众复归孔武刚劲。基于这个目的,当时的论诗诗诗人开始倡导诗歌创作要具有古朴之风,以此来复金代之初所具有的文化传统。

金代论诗诗诗人所倡导的古风有《诗经》之古风、东晋风流之古风、建安悲

[①] 元好问.中州集[M].中华书局,1959:433.
[②] 刘祁.归潜志[M].中华书局,1983:85.

凉之古风等多种形式。对于诗歌古朴之风的追求其实在金代初期就可以窥见，如蔡松年在其诗《槽声同彦高赋》中言"自爱淳音含太古"[①]，蔡松年十分厌恶官场中的尔虞我诈和钩心斗角，对于再次出仕也十分纠结和矛盾，因此他对于富含古风的诗作就更加喜爱和偏好。在其中他可以感受到心灵的慰藉，这些富有古风的诗作是他心灵的安放之所。

到了金代末期，元好问为了一改当时的糜烂之风，因此在诗歌的风格要求上极力倡导古风，尤其是推崇慷慨悲凉的建安诗风。他高度赞扬建安风骨的杰出代表——曹植与刘桢。而对于与其相悖的作家，如诗风靡艳绮丽的张华、花间词派的温庭筠、诗歌朦胧婉转的李商隐等，元好问持坚决的反对态度。他推崇建安诗风的原因，就是其对胸怀天下、不拘小格风格的极致追求和向往。这种高古的风格，即是元好问心中的诗歌正体。

金代论诗诗所向往的就是一种语不惊人但意境高远的创作风格，他们倡导古朴之风，对于诗歌的语言不要求精雕细琢和过加修饰，但对诗歌的意境和内涵的丰富以及诗人的内心深情是具有一定要求的。

（二）元代诗歌理论

元代的诗学著作较少，只有一些关于诗格、诗法的著作。元代的诗格理论比较散，主要存在于一些作家的诗文集里面。其中，论诗的内容大量存在于一些为古人或者时人诗集所作的序跋中。元代的诗人对诗歌本体的讨论逐渐走向细致化和系统化。

首先，我们来看元人对于"气"本论的研究。元人对于"气"本论进行了深入的思考，有着详细的论述，呈现出层层推进的特点。例如，元人对于"清气"的讨论，起初有人提出了诗歌的本体是"清气"的观点，然后有人阐发了"清气"向诗歌转化的方法，并认为"清气"转化为诗歌的过程中人是必经的环节。这是因为人有主观能动性，所以诗歌的体貌虽然是由"清气"转化来的，但并不是一成不变的。特别值得注意的是，诗歌优劣之别的根本依据是王礼提出的，他把"气"进行了划分，分为"阳明之气"与"阴晦之气"。同时，王礼还认为，"阳明之气"与"阴晦之气"是可以相互转化的，所以诗歌的优劣也并非无法改变。

其次，我们来看元人对于"理"本论的研究。元代并没有很多人持"理"本论，但是有很多谈"理"的人。有的人秉持"以理为主"的观点，这其实指的就是本体论意义上的"理"，然而这种情况不是很多，另外有些人则是秉持理学是"义理"

[①] 元好问. 中州集[M]. 中华书局，1959：31.

的观点。其中，吴澄对诗歌本体论的认识是比较新颖的，所以后世既有些学者认为他是"气"本论者，又有些学者认为他是"理"本论者。

元人对于诗歌本体的深入思考和认识还体现在，他们并没有局限于对诗歌本体的研究，而是从诗歌的本体论延伸出去，看到其中蕴含的精神层面的内容。这种精神层面的内容比诗歌本体更为重要。例如，对于"心"本论的认识，元人高度认可本体化中人的主体精神及主观能动性，这也体现了元代对于主体人格精神的高度赞扬和提倡。元人虽然没有对诗歌本体论进行理论的构建，但是他们却对诗歌本体理论进行了细腻的思考和深刻的体会，为后世诗歌本体理论的构建打下了基础。

元人对唐宋两代的诗学进行了继承、发扬和突破，具体体现在他们对于诗歌创作深入的探讨。因为传统的思维方式、儒家文化还有理学精神对人们的影响，所以各个朝代对于诗歌创作主体应该具备条件的认识基本上是一致的。具体而言，诗歌创作主体应该具备的条件为诗人的阅历、修养、学识等。对于前人的观点和认识，元人在表示赞同的同时，还对前人的看法进行了修正，认为诗歌创作主体应具备的条件具有不同的主次位置以及起到不同的创作作用。元人认为，诗歌创作和诗人的人生状态之间没有必然的联系，诗人的创作不应该局限于人生的困顿、失意和挫败，而是应该从中超脱出来。他们还认为，创作诗歌时，诗人不应该表达过分激烈的情感，而是应该抒发自己愉悦、平和、中正的情怀。元人之所以秉持这样的观点，主要是因为被当时的隐逸思想、理学人格和理学心性学说所影响。例如，历代文人都推崇的"江山之助"的观点，在元代却被当时的一些诗人质疑。

元代格外重视人格的修养，这一方面体现了元人对于遵守道德伦理的强调，另一方面也体现了他们对于回归纯正心性的强调。元代对于人格的重视在一定程度上是因为受到了传统儒家思想提倡道德修养的影响，但是最主要的影响因素还是当时的理学心性之学。在元代，传统的观点和新生的观点对元代诗学的影响并不相互对立，而是共同指导着当时诗人的诗歌创作。

对于诗歌的构思论，"苦思"和"精思"是元人非常重视的诗歌创作理论，这是因为元代诗人的创作深受唐代的"苦吟"思想以及宋代的理学治学方法的影响。此外，对于诗歌的构思过程，元人还格外重视"悟"与"感物"的作用。元人认为，"悟"是诗歌创作成功的条件，诗人应该在创作之前积累学识的基础上，进行诗歌创作的"悟"。其中值得注意的是，刘将孙将禅悟和诗悟进行了对比和划分，他认为，禅悟指的是参禅者对佛理进行的领悟，难以通过语言表达出来，且在很大程度上已经脱离了外部世界；而诗悟则有着一定现实依据，是人们对于客观世界进行观察和感受之后所产生的感悟，与禅悟的玄妙性有一定的区别。

与魏晋隋唐时期的"物感"说不同，元代的"感物"说认为，诗歌的创作主体应该保持通透、活泼、平和的心态，对世界万物进行观照，对人间百态进行深入的体味，然后进行创作，将自己强烈的主观感情色彩投射到客观事物上。"感物"的主要观点是，诗人的创作应该在外物的感染下，内心被触动，从而生出感悟。此外，元代"感物"说还具有注重心性涵养、注重主体精神的特点，这是因为受到了程朱理学和陆氏心学的影响。元代"感物"说的这一特点可以从元代方回的《心境记》中得以体现。《心境记》中对元代"感物"说的基本内涵进行了论述，是元代"感物"论的代表性著作。

元代的诗格、诗法作品中将诗歌创作以及表达上应该注意的若干问题进行了全面而具体的阐述，如诗歌的音韵、格律、字法、句法、篇法、诗病等。从诗格、诗法的层面来看，在一定程度上，元代可以被认为是诗歌创作理论的一个总结时期。元代诗学中，诗格和诗法是非常具有特色的组成部分，它们不仅对作诗的章法提出了详细的规定，还将深邃的诗学理论融入其中，对后世诗歌理论的进一步发展做出了铺垫。所以，诗格和诗法在元代诗学史上有着重要的意义，我们应该将其纳入元代诗学史的范畴，将其形态、特征、作用、地位、影响等进行展示。

与唐宋的诗格、诗法不同，元代的诗格、诗法对于不同的诗歌体裁、题材有了不同的要求。在元代，不同体裁或题材的诗歌，会有着音韵、格律、对偶、字法、句法、篇法、意蕴、风格等方面的不同要求。例如，在杨载《诗法家数》中，作者对律诗、古体诗、绝句的写作法度进行了深入的探讨；在范德机《木天禁语》中，作者对诗歌的体裁进行了更为细致的划分，将诗歌具体分为了七言律诗、五言长古、七言长古、五言短古、七言短古、乐府和绝句七类，并且全面论述了每一种体裁对于诗歌的内容与形式也有要求与规定。此外，对于题材角度也有诗法规范的讨论。

元代诗人认为，不同的诗歌题材应该有着不同的写作规定，并且对应着不同的审美趣味；不同类型诗歌的审美韵味应该通过对诗歌中的字、句、篇章、意义的安排来实现。例如，在"登临"类型的诗歌中，诗人应该表达悲凉、失望之情；在"赠别"类型的诗歌中，诗人应该表达怀念、惜别之情；在"吊挽"类型的诗歌中，诗人应该表达悲痛、悲怆之情；而在"讽谏"类型的诗歌中，诗人应该表达惋惜、规劝之情；等等。以上的内容，可以体现出元代诗人提高了对诗歌体裁、题材的认识，不再是对诗歌的"法"进行孤立的描述，而是对其产生了较为深刻的认识。

通过上述对元代诗歌诗格、诗法的研究和探讨，我们可以看出，元代的诗歌中保持了宗唐、宗宋两种复古的观念。其中，宗唐是元代诗歌的主流，宗宋是元代诗歌的支流。在张健《元代诗法校考》一书中，收录了元代的25种诗格、诗法，其中绝大多数都是以唐诗（尤其是杜甫的诗歌）为例来进行诗歌法度的阐述。这一点可以说明，元代诗歌主要是保持了宗唐的复古观念，将唐诗作为诗歌的规范来规定作诗的法度。元代宗宋的复古观念主要可以从方回的《瀛奎律髓》中体现出来。方回对以江西诗派为代表的宋诗的劲健硬瘦非常推崇，同时也认可唐诗的悠远韵味，但是相比之下，方回更青睐宋诗。从整体上看，元代诗人追求唐诗一样的审美趣味与审美理想，所以方回宗宋的观点是比较特别和另类的。

在对诗歌法度的认识中，元代诗人将丰富的诗学思想融入进来，这体现了元代诗人已经不再停留于就"法"论"法"的层面，开始对先前的诗格、诗法进行全面的提升。也正是因为这一点，从明代开始，人们开始广泛关注元代的诗格、诗法理论，对元代诗法进行大规模的刊刻和辑录，并用元代诗法理论来指导当时诗歌的创作。因此，元代诗格、诗法对明代诗学有着深刻的影响。例如，高棅"四唐"说有很大概率是因为受了元代方回的《瀛奎律髓》以及佚名《诗家模范》中理论思想的影响而提出的。元代的诗格、诗法理论对明代前后七子关于诗歌的形式、法度、格调的理论有着重要的影响。

不同的历史时期有着不同的诗歌风格，元代的诗歌风格也同样如此，有着其独特的风貌。

在元代初期，北方和南方有着截然不同的诗歌风貌。北方的诗歌风格主要是源于金，而南方的诗歌风格主要是源于南宋，这时的元代还没有具备独特的整体诗歌风格。随着历史的发展，元朝逐渐走向统一，开始将不同的诗歌风格进行融合，尤其是在仁宗延祐前后，因为社会环境比较和平、繁荣，所以元代形成了雍容雅正的典型诗歌风格。这种诗歌风格首先满足了统治阶级的政治需要，可以歌颂统治阶级的丰功伟业；其次反射了传统儒家崇尚雅正的思想；此外还体现了理学和人格境界的端雅与平和。

进入元代后期，因为当时的社会环境发生了改变，所以元代诗歌不再追求雍容雅正的风格，而是变得怪艳纤秾。杨维桢是元代后期诗歌风格改变过程中值得一提的人物，他是元代后期的诗坛盟主，引导了当时的诗风变革。杨维桢的诗歌风格被后人叫作"铁崖体"，其主要特征是瑰奇、怪艳、绮丽。杨维桢生活的吴中地区将这种怪艳纤秾的诗风首先带动起来，然后影响到整个国家的诗歌风格。原来人们认为享乐、利欲、金钱等内容非常低俗，因而对这些很是不齿，但是因为吴中地区的商品经济和城市经济日益发达,生活环境改变了人们这些传统的价值观和人生观,吴中文人开始大胆追求这些原本感到不齿的瑰丽绮靡风格,而不再坚持传统温柔敦厚的诗风。可以说,元代后期诗歌风格变得怪艳纤秾的物质基础是吴中商品经济的繁荣。其次,元代后期,人们也不再重视理学对诗歌的影响,理学的发展呈现出衰微的走向,所以文人的思想和行为也在很大程度上摆脱了理学的约束。此前,文人一直推崇和追慕温雅、平和的人格境界,到了此时,虽然这种追慕并没有改变,但是文人已经不再使用这种观念来约束自己的言行举止了。没有了理学的约束,当时的文人尽情地享受着世俗的乐趣,其诗歌展现出光怪陆离、色彩斑斓的特色。此外,元代后期的诗歌风格也受到了李贺、温庭筠等诗人的影响。其中,李贺的诗非常受元代文人的喜爱,究其原因,主要是因为元代文人对李贺的生平遭遇非常同情,尤其是李贺遭遇的不公平的科举待遇,对元代文人的触动极大,使元代文人对李贺的诗歌产生了非常强烈的共鸣。这种怪艳纤秾诗歌风格也体现了元末文人内心颓废与迷惘的状态。元代后期,冲淡萧散是另外一种比较典型的诗歌风格。虽然这种诗歌风格在当时并没有耸动一时,但是却普遍受到了元代文人的喜爱,成了当时评判诗歌的主要审美标准。元代后期形成这种冲淡萧散的诗歌风格的重要影响因素是当时逐渐走向成熟并大规模流行的元代文人画。这种诗歌风格深刻地体现了元代后期隐士对孤介高傲人格境界的追求。

宗唐复古一直是元代诗歌发展的主要特点。在元代初期,宗古的观念主要在北方流行,当时北方的文人认为《诗经》雅美的传统是诗歌创作的根本原则,并没有产生宗唐的观念。而宗唐的观念已经在当时的南方盛行,当时南方的文人认为,应该学习唐诗的神韵和形式。总而言之,元代宗唐复古的观念并不是指仅仅对某一历史时期或者某些著名诗人的诗歌进行学习,而是对前人诗歌创作精华的推崇和学习。元代宗唐复古的根本目的并非对前人诗歌进行简单的模仿,而是在学习的基础上对诗歌的创作进行创新。不过,元代诗歌的创作在很大程度上出现了盲目模仿的问题。后来这种问题愈演愈烈,所以当时的诗歌评论家开始主张诗歌创作应该学习前人的精神,了解诗歌的内涵,而非对前人的创作进行盲目的模仿。当时一些诗学家具有卓远的见识,对诗歌创作提出了师心、尚今的观点,这些诗学家有赵文、黄溍、杨维桢等。他们认为,诗歌的主要用途是表达自己的情感和个性,因而只要在写诗歌时能够将自己的真情实感表达出来就是值得肯定的创作,前人在诗歌中抒发了自己的真实情感,所以如今备受推崇,那么当今文人也应该通过学习前人的诗歌来将自己的情感和个性进行更好的表达。他们还认为,创作者的情感和个性是古今沟通的桥梁。这些观点都对当时文人去除盲目拟古的弊病有着重要的帮助，在一定程度上将元代复古过程中存在的问题进行了纠正，使元代诗歌得以健康发展。

在诗歌的政治教育和言志抒情的功能上，元代的诗歌与前人的诗歌并没有太大的差别，都是主张"发乎情，止乎礼义"，看重诗歌的美刺讽谏功能。但是，对于诗歌的娱情遣兴的功能，与前人不同，元代文人秉持了一种认可与推崇的态度，这也正是元代诗歌功能论的特色。诗歌自从产生就一直具有娱乐的功能，这种娱乐功能在六朝、两宋时期开始显现，与诗歌的政治教育功能一起发挥作用。从元代开始，诗歌的娱乐功能得到了充分的发挥，这一点可以在元代诗论家对诗歌的评论中体现出来。

值得一提的是，元代有着大量的诗社，这些诗社的繁荣发展将诗歌的娱乐功能发挥到了极致。元代诗社有四个主要的特点，分别为：第一，元代诗社的发展呈现出短时间内集中、大量涌现的特点；第二，元代诗社的规模比先前有了明显的扩大；第三，元代诗社有了更为正规严密的组织形式；第四，诗社活动不再是文士们消闲生活的点缀，而成了他们重要的生活内容。[①] 在诗社中，文人饮酒论诗，互相切磋，不但可以消遣时间，寄托自己的情感，还可以排遣内心的苦闷和烦恼，相互慰藉。诗社实现了诗歌娱情遣兴的功能，而这也直接推动了元代诗歌的繁荣。由上可得，元代诗歌具有非常突出的娱情遣兴的功能。

从以上对于元代诗歌特征的探究中，我们可以看出，元代诗歌既传承了唐宋诗歌的理论，也进行了独特的发展和创造，体现了元代文人的智慧。元代诗歌具有独特的价值，不可忽视。

二、明清诗歌理论及其文学价值

（一）明代诗歌理论

明代以前，文学评论家在对诗歌创作中的问题进行探讨时，认为自然界和人事（景与情）对诗人的刺激感发是诗歌创作成功的关键。明代的诗歌评论家对诗歌的创作问题进行了多方面、多角度的探究和分析。不同于前人，明代的诗论家主张，诗歌能否创作成功，关键在于诗人是否掌握了诗歌的艺术技巧。这一主张也代表着明代的诗歌理论取得了重要的发展。

---

① 欧阳光.宋元诗社研究丛稿[M].广东高等教育出版社，1998：60-61.

1."辨体"观

明代并非第一个对唐诗进行品评的朝代，事实上，在明代以前，前人就开始了对唐诗的诗法、诗格的探讨和研究。如元人杨士弘的《唐音·凡例》就对盛唐诗歌进行了分门别类，"《正音》以五、七言古律绝各分类者，以见世次不同，音律高下，虽各成家，然体制声响相类，欲以便于观者"。这些对于明代文人研究唐诗影响极大。其中，宋代文人严羽的"辨体"观对明人品评唐诗影响最大。严羽在《沧浪诗话·诗辨》中就提出诗歌的"别材""别趣"说："夫诗有别材，非关书也；诗有别趣，非关理也。"[①] 他对自己能辨得百家诸体而颇感自豪。因此，明人诗话，尤其是格调派，在复古思潮的推动下，对唐诗的体制进行了密切的观照，主要体现在以下几个方面：一是对诗歌体制的辨析；二是对唐人七律和五古的激烈探讨。

明代初期，高棅在他的《唐诗品汇》序论中说道："辨尽诸家，剖析毫芒，方是作者。"[②] "苟非穷精阐微，超神入化，玲珑透彻之悟，则莫能得其门而臻其壸奥。"他强调诗歌评论家应该有着较高的诗歌辨体功力，对所有的诗人和诗歌作品的情况了如指掌，并且领悟诗歌的诗法、诗格，达到"玲珑透彻"的程度，这样才能真正地理解诗歌。此后，明代晚期的胡应麟和许学夷也在"辨体"的基础上，对唐代诗歌进行品评。尤其是许学夷更是将辨析体制放在首要位置，提出"诗文俱以体制为主"。通过对唐诗的体制特点进行研究和分析，明代的诗歌评论家试图找到唐诗的表现形式有哪些规律。

明代评论家还注意到，不同体制的诗歌，对于创作者的遣词造句以及主旨兴寄有着不同的要求，诗歌的体制可以制约诗歌的语体风格。李东阳在《怀麓堂诗话》中就提出："诗太拙则近于文，太巧则近于词。宋之拙者，皆文也；元之巧者，皆词也。"[③] 这也就是说，唐、宋、元各时代诗歌的特点，可以从诗的过巧与过拙角度进行分析。如果诗歌过于拙朴，那么就会更像文章；如果诗歌过于华丽，那么就会更像词。因为诗歌、文章和词是明显不同的，所以在创作诗歌时，诗的巧与拙的"度"不宜太过，要对其进行着重的把握。与其他时代的诗歌不同，唐诗有着独特的品评标准。当诗人运用了不同的诗歌体制时，诗歌就会体现出不同的风貌，呈现出高下不同的品格，所以也会体现出唐诗的衰变。同时，"古诗与律不同体，必各用其体，乃为合格"[④]。因此，诗歌创作时，内部的体制应该有所不同，

---

① 严羽.沧浪诗话校释[M].北京：人民文学出版社.1983：26.
② 高棅.唐诗品汇·总叙[M].南京：凤凰出版社.1997：350–351.
③ 李东阳.怀麓堂诗话[M].北京：人民文学出版社，2009：148.
④ 李东阳.怀麓堂诗话[M].北京：人民文学出版社，2009．6.

这样才能创作出成功的诗歌作品。

明代诗歌评论家在对唐代诗歌的体制进行研究的时候，发现唐代诗歌中将古和律进行了融合。"唐人沿袭六朝，自幼便为排偶声律所拘，故盛唐五言古，自李、杜、岑参、元结而外，多杂用律体，与初唐相类。"[①] 唐代初期，大多数诗歌延续了齐梁时期的风格，表现出绮艳的特色；在体制上呈现出多声律、属对的特点。到了盛唐时期，从李白经常创作乐府诗歌之后，唐代诗歌的体制才真正开始出现古体、乐府体、近体三体并存的局面。但是又因为唐代文人从小就深受"四声八病"说的影响，在创作诗歌时讲究属对工切，而且当时的律诗也在逐渐发展、走向规范化，也对唐代文人的诗歌创作产生了影响，使这一时期所创作的古体诗中常常带有律诗的影子。

2. 对唐七律和唐五古的探讨

七律虽然在唐代的诗歌中成熟较晚，却是当时最受文人欢迎的诗歌体裁之一，多"君臣游幸倡和之什"[②]。明代诗人也经常会使用七律的体裁进行诗歌创作，正如王世懋所言："盖至于今，饯送投赠之作，七言四韵，援引故事，丽以姓名，象以品地，而拘挛极矣。岂所谓之极变乎？"[③] 这足以体现出七律在明代诗歌创作中的盛行程度。对于七律的体裁，明代诗人一方面运用它进行诗歌创作，另一方面也在积极地探讨它的创作途径，其中最为热烈的讨论话题是唐七律的源流。高棅是明代最早对七律源流的特色进行系统讨论的文人。他在自己的作品《唐诗品汇》中分析了每种诗歌体裁的源流发展，七律也在其中。在高棅看来，七律源自"五言八句之变"，在唐代初期才有诗人开始有意识地创作七律诗。盛唐时期，七律诗并没有非常流行，但是这个时期的七律诗却得到了高棅的高度评价，"盛唐作者虽不多，而声调最远，品格最高"[④]。此外，高棅在自己的《唐诗品汇·七言律诗叙目》一书的"正宗"品目中，录入了十四位盛唐诗人，数量非常多。高棅对于七律的推崇，与他自身的"尊古"思想以及七律体裁的发展历史有着很大的关系。初唐时期，七律开始盛行，因为它没有对古意的要求，所以能够留给诗人较大的发挥空间。高棅根据自己喜欢的声调和兴象理想，从当时的七律诗中筛选"正宗"的诗歌。对于中晚唐七律，高棅指出"中唐来作者渐多，如韦应物、皇甫伯仲以及乎大历才子诸人相与接迹而起者，篇什虽盛，而气或不逮"，"唐末作者虽

---

① 许学夷. 诗源辩体 [M]. 北京：人民文学出版社，1987：177-178.
② 李东阳. 怀麓堂诗话 [M]. 北京：人民文学出版社，2009：6-7.
③ 王世懋. 艺圃撷余 [M]. 北京：中华书局，1981：774.
④ 高棅. 唐诗品汇 [M]. 南京：凤凰出版社，1997：362.

众，而格力无足取焉"①。高棅认为，中唐之后，七律诗阔达浑圆的特点开始衰弱，其内容与作者自己内心的情感趋近，其中，李商隐造意幽深、律切精密的诗歌作品最具代表性。高棅对七律源流的探究对后世文人研究诗歌有着重要的启示作用和价值。

李攀龙在《选唐诗序》中云："唐无五言古诗，而有其古诗。陈子昂以其古诗为古诗，弗取也。"②这段话中，他把唐代的五言古诗与传统意义上的古诗进行了区分，提出了"五言古诗"与"唐古诗"这两个概念，这样的观点对于后世人研究诗歌很有意义。不过在此之前，明代已经出现了学古诗要从汉魏求取的观点。何景明在《海叟集序》中说道："（李、杜）二家歌行近体，诚有可法。而古作尚有离去者，犹未尽可法也。故景明学歌行、近体有取二家，旁及唐初、盛唐诸人，而古作必从汉魏求之。"③他认为，李杜二人虽然是唐代大家，但是他们创作的古诗却比不上汉魏时期的诗歌，所以诗歌的学习应该以汉魏的古诗为典范。然而何景明并没有具体说明自己谈及的古诗指的是五言古诗还是七言古诗，只是将唐代古诗作为一个整体进行评判。此后，樊鹏在他的《编初唐诗叙》中指出："诗自删后，汉魏古诗为近。汉魏后六朝滋盛，然风斯靡矣。至初唐，无古诗而律诗兴；律诗兴，古诗势不得不废。精梓匠则粗轮舆，巧陶冶则拙函矢，何况于达玄机、神变化者哉！"④樊鹏认为，初唐时期的古诗和律诗混杂在一起，此时的古体诗歌还没有正式开始其创作之路，所以初唐时期"无古诗"。

明代诗坛受到李攀龙的影响，对"汉魏五古"和"唐五古"进行了激烈的探讨。其中，支持李攀龙这一观点的文人有王世贞、王世懋、冯复京、陆时雍等，他们有的认为唐代五言古诗缺乏汉魏古诗的气骨，有的认为唐代五言古诗章句简单、下笔草率，还有的从诗歌的情、象、法、色、貌、气、言、作用八大方面入手，将汉魏五古与唐五古进行对比和品评。

3.论唐人字法

诗歌最基本的组成元素是字，刘勰《文心雕龙》曰："因字而生句，积句而为章，积章而成篇。"⑤所以古代文人对于诗歌中字的使用格外重视。《文心雕龙》又说："篇之彪炳，章无疵也；章之明靡，句无玷也；句之清英，字不妄也。"⑥这也

---

① 高棅. 唐诗品汇 [M]. 南京：凤凰出版社，1997：262-263.
② 李攀龙. 沧溟先生集 [M]. 上海：上海古籍出版社，1992：377.
③ 何景明. 何大复集 [M]. 南京：凤凰出版社，1997：2258.
④ 樊鹏. 编初唐诗叙 [M]. 北京：中华书局，1987：2219.
⑤ 刘勰. 增订文心雕龙校注 [M]. 北京：中华书局，2000：440.
⑥ 刘勰. 增订文心雕龙校注 [M]. 北京：中华书局，2000：440.

就是说，在诗歌创作中，字不能滥用，全篇诗文的优劣就在于字是否使用得精炼。宋代文人胡仔也提出了"诗以一字论工拙"的观点，认为整首诗的艺术成就就在于诗歌的用字。所以我们可以得出，诗人要想创作出好的诗歌，就必须在"字法"上下功夫。

明人王世贞就提出"点缀关键，金石绮彩，各极其造，字法也"[①]。他认为，在诗歌创作过程中，诗人用字非常关键，不同的"字"对于整篇诗歌产生的效果也不同。李东阳《怀麓堂诗话》中记载了王古直改字的逸事："《唐音遗响》所载任翻《题台州寺壁》诗曰'前峰月照一江水，僧在翠微开竹房'，既去，有观者取笔改'一'字为'半'字。翻行数十里地，乃得'半'字，亟回欲易之，则见所改字，因叹曰：'台州有人。'予闻之王古直云。"[②]这段话讲的是，有人将《题台州寺壁》一诗中的"一江水"改为了"半江水"，将江面一半清辉、一半幽暗、江边的高峰在月光下耸立的景象更加生动地刻画出来，使诗句更有意境。再如他的"野行愁夜虎，林卧起秋蝇"，他将这句诗中的"愁"字改成了"回"字，这样一来，"回"字不仅可以在词性和词义上对应下文的"起"字，还可以在诗歌中不使用"愁"字而体现出主人公内心的愁苦之情。王世贞也意识到了诗歌创作中炼字的重要性。"'居延城外猎天骄'一首，佳甚，非两'马'字犯，当足压卷。然两字俱贵难易，或稍可改者，'暮云'句'马'字耳。"[③]他认为王维的《出塞》一诗中出现了重韵的问题，所以整首诗并没有取得太高的成就，而且指出王维重韵的诗句非常多。

在中国古代诗坛上，杜甫炼字的艺术造诣极高。胡应麟在《诗薮》中就对杜甫炼字之工颇为赞赏："老杜字法之化者，如'吴楚东南坼，乾坤日夜浮'，'碧知湖外草，红见海东云'。坼、浮、知、见四字，皆盛唐所无也。然读者但见其闳大而不觉其新奇。又如'孤嶂秦碑在，荒城鲁殿余'，'古墙犹竹色，虚阁白松声'……词极易简，前人思虑不及，后学沾溉无穷，真化工不可为矣。"[④]其中的"坼""浮""知""见"四个字，虽然在盛唐时期没有这样的用法，但是杜甫抓住了眼前景象的特点，用这四个字写出了浩渺的意境，且并无突兀的感觉，反倒让人觉得非常贴切。

此外，即使是同一个字，使用在不同的诗句和语境下，所产生的艺术效果也是不同的。李东阳指出"风雨"入诗者极多，但唐诗中写得妙者颇多，而宋诗寥

---

① 王世贞. 艺苑卮言 [M]. 济南：齐鲁书社，1992：38.
② 李东阳. 怀麓堂诗话 [M]. 北京：人民文学出版社，2009：149.
③ 王世贞. 艺苑卮言 [M]. 济南：齐鲁书社，1992：171.
④ 胡应麟. 诗薮 [M]. 上海：上海古籍出版社，1958：90.

寥无几,"风雨字最入诗。唐诗最妙者,曰'风雨时时龙一吟'、曰'江中风浪雨冥冥'、曰'笔落惊风雨'……未可缕数。宋诗惟'满城风雨近重阳'为诗家所传,余不能记也"①。这句话表明,虽然"风雨"这两个字经常被诗人使用,在不同的诗句中,表达出来的语境完全不同,因而也会产生不同的诗歌格调。王世贞在《艺苑卮言》中举例:"古乐府'悲歌可以当泣,远望可以当归',二语妙绝。老杜'玉佩乃当歌','当'字出此,然不甚合作,可与知者道也。"②这段话表明,虽然这两句诗里都使用了"当"字,但是其产生的效果是完全不同的,而曹操的"对酒当歌"的"当"字,若读作去声,则趣味全无。诗人们在进行诗歌创作时,必须对诗句进行反复的琢磨,选出最贴切诗句内容、最具表现力的字,从而将诗歌的意境和情感完全表达出来。明代文人谢榛曾经提出过"剥皮法",主张在完成诗歌的创作之后,要"三剥其皮",对诗歌进行反复修改,以此保证诗中的字句精炼。

(二)清代诗歌理论

清代的诗学是从对明代诗学的反思之中开始的。虽然明代的文化非常发达,但是与传统文学或者精英文学相比,明代的文学并没有取得非常特别的成就,也没有得到世人肯定的评价。所以,当清代文人对明代的文学进行整理的时候,他们的内心非常感慨,有一种家族衰落般的可惜和不满。和家国、学术上的得失一样,清人们在不断反思、寻找诗学之源,而对明代文学创作流弊的反思,自然是必不可少。③清代文人批判了明代诗人的模拟作风、门户之见和应酬习气,并在此基础上进行了反省。其中,清代文人对明代诗歌中的模仿之风的批评是最严重的。

清代诗学对于明代诗学批判的主要矛头是学问空虚。但是清代诗学并不能断层跨越,越过明代而直接建立。尽管明代诗学存在各种各样的弊病,但它还是与中国传统的诗学有着紧密的联系。所以,如果从这样的角度进行分析,那么重建清代诗学必不可少地需要对传统的诗学进行传承或者重新阐释。也就是说,清代诗学的重建只是意味着诗学的理论内涵在新的历史条件下进行了阐述,而其中蕴含的中国传统诗学的逻辑思维方式和精神内涵是无法被替代的。

对明代诗学的批判是为了更好地将诗学重建。清代之所以会对明朝诗学进行严厉的批判,有以下两个原因:一方面,明朝统治者的不当统治让百姓流离失

---

① 李东阳. 怀麓堂诗话 [M]. 北京:人民文学出版社,2009:257.
② 王世贞. 艺苑卮言 [M]. 济南:齐鲁书社,1992:117.
③ 蒋寅. 清代诗学史(第一卷)[M]. 北京:中国社会科学出版社,2012:76–77.

所，这使当时的文人内心非常刺痛；另一方面，清代诗学并没有完善的理论，所以迫切地需要建立自身的诗学理论。清代诗学重建的目标是对文化的传统进行修复，以及对诗学的传统进行重整。其中，文化的传统修复这个目标较为明确和单一，就是使文化回归到正宗的儒学传统；但是重整诗学的传统这个问题却复杂得多，需要确立新的诗歌风格典范、重建诗歌的伦理秩序、更新诗歌的创新理念等等。此时蒋寅提出，清代诗学目前的问题是"传统的修复和整理"。不过"修复"这个词并不是非常贴切，因为虽然在清代文人看来，明代的诗学已经走入了偏颇境地，但是中国诗学的传统并没有在明朝中断，就连清代文人一直批判的竟陵诗派也在一定意义上有着对中国诗学传统的继承。清代文人对明代晚期的政治非常厌恶，却对诗歌保持着真挚的热爱之情，追求着诗歌的"真""情""新"。

虽然明代诗学被清代文人所厌恶，但是对于其中蕴含的文化和知识根源，后人仍然还是要进行"师古"的。另外，因为明代诗学本质上仍在对中国传统诗学的时空审美意识进行延续，所以后人也应该从明代诗学的表现形态中，传承其追求富于蕴藉和外旋的审美机制。明代诗人一方面不满于现状，另一方面也无力改变明代中后期政治黑暗、社会不安定的情况，所以在心态上开始远离社会，与其保持一定的距离，这一点被清代文人认为是国家灭亡的原因而进行批判。这种观点也是失之偏颇的，但是整体上而言，清代文人对明代诗学的批判还是比较有见地的。

清代初期，一些思想家和文人意识到了文学传统的继承存在着危机，所以主动承担起了转变学风的责任，试图为诗歌正本清源，按照文学的发展规律对传统诗学的美学本质进行继承，并在总结历史的基础上，根据传统诗学的精神本质提出了新的诗歌创作原则，认为诗歌的创作应该具有自己独到的见解，将自己独特的诗歌风格体现出来，表达自己的真情实感。

《清代诗学史（第一卷）》第一章《清初诗学的主流话语》中，蒋寅对诗学的传统进行了详细的论述。在蒋寅看来，诗学的传统最少可以划分为三个层面，分别为诗学的伦理、审美和知识。清代文人在对诗学传统进行重建的时候，首先是重拾儒家传统诗论，主张"诗教"要将圣贤作为培养的终极目标，并且要在新的语境下，对"诗言志""兴观群怨""发乎情，止乎礼义"等方面的内容进行重新阐释。此外，他们将传统命题的内涵由辞令风格切换到性情上来。

清代初期，诗学家想要建立的新诗学，其实仍然传承了中国传统诗学的本质，试图在个体和社会之间找到一个平衡，既可以进行个体感情的宣泄和追求个人的价值，同时又能在社会领域将诗歌的艺术想象完全发挥，起到以诗歌教化民众的作用，以此来维护社会秩序的稳定。这也就是说，要在诗歌的主体、社会功用以及艺术特征三者之间找到一个契合点，使诗歌艺术蕴藉、主体的想象空间与社会秩序结构相统一。

明确了诗学发展的基础和根本目标之后，清代文人还要处理整理诗学传统的相关问题。历代文人对于诗歌传统的态度被清代文人总结如下：

青莲推阮公二谢，少陵亲陈王，称陶谢庾鲍阴何，不薄杨王卢骆。彼岂有门户声气之见而然？惟深知甘苦耳！至宋代，始于前辈有过情之论，未若明人之动欲扫弃一切也。今则直汩没于俗情积习中，非有是非矣。后人复畏后人，将于何底乎？①

我们可以很明显地看出，清代文人认为，明代文人对于诗歌的艺术观念十分狭隘，所以他们的艺术观点并不可取，而唐代文人在进行诗歌创作时，对诗歌不存在门户之见，所以值得后人学习。与此同时，"清新俊逸，杜老所重"中还蕴含着师承的问题，此处就涉及清代初期的诗坛对于"宗唐"与"宗宋"问题的争论以及流合的问题。

黄宗羲认为，宋元时期的诗歌各自有不同的特点和长处，但是不能通过朝代来对诗歌进行划分，而应该用诗歌的真、伪为依据来进行划分。如果万一要以时代来论诗，宋诗的佳处，也是在于其和唐诗是一脉相承的，而不是独树一帜。②由此可见，黄宗羲对于唐宋之争的看法是，诗歌的唐宋之争的本质并不是否认诗歌的审美本质，也并不代表诗歌的水平从唐代之后开始下降，唐宋之争只不过是众人对诗歌传统和表现形式有着不同的理解和观点。

此外，钱谦益对于诗歌的评论好像更偏向于宗宋，但是如果我们对其本质进行探析，就可以发现，他的诗论其实保持的是折中的态度。钱谦益说：

天地之降才，与吾人之灵心妙智，生生不穷，新新相续。"三百篇"则必有楚骚，有汉、魏、建安则必有六朝，有景隆、开元则必有中晚及宋元，而世皆遵守严羽卿、刘辰翁、高廷礼之瞽说，限隔时代，支离格律，如痴蝇穴窗，不见世界，斯则良可怜憨者。③

诗歌是和天地万物以及人一样，是自然产生和发展的，故而不应该用时代来划分诗歌并对诗歌的高低进行评判。不同时代有着各自优秀的诗作，这些优秀的诗作都值得后世学习。所以钱谦益对于宋元时期诗歌的推崇，其用意在很大程度

---

① 赵执信.谈龙录[M].上海：上海古籍出版社，1978：313.
② 张晖.清初唐宋诗之争与"性情"论[J].北京大学学报（哲学社会科学版），2011（2）：88-95.
③ 钱谦益.牧斋初学集（卷四十七）[M].上海：上海古籍出版社，2003：1563.

上是想对明代文人认为诗必盛唐的观点进行批判。因此，钱谦益认为，如果诗歌创作都宗盛唐，那么"诚如是，则苏、李……之后，不应复有建安、有黄初；正始之后，不应复有太康、有元嘉；开元、天宝已往，斯世无烟云风月，而斯人无性情，同归于墨穴木偶而后可也"[1]。综上我们可以得出，诗歌的发展其实是由诗人、社会环境和艺术共同推动的，不论时代如何发展，不论社会的政治环境如何变化，诗歌的本质并不会因为这些因素而改变。

而当时认为诗歌应该宗唐的人有顾炎武、李因笃、朱彝尊等。其中，李因笃在《临野堂集序》中曾这样评价顾炎武，他"征君古文词纵横《左》《史》，诗独爱盛唐。尝言诗有景有情，写景难，抒情易，舍难而趋易，趋向一乖，辟王之学华，去之愈远"。诗歌创作中，描写景物是很难的，因为景物的描写要运用白描的手法，将画面描写出来，而抒情就相对来说容易一些，这是因为诗人在抒情时可以通过用事、议论的方式来进行诗歌的创作，不过议论的方式创作出来的诗歌容易落入宋诗的俗套。一部好的诗作，应该既有景又含情，独有意境和空间蕴藉。于是，李因笃和顾炎武一起标举唐诗，这也代表了他们对于唐代诗歌中蕴含的意境的推崇，以及对宋代诗歌常常局限于用事而缺乏想象空间的批判。

朱彝尊在《鹊华山人诗序》中就说得更为明确："予少而学诗，非汉、魏、六朝、三唐人语勿道，选材也良以精，稍不中绳墨，则屏而远之。"此说颇为偏激，但就当时诗坛整体而言，"无论宋元也好，晚唐也好，汉魏六朝也好，都意味着视野的扩大，传统的充盈……从现有的文献来看，类似为诗歌传统'扩容'的工作，到康熙二十年（1681）前后已基本完成，其标志就是王士禛再度倡导宋元诗"。清代诗学是在对明代诗歌门户之见进行批判和反思的基础上建立的，所以虽然当时对于诗歌宗盛唐或宋元的看法，各个诗歌评论家态度不同，但是表达自己的观点时都比较理性，很少会对不同的观点进行言论攻击。同时，诗家们也对中国传统诗论的美学精神进行了传承，这也是在主流诗学领域里诗歌的唐宋之争最终能够走向调和的根本原因。

王渔洋的诗学主张一共经历了三次改变：他早年诗学主张宗唐，中年诗学主张为宗宋，而晚年又重新回归到宗唐上。"其早年犹沿七子之风，'烟月''文章'之句，即徐祯卿'文章江左家家玉，烟月扬州树树花'也。然七子模拟盛唐，其弊流为肤廓；公安鼓吹宋、元，其弊又流为浅率。渔洋见之甚真，欲力避其进而兼其长……'但须真才实学，本性求情，且莫理论格调'之说，一变而标举神韵。"[2]

---

[1] 钱谦益. 牧斋初学集（卷十五）[M]. 上海：上海古籍出版社，2003：707.
[2] 齐治平. 唐宋诗之争概述[M]. 长沙：岳麓书社，1984：88.

清代诗学家之间的争论其实就像王士禛的诗学主张一样，并不是讨论哪一个时代的诗歌更胜一筹，而是争论不同朝代对于诗学传统的态度以及如何传承传统诗学的美学本质等问题。真正的诗学应该具有开放、包容和学习的特点。如"三百篇"，虽思妇劳作，里巷歌谣，却也能经久而不衰，因为是有感而鸣。因此，为诗之法，切忌附会，"推崇宋、元者，菲薄唐人；节取'中''晚'，遗置汉、魏"，都是有失偏颇的。诗人在进行诗歌创作时，只有抒发出自己的真情实感，并学习前人诗歌的精华，才能创作出佳品。

第四节　金元明清的词学理论

一、金元词学理论

（一）金代词论

在我国历史上，金是由北方民族女真族建立的。建元初期，金将辽和北宋灭国之后，又攻占了淮河以北的地区，从而和南宋形成了对峙的局面。此时的金朝，在经济和政治层面上都能与南宋抗衡，而金朝的文学尤其是汉文文学的发展，也呈现出欣欣向荣的局面。当时主要的作家有王若虚、赵秉文、杨云翼、元好问、李纯甫等人，其中元好问是金代文学的集大成者。由于金代末期战乱的影响，留下来的金代诗词不是很多，元好问算是作品保存较多的。此外，王若虚、元好问、刘祁是在金代词学理论上贡献比较突出的三位。

1. 王若虚的词论

王若虚是金朝有名的学者，有《津南遗老集》四十五卷行于世，其诗论的要点有三个方面：第一，注重文质相副，反对雕琢过甚；第二，注重平易，反对奇险；第三，注重发展、创造，反对泥古、模拟，即要求作家贴近生活，取材于千变万化的自然与人生，不要在故纸堆中兜圈子，要求作品言之有物。其诗论既评价了历代诗人（尤其是唐宋诗人）的作品，又有批评当时不良诗风、指导创作的作用。这些诗论与其词学理论也是相通的。在具体的作家论方面，王若虚的中心主张为是苏非黄，即充分肯定苏轼，毫不留情地批评黄庭坚。

金代词学理论相对贫乏，王若虚以金人而论金词，他对金源词风的"鼻祖"

苏轼词的讨论，对金词代表人物蔡松年的评论，均有较高的史学价值与理论意义。他论词之语较少，或与他本人不长于作词有关。不过，其论诗、论词的宗旨倒是一致的。

2.元好问的词学理论

金代最著名的词人是元好问，他的词取得了极高的成就，可以说在宋金两朝属于一流的水准。

元好问论词的作品不是很多，其中《新轩乐府引》《遗山自题乐府引》《题闲闲书〈赤壁赋〉后》等文章是比较著名的。

他的论词观点主要从三方面展开，具体如下：

第一，他对苏、辛的豪放词表示肯定和赞赏，并且毫不忌讳讨论他们的缺点。《题闲闲书〈赤壁赋〉后》曰："夏口之战，古今喜称道之，东坡赤壁词殆戏以周郎自况也。词才百余字而江山人物无复余蕴，宜其为乐府绝唱。闲闲公乃以仙语追和之，非特词气放逸，绝去翰墨畦径，其字画亦无愧也。"这个题跋的意思是，自己的老师赵秉文的字、词与画都是继承苏轼的风格，这其实说明了元好问自己的词学也是源于苏轼。元好问的作品《遗山乐府》中《踏莎行》里注明了"效东坡体"，另有十一首《水调歌头》也很显然是在效仿苏轼的风格，《促拍丑奴儿》里注明了"学闲闲公体"，表示他与自己的老师是一脉相承的。此外，他的《东坡乐府集选引》里，对孙安常为苏轼词作的注进行了评价，赞扬了其长处，同时也将其中存在的缺点指摘了出来。由此可知，在金代，文人就开始对苏轼的词作注了，体现出在金代文人心中，苏轼的词有着非常重要的意义。

第二，元好问对抒发内心愤慨的作品进行了肯定。《新轩乐府引》说新轩（张胜予）作词时，"时南狩（指贞祐南渡）已久，日薄西山，民风国势，有可为长太息而流涕者，故又多愤而吐之之辞"。这类发愤之词，遗山所作尤多，故此处名义上论新轩，实为夫子自道。

第三，元好问并没有忽视婉约派艳丽的辞藻。作为金代最著名的词人，他的作品取材范围很广泛，而且能够清楚认识到词有着绮丽婉媚的特点，其中，他的代表作《摸鱼儿·雁丘词》就是通过歌咏殉情而死的大雁来对至死不渝的爱情进行歌颂，体现出婉约的风格。

此外，元好问还编著了《中州乐府》，并将其附在《中州集》的后面进行刊印发行。《中州乐府》在词学史上有着非常重要的价值，因为它将金代的大量作品进行了保存，并且附上了作者的小传以及一些关于作品的评论。后来，这本书还成为吴梅《词学通论》中的重要依据，且被吴梅称作"集大成"的作品、金代词人的小史。元好问的这本《中州乐府》代表着对遗山金词研究取得的重大成就。

3.刘祁《归潜志》的词学理论

刘祁的《归潜志》非常详细地记录了金代文坛的各种事件、论争、流派及掌故。刘祁论词的内容不是很多，不过其中对宋词有着很高的评价。刘祁在《归潜志》中指出，诗歌创作应该从人的喜怒哀乐出发，要能够触动读者，而"后世诗人之诗皆穷极辞藻，牵引学问"，虽然写得很漂亮，但不能动人，故不足贵，然后说："唐以前诗在诗，至宋则多在长短句，今之诗在俗间俚曲也。"这里刘祁把长短句和唐诗放在一起对比讨论，将其当作宋代文学的代表性文体。后来，王国维《人间词话》提倡"一代有一代之文学"云："四言敝而有楚辞，楚辞敝而有五言，五言敝而有七言，古诗敝而有律绝，律绝敝而有词。"

刘祁的《归潜志》充分肯定和赞扬了邓千江的《望海潮》、辛弃疾的《鹧鸪天》等豪壮慷慨的词作，而对赵可、蔡松年等人的柔媚婉丽的词作没有很高的评价。

由上可得，金代词论有着一些共同的特点，具体为：

第一，金代词论对苏轼的词风非常推崇。在金代，北方广泛传播着苏轼的词作，金代初期蔡松年就是效仿苏轼的词而名噪一时。到了金代中期，金代文人大都受到苏轼词作风格的影响，这同样也能解释为什么王若虚、元好问、刘祁三人对苏轼都有着较高的评价。不过王若虚、元好问、刘祁三人并不是对苏轼之学进行盲目的尊崇，而是对其平易畅达的作品进行肯定，同时对其具有奇险、雕刻之风的作品进行批判。

第二，金代词论对慷慨悲壮的风格青睐有加。

第三，金代词论的总体追求是崇尚高雅、反对低俗，崇苏贬柳是这个特点形成的重要原因。

第四，金代词论对词作中的"情"并不排斥，甚至元好问还格外重视描写爱情的词，这可以说明金代词论家的气度。

（二）元代词论

我们可以将元代词论具体划分为两部分：第一部分为从宋代过渡到元代的文人词论，第二部分为元代中后期的文人词论。这两部分中，前一部分的词论有着较高的水平，其总结了宋代词人的创作经验，并针对词的创作提出了章法、文辞等方面的一整套理论，其中张炎的《词源》是成就最高的代表性作品。

1. 由宋入元学者的词学理论

（1）张炎《词源》对风雅派词论的突出贡献

作为一位从宋朝过渡到元朝的词人，张炎不仅知晓音律，而且擅长写文章。他的《词源》是唐宋词学的总结，为后世文人学习词学指明了方向。《词源》一书体现了张炎在创作中独特的见解，具体为：

第一，张炎首先提出作词要"清空"而不重"质实"的词学理论。这一理论在词学史上有着非常重大的意义和贡献。其中，"清空"指的是作词要清空事物的表象而提取其内在的精神；"质实"指的是词作过于重视所描写的对象，而使整体风格显得典雅博奥甚至晦涩呆板。刘永济的《词论》对"清空"的解释为："清空云者，词意浑脱超妙，看似平淡，而意蕴无尽，不可指实。其源盖出于楚人之骚，其法盖由于诗人之兴，作者以善觉、善感之才，遇可感、可觉之境，于是触物类情而发于不自觉者也。唯其如此，故往往因小可以见大。即近可以明远。其超妙、其浑脱，皆未易以知识得，尤未易以言语道，是在性灵之领会而已。严沧浪所谓'水中之月，镜中之象'是也。"刘永济的解说将"清空"理论的诗学渊源指了出来，并且独具慧眼地发现了其与严羽观点相似的地方。

第二，张炎认为，论词要格外注重"意趣"。其中，"意"指的是词的立意。《词源》说："秦少游、高竹屋、姜白石、史邦卿、吴梦窗，此数家格调不侔，句法挺异，俱能特立清新之意，删削靡曼之词，自成一家。"其中的"意"也是指词的立意，并且认为"意"的具体要求是"特立清新"。"趣"是指词的格调情趣。对于"意趣"，张炎有着以下三方面的要求：首先，词作的意境要进行创新，不能完全与前人相同；其次，词作要将"意趣"与"清空"结合；最后，词作要将"意趣"与"骚雅"结合。《词源》在肯定周邦彦词长处的同时，又指出："惜乎意趣却不高远。所以出奇之语，以白石骚雅句法润色之，真天机云锦也。"此外，张炎还认为，"清空"与论词的咏物和用事也有着密切的联系。张炎指出，词作中使用咏物手法时不宜将所写之物描写得太过具体，也不能完全脱离所咏之物，要使所写之物一目了然，然而又不能单单流于表面。词中用事要善于"融化不涩"，"不为事所使"，亦即咏物词及词中用典均须清空而不质实。

（2）陆辅之的词论

陆辅之，又名行直，号汾湖居士，擅长作诗和画画，平日与张炎一直有来往。为了阐述张炎《词源》一书的理论，他写下了《词旨》，其自序云："夫词亦难言矣，正取近雅，而又不远俗。予从乐笑翁（张炎）游，深得奥旨制度之法，因从其言，命韶暂作《词旨》，语近而明，法简而要，俾初学易于入室云。"

在《词旨》中，陆辅之将张炎《词源》中的主旨用概括性的语言进行了阐明。"词说七则"是《词旨》中最主要的理论。第一则论命题："命意贵远。用字贵便。造语贵新。炼字贵响。"第二则论自然之旨："古人诗有翻案法，词亦然。词不用雕刻，刻则伤气，务在自然。周清真之典丽，姜白石之骚雅，史梅溪之句法，吴梦窗之字面，取四家之所长，去四家之所短，此翁之要诀。学者所谓刻鹄不成尚类鹜者也，不可与俗人言，可与知者道。"此处陆辅之的观点与张炎的并非完全相同，体现了他主张自然、反对雕刻的态度，将周、姜、史、吴四家作为师法对象。这种观点虽然来源于张炎，但是比张炎的理论更为全面，甚至更加高明。

"词说七则"的第三则和第五则是《词旨》中比较有价值的部分。第三则所谈"识古今体制雅俗"，实际上就是要能辨别词风之高下，掌握古今词体的演变规律，然后指出一种应当避免的弊病，即尘腐气。尘腐气者，既欲避俗而又未通达到雅，刻板迂拙，了无生趣，也就是晁无咎所谓"三家村"。第五则标举"清空"，重申张炎的论词宗旨，同时又认为不可死守张炎家法，"须跳出窠臼外，时出新意，自成一家"。

陆辅之在阐明诗作的宗旨之后，又举了大量的例子来说明属对（奇对）、警句、词眼等方面的内容，并且这些例子大多取自白石、张炎诸人之词。这些词例基本上都是雅正含蓄的风格，符合"清空""骚雅""意趣高远"的要求，是给初学者学习诗作当范例。陆辅之的这种做法有些类似于唐人诗话中的"句法图"，但不同之处在于，他能以"词说七则"加以条贯，有理论，有实例，这对于初学者学习如何作词有非常大的帮助。这也正体现了《词旨》一书最主要的写作目的，那就是为初学者提供指导，所以它的鲜明特点是简明扼要，但这一特点也在一定程度上对其理论的深度产生了影响。

元代初期的词学，主要是将南宋的词学理论进行了沿袭和传承，尤其是雅正派词论非常突出。其中，张炎的《词源》有着庞大的体系和精妙的构思，同时也非常周密翔实，对于中国词学史有着非常重大的意义和价值，对后世文人的词作也有着极大的影响。又因为张炎的曾祖辈与姜夔有着深厚的友谊，曾祖辈又影响了张炎的思想，所以张炎的《词源》格外推崇姜夔的词作。陆辅之、周密的词论虽然和张炎《词源》中的主张相近，但是其深度却比不上张炎的《词源》。

2.元代词集序跋中的词学理论

据相关资料显示，至今能够整理出的有200多位作家的3700多首元代词。

如果将元代词进行分类，那么大致可以从地理上将其分为元代北方词和元代南方词。其中，元代北方词人继承了苏轼和辛弃疾的词作风格，而元代南方词人继承了周邦彦、姜夔的词作风格。总体上来说，元代词的发展趋势是由兴而衰，其中成就较高的词人有刘因、白朴、虞集、张雨等。

对于元代词集序跋中的词学理论，当时的词学理论家持有不同的观点，我们大致可以将其分为三派：第一派文人赞同张炎的观点，推崇婉约、雅正的风格；第二派文人则主张慷慨豪壮的风格；第三派是调和派，他们的观点徘徊于上述两者之间。

其中，第一派可以从郑思肖、邓牧、仇远等人为张炎《山中白云词》作的序里体现出来。仇远在为张炎作的序中提到，他认为张炎的词无论是内容还是格律形式都已经达到了一流的水准，可以与姜夔的词作比肩。仇远又提出了自己与当时词为"诗之余"的观点不同的看法，认为词比诗的声韵格律要求更高，并非轻易就能体现其"本色"。此外，仇远还指出，当时诗坛里有很多文人在盲目地对苏轼和辛弃疾的豪放词作进行模仿，写出来的词根本不符合格律的要求，所以根本就不必与这些人谈论词作。很明显，仇远的这种观点是因为受到张炎的影响而产生的，他将婉约派风格视为正宗。仇远对词的特点有着深刻的认识，并且对宋末元初豪放派的末流文人的作词态度进行了批判，眼光独到，见解颇深，且这些见解也有充分的事实根据可以说明。

元代当时比较重要的词学论文还有戴表元的《余景游乐府编序》。这篇文章主张乐府（曲子词）与古诗有着同等重要的地位，并且对当时轻视词的观点进行了批判。

戴表元是通过列举书法从楷书变化到草书的例子来对自己的观点加以论证的。在戴表元看来，无论是从楷书到草书的发展历程，还是从古诗到乐府的发展历程，这些都是"累变"之后产生的结果，但是"草之于书，乐府之于词章，礼法士所不为。余于童时，亦弃不学"。等到成年之后，他才发现自己幼时的见识有多么浅薄。他认为，正书（楷书）被非常多的人学习和临仿，所以形成了固定的格套，破坏了原本的古法，反倒是草书更加接近自然的状态。《诗经》中的《风》《雅》《颂》，汉乐府皆可歌。六朝时变为律体，诗人株守之，"声病偶俪，岁深月盛"，到了后代，诗遂独立于乐府之外。唐宋的乐府"又溢而陷于流连荒荡，杯酒狎邪之辞"，故不为士大夫所重。他主张词应有寄托，应当"陈礼义而不烦，舒性情而不乱"。

第二派文人则将金元时期的社会环境和文学情况与当时自己所处的时代联系

起来，对苏轼、辛弃疾以及元好问的词大力推崇。例如，在《吴山房乐府序》中，赵文指出，周邦彦、康与之等人创作的词都是靡靡之音，甚至体现出了亡国的征兆。他说，江南言词者，宗美成；中州言词者，宗元遗山，故导致南方国力弱而北方国力强。他还联系历史上的著名事例，指出："玉树后庭花盛陈亡，花间丽情盛唐亡；清真盛宋亡，可畏哉！"

此外，赵文还将音乐文学与当时的世道联系在一起进行阐述，对辛弃疾和元好问的词最为推崇。林景熙的《胡汲古乐府序》则主要批评花间词与宋代秦、晁、周、柳诸人的"粉泽"与"妩媚"，认为其词毁刚毁直，无补于风俗教化。他根据诗词一理的想法，对王安石的《桂枝香·金陵怀古》和苏轼的《水调歌头·中秋》进行了肯定和赞扬，认为其词中寄托了一定的思想感情，而非无病呻吟。

最后一派文人是调和派，他们的观点介于第一派和第二派之间，主张要吸取婉约和豪放两派的长处，去掉其中的不足之处。如朱晞颜《跋周氏垠麓乐府引》云："稼轩、清真，各立门户，或清旷以为高，或纤巧为美，正如桑叶食蚕，不知中边之味为如何耳。最晚姜白石尧章者以音律之学为宋称首，其遣词缀谱，迥出尘俗，真有一洗万古凡马空气象。"不过调和派在婉约派和豪放派之间还是更偏向于前者。

调和派的观点体现在刘将孙的《新城饶克明词集序》一书中。在这本书中，刘将孙论述了词乐及其体制的演变、发展过程，并认为词有多种风格，其中有两种风格最具代表性：一是"豪于气者，以为凭陵大叫之资"，指的是"豪放词"；二是"风情才子，乃复宛转作屏帏呢呢以胜之"，指的则是"婉约词"。刘将孙对词风格的分类比明代文人张南湖的"婉约""豪放"之说更早，见解独到，并且他对这两种风格的看法不分轩轾，保持了客观的态度。

二、明清词学理论

在词学理论中，最重要的载体就是词话，同时词话也能最直接地对词学观念进行反映。将明清时期的词话作为参照，梳理明清时期文人对于词的本体论、主体论、创作论以及批评论等相关的词学观念，可以更好地对明清词学观念演变轨迹进行探索。

（一）词体的源流论

对于词的起源问题，明清时期也有一些著述有所谈及。整体来看，明清时期对于词的起源的观点大致可以分为以下四种：

第一，词系乐府，兴起于六朝时陶弘景《寒夜怨》、梁武帝《江南弄》、陆琼《饮酒乐》。冯金伯《词苑萃编》引南宋朱弁的《曲洧旧闻》曰："词起于唐人，而六朝已滥觞矣。梁武帝有《江南弄》、陈后主有《玉树后庭花》、隋炀帝有《夜饮朝眠曲》。"到了南宋，对于词的起源这一问题时人已经进行了一定程度上的探讨。这种观点对明清时期的作者产生了非常重要的影响，被大多数明清时期的文人所接受，并在其论述中有所体现。

第二，词起源于隋，隋炀帝所作的《望江南》就是词的发端。明代王世贞在《艺苑卮言》中，对词的起源问题进行分析时，观照了乐府的整体流变，并从中得出词起源于隋的结论，并认为词是乐府的一种"变态"。词起源于隋的观点并不是王世贞最早提出来的，早在南宋，王灼在《碧鸡漫志》中就已言明："隋以来，今之所谓曲子者渐兴，至唐稍盛。"在此之后，张炎《词源》亦赞成王灼的观点，曰："粤自隋唐以来，声诗间为长短句。"王世贞对王灼的观点进行了继承。在此基础上，他还将隋炀帝的《望江南》当作证据，证明自己"词肇始于隋"的观点。王世贞的观点在当今看来存在一定的缺陷，因为隋炀帝《望江南》一词的真伪还有待查证，这一点在张仲谋的《明代词学通论》和杨慎的《词品》中有所体现。张仲谋的《明代词学通论》中记载，隋炀帝《望江南》乃出于北宋"小说家言"，然其可信度未知；杨慎在其《词品》中已经开始怀疑《望江南》词的真伪，其《词品》有言："传奇有炀帝《望江南》数首，不类六朝人语，传疑可也。"虽然在对词的起源问题的研究上，王世贞的观点还有待改进，但是对于后人研究词的起源仍然有着一定的启示和帮助。

第三，词是从唐代的乐府律、绝演变来的，如方成培《香研居词麈》认为："唐人所歌多五七言绝句，必杂以散声，然后被之管弦。如《阳关》必至三叠而后成音，此自然之理，后遂谱其散声以字句实之，而长短句兴焉。"[①] 这也就是说，词是在唐代文人所写的五七言绝句散声的地方增加了一些字句而形成的。这种观点在明清时期文人的词话中经常出现，比如李调元的《雨村词话》、宋翔凤的《乐府余论》、江顺诒的《词学集成》等，他们均认为词是在唐人乐府律、绝的基础上，增加字词而逐渐演化形成的长短句。这种明清时期的词话中所体现的"词为诗余说"的起源观，可以为今人对词的起源的研究提供一定的参考和启发。

第四，词起源于上古诗歌。持这类观点的人将词体的起源向上追溯，一直追溯到先秦的《诗经》，甚至到了上古时期的诗歌，他们认为这些诗歌当中的长短

---

① 方成培.香研居词麈[M].北京：中华书局，1985：1.

句就是词的"祖祢"。在清代，这种说法受到了文人的广泛推崇，并在词的尊体运动中发挥了非常重要的作用。丁澎认为，词长短错落的句式起源于"诗三百"，在此之后，一些词话作者将词的起源推到了更早的时期，越过了魏乐府和《诗经》，直接到了三代以上的康歌。这一说法并不是清代词话作者首先提出来的，其实在先前已经有人萌生了将词溯源至尧舜时期的想法，清代的词话作者只是将这种想法落实并进行了补充。

我们可以从明清词话作者对词之起源的探讨中看出，明清文人对词源观的认识是不断发展和完善的。明清文人起初只是单纯地从体制是否相似或者相近来对词的起源进行判断，之后开始综合考虑词的体制、音乐属性以及风格等多方面的问题来对词源进行探究。但是，明清时期词话作者对词源的探究仍然是以词的体制为主要方面的，没有深入探究词的音乐属性方面的内容。不过这种探讨对如今的词学研究是有一定益处的，"词起源于隋代、初唐，是配合隋唐以来产生的宴乐的一种新诗体。'燕乐'说被称为20世纪词学研究的重大成果，是关于'词的起源'问题的主流解释"[①]。也就是说，当今的研究大多数会从明清词话中的词源观里吸取经验。

（二）词的体性论

词的体性观指的是对于词的体裁特性，不同的人所持的不同的看法和观点，其中包括词的外在风貌、内在品质、社会功能等。词能给人带来特殊的美感体验，人们对词的审美风格的认识在词学的不断发展中也变得越来越清晰和具体。明清时期的词话学里，不同的词话作者所持的词体观也并不完全相同，他们站在各自的立场上，多层次、多角度地对词的体性进行了辨析，在一些观念上没有达成一致，还存在着较大的分歧。这些分歧主要体现在三个方面。

第一是关于婉约、豪放与正变的争论。词体本来应该拥有丰富多彩的风格，正如明代周逊在《词品序》中所说："山林之词清以激，感遇之词凄以哀，闺阁之词悦以解，登览之词悲以壮，讽喻之词婉以切。"描写不同的对象需要运用不同的词作风格，但是词应该崇尚婉约的风格还是豪放的风格却一直是词话作者争论的问题。崇尚婉约的人认为词的本色应该是"辞情蕴藉"；而主张豪放的人则认为词作应该"气象恢宏"，方能不落俗套。不同于以上两种观点，另有一种观点认为不管是婉约或是豪放的风格，都是词在发展过程中所形成的，都具有各自独特的魅力，所以不应该尊崇某一种而排斥另一种，应该做到互不偏废。

---

① 刘庆云. 词话十论[M]. 长沙：岳麓书社，1990：5.

明清词话中，关于词应该婉约还是豪放的论述主要分为以下三种：一是尊崇婉约风格而排斥豪放风格。明代文人是词学史上最早将词分为婉约和豪放两种风格的，并按照这种划分方式来区分正变。在此之后，人们就运用这种较为简明的方式来区分词人、词派的风格。二是尊崇豪放风格而排斥婉约风格。持这种观点的人在明清词话中并不多，主要的代表人物是周在浚，他认为豪放词比婉约词抒发的格调更高，那些婉约词只注重儿女情长，非常俗套，而豪放词抒发的是悲歌慷慨，这是婉约词所比不上的。三是同样重视婉约风格与豪放风格。这类人认为婉约与豪放都是词中独具魅力的风格，各有所长，不应该偏向或者废弃某一种风格。明清词话中传统观点认为"明代话词者一般以婉约为词风之正，而以雄壮豪放为变"。

第二是关于崇尚艳丽和主张平淡的争论。在对于词的尚艳丽还是主平淡的认识上，明清的词话作者也有着不同的认识。一些人认为，词的婉丽柔靡是词的"当行""本色"；另外一些人则认为词如果太过靡丽，就会流于庸俗，所以平淡的风格更能将作者的真情实感表达出来。从整体上来看，明代词话的主要倾向是尚艳丽，而清代词话作者对于尚艳丽还是主平淡则与明代有着不同的观点。明代词作注重言情，且在明代词人看来，"情"主要指的是男女私情，而表达男女之情就需要侧重艳丽的词风。王世贞在他的词话中规定了词的体性，明确指出"言情"是词的特性，而这种"情"明确就是指男女之情。随后，王世贞对词的这一特性及其作用进行了具体描述："词须宛转绵丽，浅至儇俏，挟春月烟花于闺幨内奏之。一语之艳，令人魂绝；一字之工，令人色飞，乃为贵耳。"[①] 由此可以看出，在王世贞眼里，词的娱情效果只能通过艳丽的词语才能表达出来，才能给人带来"魂绝""色飞"的感官刺激。

第三是雅正与浅俗之间的争论。在明清词话中，经常会涉及雅正与浅俗之辨的议题，词的艺术风格经常会用"雅"与"俗"进行辨析。明清词话中有很多谈论"雅俗"观念的内容，这些内容一般都分为"尚俗"与"尚雅"两个方面。其中，"俗"指的是与传统的艺术规范相背离，侧重于描写男女之情的词作风格，其特点是追求愉悦、自由宣泄情感；而"雅"指的是词作的内容要雅正，合乎儒家诗教。明清这一时期的审美趋向是由尚俗侧艳逐渐转变为去俗崇雅。"词体观念的基本定势是出于对南宋和元初词坛的雅正和清壮的审美理想和审美趣味的反动，趋向于浅俗与香弱"[②]。明代词学就被这样的词体观所贯穿，婉丽艳情是词之本色

[①] 王世贞. 艺苑卮言[M]. 北京：中华书局，2005：385.
[②] 谢桃坊. 中国词学史[M]. 成都：巴蜀书社，2002：141.

的观点被明代词话作者普遍接受。而清代的词话作品则呈现出推尊词体、尚雅去俗的倾向。明代文人沿袭了五代和北宋词人的词学传统,认为词应该作为一种工具来表现私人生活场景中的娱宾遣兴,所以他们反对南宋文人主张"雅正"的论调,认为词应该尚艳近俗。清代开展了词的尊体运动,所以这一时期的词人将词的"雅正"之说进行了发扬。此外,王又华的《古今词论》、吴衡照的《莲子居词话》以及江顺诒的《词学集成》等都抒发了大力提倡风雅、斥黜淫俗的词学观点。

(三)词体的声律论

在一定程度上,明清词话也反映了这一时期的词体声律观。简单来说,词体声律指的就是词的体制规格和构成法则。词体声律一方面与词乐协作、受到音律的支配,另一方面又继承和发展了中国古代诗歌格律中富有的汉语言的内在音乐性的特点。明代词话作者已经开始意识到音乐的重要性,如俞彦在《爰园词话》中指出了词体合乐的性质:"诗词,末技也,而名乐府。古人凡歌,必比之钟鼓管弦,诗词皆所以歌,故曰乐府。不独古人然,今人但解丝竹,率能译一切声为谱,甚至随声应和,如素习然。故盈天地间,无非声,无非音,则无非乐。"[1]他意识到了音乐对于词的重要性,而且字的平仄是可以相通的,但也有无法相通、不可替换的。他还认为,明代词话作者不通声律,用近体律诗来填词是加速词体沦亡的原因。不过俞彦也只是讨论了字的平仄四声,而没有谈及五音;只是讨论字的声音,而没有涉及整篇词的调。随着清代词人对明代词作的低迷进行的反思,以及受到当时兴起的乾嘉学派考据学的影响,清代词作中已经开始谈论词的音乐属性相关的问题,并开始了相关的研究和尝试。如毛先舒《填词名解》从词的发声学角度破除"诗余"之说,认为所谓"填词"就是"平平仄仄照调制曲,预设音节,填入辞华",明确了词的音乐本位;认为"歌工虽巧,不能使拘者之可歌,古作者才虽高,不能尽通音律"[2]。

(四)词体的创作论

词的创作主体是词人,词人也一直是词话的关注对象,所谓"言为心声,词如其人"就能体现出这一点。词作的风格与词人的才情、品行、阅历以及学力等方面有着密不可分的关系。这些方面在明清词话中都有所谈及。

首先,明清词话中认为词人必须具备"词心",也就是创作应有的才情。明

---

[1] 俞彦.爰园词话[M].北京:中华书局,2005:399.
[2] 毛先舒.填词名解[M].溟书:卷四,四库全书存目丛书集部第210册.

清词话对于词人这一主要且特殊的抒情主体和审美主体非常注重，主张创作词时，非常重要的一点是要从词人出发来讨论其才情。这是因为，一方面不同的人有着不同的、独具特点的才情，并不是所有有才情的人就适合创作词，要想在词的创作上有所成就，词人就需要具备特殊的气质和才性，而非仅有才情即可。徐士俊认为，诗人和词人的才情和特质是不同的。诗歌的意境比较壮阔，所以诗人就需要从大的境界、大场面着手进行诗歌的创作；而词的意境比较幽深细美，所以词人就需要有着更加细腻的心思和对事物更敏感的认知能力来进行词的创作。王又华《古今词论》亦持此论："宋人词才，若天纵之，诗才，若天绌之。宋人作词多绵婉，作诗便硬；作词多蕴藉，作诗便露；作词颇能用虚，作诗便实；作词颇能尽变，作诗便板。"

明清时期的词话还探讨了词人的才华高低问题，认为才高者无论写什么内容都能做到挥洒自如、自成格调；而才低者则无法避免捉襟见肘的窘迫之境。明代词话中没有过多地出现对词人才情的高低进行论述的内容，但是到了清代之后，词话中开始出现很多与词人才情高低相关的论述。如李调元《雨村词话》："人谓东坡长短句不工媚词，少谐音律，非也。特才大不肯受束缚而然。间作媚词，却洗尽铅华，非少游女郎语所及。"

其次，明清词话非常关注词人的品行。传统文论中有着"文如其人"的观点，也就是说人品决定文品，词也同样如此。词起初被视为"艳科"，后来逐渐发展也具备了和诗歌一样的抒情言志的功用。在这个过程中，词话作者开始广泛关注词人的品格。词话作者对词人的品德修养在明清时期尤其是清代变得格外重视。清代况周颐主张，填词是最重要的，要注重创作心胸、襟抱的修养。王国维对词人的"内美"亦有一定的要求，"纷吾既有此内美兮，又重之以修能。文字之事，于此二者，不能缺一。然词乃抒情之作，故尤重内美"。其中的"内美"就是指词人内心的道德修养和人格品质的美。词"尤重内美"恰好可以说明王国维对词人人品修养的重视的观点。

再次，明清词话格外强调词人的阅历。在明清词话作者看来，词人除了必须具备才情和品格之外，还应该有丰富的阅历。其中，明代诗词作者认为，词是小道、末技，词作的主要内容是对男女之情进行描写，是一种娱宾遣兴的工具，所以并没有过多讨论词人的阅历问题。而到了清代，词为小道的词体观已经逐渐被当时的人们所摒弃，词和诗都具备了教化的功能，人们也越来越深刻地意识到词的价值，开始对词人的阅历、经验相关的问题进行探讨。而对于词人阅历的探讨又包含了以下两个方面：一是对于人生和社会的认识和体察；二是对于自然的观察和体验。陈霆认为，词人的性格和思想肯定会受其所处时代以及生平遭遇的影响，如刘基所写的词中体现的愁苦是因为其经历了元末的战乱以及壮志难酬。

最后，明清词话非常看重词人的学力。除了以上提及的才情、阅历、情感等，词人还应该具备足够的学力。明代词话已经开始强调词人创作时学识修养的重要作用，如杨慎《词品》就提出："词虽一小技，然非胸中有万卷，下笔无一尘，亦不能臻其妙也。"他认为，如果一个人只有天生的才情，并不重视进行后天的学力修养，那么就会导致其创作的词"不强人意"。此外，杨慎还在其《词品》中高度评价了那些从南北朝乐府汲取经验的作家、作品，斥黜了那些妄改前人佳作的行为。到了清代以后，词开始由先前的通俗慢慢转向雅正，同时又因为朴学的发展和昌盛，词和学问就有了越来越紧密的联系，词话作者也更加提倡词人应该多读书、提高自己的学识。

第五章　古代诗词的文化传承

诗词有着悠久的发展历史，是我国历史文化智慧与精神的结晶，也是我国优秀传统文化的载体，具备极高的文化内涵和文学价值。

第一节　古代诗词的现实意义

古代诗词的写作方法、创作理论、流派风格，以及蕴含的思想精华、审美观照，对现代社会及现代人产生了极大的影响，而且这种影响是渗入血液里的。

古代诗词中蕴藏着十分丰富的人生意蕴，它是取之不尽、用之不竭的艺术宝库，能吸引现代的读者感动人心。说到底，古代诗词是一部大型的人生百科全书，对后代读者来说，可当作一部人生教科书。

一、古诗词与爱国主义

从古到今，爱国主义一直是中国文学发展的主题和主旋律，一直充满着强大的生命力和一脉相承的律动。在今天，古诗词中的爱国主义思想，不仅是先进文化的重要内容，而且对青少年和人民大众有着教育、鼓舞作用。所以，研究古诗词中的爱国主义思想，有着极为重要的现实意义。

按照内容来划分，古诗词中的爱国主义思想可以总结为反分裂、反内乱、反侵略、爱祖国、爱人民、爱家乡等几个方面。

（一）反分裂

反分裂是爱国诗词的主要内容。当国家处于分裂状态时，那种要求统一、要求领土完整、要求人民和睦相处的诗词就会应运而兴，代表着这个时代文学的主潮流和最强音。

宋代靖康年间，民族矛盾上升为主要矛盾，北宋被金所灭，南宋政权在今杭州建立。反映在文学领域里，北宋词所呈现的柔婉艳丽的格调已与金戈铁马的时代气息难以适应，反映战争生活的豪放粗犷、刚烈悲壮的爱国词迅速崛起。最能代表这种词风的就是岳飞写的《满江红》：

怒发冲冠，凭栏处，潇潇雨歇。抬望眼，仰天长啸，壮怀激烈。三十功名尘与土，八千里路云和月。莫等闲、白了少年头，空悲切！靖康耻，犹未雪。臣子恨，何时灭？驾长车，踏破贺兰山缺。壮志饥餐胡虏肉，笑谈渴饮匈奴血。待从头、收拾旧山河，朝天阙。①

岳飞的这首《满江红》写于绍兴十年（1140年）七月，当时，岳飞率领的军队锐不可当，再加上有义军响应和百姓拥护，他们很快就能渡过黄河、收复汴京，所以这时的岳飞意气风发。他鼓舞自己军队里的将士说："直抵黄龙，与诸君痛饮耳。"②但是，此时的朝廷里，投降派的势力占了上风，高宗在一天之内连续给岳飞下了十二道金牌将其召回。岳飞在雨中看着黄河以北的故国山河，忍不住落泪，写下了《满江红》这首动人心魄的千古绝唱。在词中，岳飞对投降派的卑劣行径进行了痛斥，表达了自己征战三十多年取得的成就就这样被抛弃的悲愤之情，而他和将士们与敌人血战之后辛苦收复的祖国大好山河，现在就像空中云、水中月一样化为了泡影。然而岳飞并没有因为这些而放弃自己要统一国家的伟大志向，他立誓要一雪国恨，要"驾长车，踏破贺兰山缺"，要"待从头，收拾旧山河"，结束分裂局面，完成统一大业。

与岳飞爱国思想一脉相承、词风相近的爱国词人还有陆游、张孝祥、辛弃疾等。

从这些南宋爱国词人的词作里，可以看出共同的思想倾向：渴望国家统一，渴望建功立业，渴望通过自己的奋战与牺牲结束分裂局面，拯救人民。

（二）反内乱

反内乱也是爱国诗词的重要内容。内乱给国家带来了动乱，给人民带来了痛苦，给经济造成了损害，迫使许多家庭妻离子散，迫使许多人流离失所。

杜甫的"三吏""三别"诗真实地记述了他的所见所闻。他同情人民的痛苦，

---

① 唐圭璋. 全宋词（第一册）[M]. 北京：中华书局，1999.
② 脱脱. 宋史[M]. 北京：中华书局，1999.

但也谅解朝廷平定内乱需要大量的物资和兵员，在两难中，他无奈地叹息一声，留下了千年遗恨。"国破山河在，城春草木深。感时花溅泪，恨别鸟惊心。烽火连三月，家书抵万金。白头搔更短，浑欲不胜簪"，这就是一种现身说法，以自己与亲人的天各一方说明反内乱的必要性。

这些反内乱的诗篇可以给我们一个重要的启示，那就是我们一定要维护国家团结稳定的局面。

（三）反侵略

"辛苦遭逢起一经，干戈寥落四周星。山河破碎风飘絮，身世浮沉雨打萍。惶恐滩头说惶恐，零丁洋里叹零丁。人生自古谁无死，留取丹心照汗青。"[①] 这首诗是文天祥被元将张弘范俘获，在被俘路上路过零丁洋时所写。诗的主旨是简述自己深受宋恩，生于祸乱，救国失败，誓以身殉。张弘范强迫文天祥作书招降张世杰时，他写了此诗以明其志。这是一首传诵千古的爱国名诗，尤其结尾两句"人生自古谁无死，留取丹心照汗青"鼓励着无数中华儿女。

（四）爱祖国、爱人民、爱家乡

在古代诗词中也存在着数量非常之多的爱民诗篇，这些诗篇反映了文人"以人为本"的民本思想以及深厚的爱国之情。因为国家是由人民组成的，所以对人民的关爱就是对国家的热爱。如杜甫的《茅屋为秋风所破歌》："安得广厦千万间，大庇天下寒士俱欢颜，风雨不动安如山。呜呼！何时眼前突兀见此屋，吾庐独破受冻死亦足。"杜甫通过自己破掉的屋子而联想到了天底下百姓住着破烂的屋子的艰难处境，通过自己受冻而联想到了天底下所有百姓也在受冻的艰难处境，这也体现了杜甫的爱国爱民思想。他对无食无儿的妇人的同情也体现出了他的人本思想。

表现强烈而深沉的爱国主义精神，一直是中国古典诗词的优秀传统。范仲淹《岳阳楼记》的名句"先天下之忧而忧，后天下之乐而乐"所体现的崇高思想境界，陆游《示儿》"死去元知万事空，但悲不见九州同。王师北定中原日，家祭无忘告乃翁"所抒发的念念不忘恢复失地、至死不渝的爱国情感，以及岳飞《满江红》"收拾山河"的英雄气概、文天祥《过零丁洋》"留取丹心照汗青"的民族气节，都是宝贵的精神遗产，有着强大的生命力，都是我们今天进行爱国主义教育的教材。

---

① 唐圭璋. 全宋词（第一册）[M]. 北京：中华书局，1999.

二、古诗词与社会责任

在现代社会，我们应该教育青年人肩负社会责任，使青年人能够认真读书、树立远大志向，承担起自己的责任，为中华民族伟大复兴贡献自己的力量。古代诗词中有很多这类具有教育意义的诗篇，其中所体现的社会责任心和历史使命感可以给当今的青年人带来巨大的精神激励。

白居易将自己的人生志向概括为"穷则独善其身，达则兼济天下"，这是对古代很多文人士子的心路历程的概括。当他们没有机会施展自己的才能或者遭遇了巨大的政治挫折时，就会选择安贫乐道、修身养性的生活方式，过好自己的人生，而非同流合污，对社会造成危害。

由于受到儒家思想较深的影响，杜甫不管自己穷达，都想做到兼济天下；他不管自己有没有身居官位，都想为百姓做一点事情。这可以从杜甫的"位卑未敢忘忧国""穷年忧黎元"等诗句中看出来，同时这也是杜甫一生一直坚持的处世思想。而杜甫最高的人生理想则是"济时肯杀身""致君尧舜上，再使风俗淳"。杜甫之所以会被后世认为是我国历史上政治责任心最强的伟大诗人，就是因为他这种胸怀天下、忧国忧民的思想。

宋代文人士子的政治言论与诗文作品，可以集中体现出他们的社会责任感和使命意识。范仲淹是宋代儒家的杰出代表人物，他写下了"先天下之忧而忧，后天下之乐而乐"的诗句，并以此作为自己的处世规范和立身准则。这种精神非常可贵。在兵荒马乱的战争时期，词人身上会表现出强烈的社会责任感和激愤之情，如张元幹作于逃亡途中的《石州慢·己酉秋吴兴舟中》："心折，长庚光怒，群盗纵横，逆胡猖獗。欲挽天河，一洗中原膏血。两宫何处？塞垣只隔长江，唾壶空击悲歌缺。万里想龙沙，泣孤臣吴越。"[1] 虽然他只是一介书生，又因为战乱而逃亡，但是作为一名"孤臣"，他仍然保持着一颗赤诚之心，一直忧心着国家的存亡。而他欲挽天河洗净中原膏血的宏图大愿，也明显传承了前人杜甫那种忧国忧民的社会责任感。

三、古诗词与语言修养

除了能够培养现代人的爱国情操和社会责任感之外，古诗词还能帮助现代人提高自身的语言修养，如培养朗诵能力、演讲口才、写作水平等。

---

[1] 唐圭璋. 全宋词（第一册）[M]. 北京：中华书局，1999.

朗读活动指的是有意识、有目的进行的一种有声语言表达的活动。朗读练习时可以选取历代诗词中的名篇佳句。

首先，古典诗词中蕴含着一种深刻的韵律美。古代诗人在进行诗词创作时，他们的内心世界中存在的意象（如旋律、节奏等）会在某些属性上与外部世界构成一种主客观彼此关照的粘连，从而产生一种主体的精神世界与客体的物质世界异质同构的现象，这是最高境界的粘连，一种主观世界与客观世界之间的粘连，精神与物质之间的粘连，人与自然之间的粘连。它体现了物我同在的统一和融合。在这个过程中，诗歌以声音和语言的形式进行表达，就给人带来一种美不胜收的感觉。在朗诵诗歌的过程中，朗诵者也要注意将诗歌的韵律美表现出来。朗诵时声音的高低和长短可以根据情况进行调整，语流的抑扬顿挫、轻重缓急更是蕴含着诸多的变化。要想将韵律美通过朗读的过程呈现出来，那么朗读时声音的力度、比例都要达到和谐的程度，不能没有方向或者方向错乱、力度倾斜、尺寸不当、比例失衡等。这样才能将诗歌中的韵律无限扩展出来。此外，朗读者也可以对诗歌进行再创作，但要注意，这种再创作不能是生硬、无奈的，而应该从容不迫、潜移默化地进行。如叶绍翁《游园不值》："应怜屐齿印苍苔，小叩柴扉久不开。满园春色关不住，一枝红杏出墙来。"此诗中的"满园春色"给人带来一种心旷神怡的感觉，所以朗诵时要注意做到"园"字阳平，上行，忽收，"色"字去声，下行，渐弱，让听者能够想象出蓬勃的春日景象。"关不住"的"不"字，变作近似阳平，"住"字去声，形成轻出口、放开声、稍下降、不停留的语势，这样就不会给人带来一种结束感，反而可以起到为下面的句子做铺垫的效果。"红杏"一阳一去，给人一种浓烈、鲜艳的感觉，使人产生惊奇而喜悦的心情。在短暂停顿之后，"出墙来"三个字，显得既真切又洒脱，既轻快又挺拔，将生命的张力通过活泼的韵律真切地带给听众。这种悠远精妙的韵律，给人一种想象的空间，可以让人在其中任意驰骋。朗读者的"心随物转""视通万里"可以因韵律而"上穷碧落下黄泉"，给人以"见微知著""以一当十"的收益。这里虽然强调"自然""无为"，但那是为了不强求、不做作、不粉饰、不懈怠，以便韵律美达到性灵和气韵的结合，进入豁达自如的境界。

其次，古典诗词中还蕴含着动态美和静态美。我们的思维在看到洗练的语句或并列的结构时速度会加快，随着信息量的加大，交际的时间也会缩短，从而让人感受到一种速度和速度效应的美学效果。能够体现这种动态美和静态美的诗歌，如杜甫的《闻官军收河南河北》。这首诗生动地描绘出了诗人忽然听到好消息时激动的感情。从"初闻"到"涕泪"，从写自己的感受到写妻子的"喜欲狂"，然后联想去"放歌""纵酒""还乡",甚至在想象中已经在穿巴峡、过巫峡、下襄阳、走洛阳。弹指之间,"关山度若飞",充分展示出了诗人渴望归家的急迫心理。特别是最后一联,诗人写了归家路上要经过的四个地点,原本应该跨越山水,行程万里的漫长归家路途,在诗人的笔下却迅如疾电。诗人运用的大量动词让整首诗歌拥有了活力,生动了起来,而且一动到底,越来越快,成为本诗的第一亮点。朗诵者要格外注意,在朗诵这首诗时也要表现出这种动态美。

因为在语言符号中既有描写动态的词汇,同时也有描写静态的词汇,所以语言的动态性既是绝对的和客观的,但同时它又是相对的和主观的。动态代表着力量的张扬,而静态则代表着力量的潜伏,这种一动一静、一扬一伏的状态,就将万物相对运动的规律揭示了出来,体现出自然界的对立统一以及自然美的形态。例如,《黄鹤楼送孟浩然之广陵》和《雨霖铃》分别是李白的诗和柳永的词,这两首诗词中都能体现出静态与动态的统一,静中有动,动中有静。在静中,我们要充分体会其中所描写的情景。以上两首诗词同样是写的离愁别绪,李白诗中所写的"孤帆远影"和柳永词中所写的"兰舟催发"表达出来的意境却完全不同。在动中,我们要充分体会其中的走向,将特性突出出来。这两首诗词同样是写离别后的惆怅,李白诗中的"唯见长江天际流"与柳永词中的"那堪冷落清秋节"也是完全不同的两种意境。李白这句描绘出诗人与友人挥手作别后心中仍然牵挂的心情,体现出辽阔的意境;而柳永这句则体现了冷寂的意境。如果只关注静态,那么就会将意境空间的必然联系割裂,使读者觉得空间的转换突兀且生硬;如果只关注动态,那么就会将意境空间的个性差异模糊,使读者觉得空间的转换变得无序、突兀、生硬、雷同。无论是哪一种,都会让空间原本具体鲜明的色彩呈现出的效果变淡,即使朗读者在朗读时能够体会到诗句中表达的意境和情感,但是却无法让听者感受到其中动静的区别,更不会产生"心随物转"的美感享受。

再次,古典诗词中蕴含着一种意境美。朗诵者在朗诵蕴含意境美的古诗词时,首先要注意不仅自己要充分体会这种美感,还要将这种意境美通过自己的创造表现出来,让听众在聆听朗诵的过程中受到感染。如王安石《泊船瓜洲》的"春风又绿江南岸"一句中使用的"绿"字,本身"绿"只是一个静态的普通名词,但在此处由原来的形容词变成了及物动词,使用在这里让"江南岸"顿时活了起来,有了色彩以及美的姿态,可以让人产生美的想象,感受到诗句带来的美的愉悦和欢畅。"绿"字的妙处不仅仅在于它通过改变词性而产生的动态感,更重要的是它将"春风"和"江南岸"这两个名词粘连在一起,并使这两个词产生了诸多的关系,如因果关系、色彩关系、神采关系、意境关系等。宋祁的《玉楼春·春景》

中的"红杏枝头春意闹"的"闹"字,将"红杏"和"枝头"这两个静态的意象以及抽象名词"春意"给"闹"了起来,使得"红杏"和"枝头"有了活力,写出了春天的生机。在此处,"闹"字将三个词粘连并整合了起来,使之形成带有独特诗意的连贯诗句,体现出世界的生命活力,将花木争荣、春光无限、生机盎然的美学意境展现了出来。

四、古诗词与旅游休闲

我国幅员广大,土地辽阔,自然景观及人文景观非常丰富。有无数名山大川、奇峰怪石、飞瀑流泉、古洞幽壑,构成了气象万千的山水胜境,产生了壮奇秀美的山水诗词;又遍布苍松翠柏、茂林修竹、奇花异草,栖息着各种珍禽异兽,由此而产生了丰富多彩的花鸟诗词;加上有迷人的园林别墅、竹篱茅舍,动听的神话传说、逸闻掌故,优美的田园风光、草原牧歌,由此而产生了亲切自然的田园诗词。这些自然遗产和文化遗产有机地融合在一起,构成了今天丰富的旅游资源和休闲文化。

在现代人的生活方式中,旅游与休闲密不可分。暂时离开喧嚣的都市生活,抛开烦恼、抛开忧虑,去亲近山水、亲近花鸟、亲近田园、亲近大自然,尽情享受人生、享受生命、享受美好,是人生最大的欢愉与审美。而古典诗词中的这些内容又能帮助我们更好地体验自然美,更好地陶冶性情,更好地修身养性。所以,古代山水诗、花鸟诗、田园诗、休闲诗以其蓬勃不息的艺术生命力,影响着现代人的生活方式和审美情趣,对旅游事业和休闲文化有着极大的促进作用。

首先,古典诗词可以帮助我们理解祖国山河的雄奇秀美,培育我们的审美愉悦,提高我们的审美层次,增强我们热爱祖国、热爱大自然的感情。

描写祖国壮丽山河的诗篇,气势豪迈,具有震人心魄的艺术力量。沈德潜曾评价李白的《蜀道难》说"笔陈纵横,如虬飞雄动,起雷霆于指顾之间",总结了此类诗的共同特征。在这些诗人的笔下,咆哮万里的黄河,银河直泻的瀑布,边塞的火山,大漠的落日,硕大的芭蕉叶,峥嵘的山石,都充满了活力,都有着雄奇的意象。经过诗人的艺术构思,就显得气韵沉酣,笔势驰骤,波澜壮阔,意象旷达。现代人在旅游时,一边读这些诗篇,一边欣赏壮丽的景象,情随景生,景因情现,一定会感受到大自然的壮美,从而寄托自己高洁的情怀和表现自己的博大胸怀,从大自然中吸取力量,使自己的人生充满豪情和远大的理想抱负。

其次,古典诗词还可以带我们领略田园风光,并且感受其中蕴含的淳朴之美以及劳动的收获愉悦。通过这种方式,我们会对田野家园、生态环境产生更深厚的热爱之情，更有动力去建设我们的美好生活。

当今的旅游休闲呈现出多样性和多选择性，生态旅游、农业旅游、草原旅游、山乡旅游正受到人们的喜爱。因为人们可以体会山乡生活的淳朴，草原生活的旷达，直接接近大自然，享受人生的淳美。古典诗词里有许多这方面的内容，可以深化我们对田园之美的理解。

田园诗中充满了真情和生命的活力。读田园诗可以让我们想象出一幅幅美好的乡野生活的场景，仿佛可以听到牧歌声、插秧声、连枷声，从而更能理解古人的情趣。如今，在改革开放的大潮中，也有一些诗人把自己的视角投向田野，把自己的笔触伸向乡村，谱写了一曲曲新时代的田园诗，同样给我们的旅游休闲提供了美好的精神食粮。

再次，古典诗词可以帮助我们理解自然界的色彩之美，通过对山水、花鸟、星月等光色的观照，体会万物造化的神奇，加强我们对自然美的感受。

中国古代诗人在进行诗歌创作时，非常擅长将冷暖不同的色调融入其中，而作者想要表达的感情也蕴含在图画中，需要读者细细品味才能发觉，从而实现诗人与读者的双向交流，这也被西方美学界称为"未完成美学"，体现了一种含蓄美。如王维的《过香积寺》：

不知香积寺，数里入云峰。
古木无人径，深山何处钟。
泉声咽危石，日色冷青松。
薄暮空潭曲，安禅制毒龙。

这首诗中，青松给人一种冷的感觉，就连照在青松上的日色也随之带上了一种寒意。单就色彩来说，色彩只会有明暗的不同，而没有冷暖的区别，但是诗人王维却说松是冷的，这体现的是其主观印象。

中国古代诗人非常擅长捕捉自然界中某种朦胧的色彩，借此表达自己复杂的内心世界。因为色彩具有一种不确定性，所以色彩能将读者丰富的联想激发出来。此外，现代科学家做了相关的研究，发现人的思维里存在某种模糊性，而这种模糊性也能帮助人产生新的发现。我们如果对自然界进行观察，就可以发现很多飘忽不定、难以描绘的色彩和景象，而诗人也正是通过这种表象上的模糊来获得灵感，通过诗句将这种朦胧意象表达出来。

最后，古典诗词可以帮助我们了解古代的休闲文化，在休闲中体验精神的慰藉和情感的快适，做到有张有弛、劳逸结合，享受生活、享受爱情。

休闲是生活中的一个环节，休闲是勤苦劳作的补偿。休闲只有不脱离生活，才有它缘于生活的丰富和多彩；休闲只有来自勤苦劳作的生活，才有真正的欢欣和快乐。

古代休闲诗中包含着人们对生命存在的真切关注，而这种关注的本质则是对美好生活的向往和追求。对此，我们就不得不提到苏轼被贬黄州时所作的《定风波》："莫听穿林打叶声，何妨吟啸且徐行。竹杖芒鞋轻胜马，谁怕？一蓑烟雨任平生。料峭春风吹酒醒，微冷，山头斜照却相迎。回首向来萧瑟处，归去，也无风雨也无晴。"在词人看来，风雨也罢，阳光也好，本是自然界正常的现象，因此又何必因一时的阴晴而干扰了自己的心境？

第二节 古代诗词的文化传承路径

一、古诗词文化传承现状

（一）传承路径未完善

现代社会，文化在国际交往中已经成为国家的识别标志和民众精神的支柱。在内部，文化认同是国家、民族凝聚的黏合剂；在外部，文化认同则是国家独立存在的标识。所以，文化理念的相关问题与国家利益密切相关，受到了国家的重视。

中国文化博大精深，其中最经典、最能代表中国文化的就是中国古典诗词。目前，我国古诗词的文化传承和教育中还存在一些问题，如对古诗词精神内核的认识不到位，对其内涵缺乏深入理解等。由于没有对古诗词的深刻内涵和价值进行挖掘，优秀古诗词的文化传承往往只停留在表层知识的传授上，而没有将抽象的事物转化为学生能够理解和感兴趣的内容。此外，由于没有对中国优秀诗词文化本质进行全面、深入的理解，所以学校的传承教育显得功利而浮躁，忽视了学习过程中学生的文化感受和精神成长，在培养学生的思想方面没有发挥实质的作用。

此外，还有一个问题是，中国优秀诗词文化的传承缺乏系统规划。相关研究显示，学校作为传承中国优秀诗词文化的主要场所，在传承中国优秀诗词文化的过程中，存在着内容分散、缺乏系统规划的问题。这一点体现在学校选择和组织传承的内容时具有一定的主观性和随意性。具体来说，一方面，学校没有对中国优秀诗词文化教育的内容制定详细的教学规划和指导意见，所以造成教师主要依靠自己的理解或者采用"照本宣科"的方式来进行相关的教育；另一方面，学校选择的继承内容之间没有紧密的联系，所以教师在确定优秀诗词文化遗产主题和组织内容选择的过程中，由于缺乏系统的指导，切入点过于随意和分散，最后整体文化精神传播没有达到理想的效果。

（二）民众缺乏对古诗词文化传承意义的认识

人们对古诗词文化没有充分的认识，所以很少从文化层面对古诗的传承意义进行深入的理解，这也是非常值得我们注意的一个问题。也正是由于民众没有对古诗词的传承引起重视，也就没有从传承民族文化的角度来看待古诗词文化传承的意义。

虽然现代社会的信息交流变得非常方便，人们可以通过各种方式来获取信息，但基层民众缺乏对古诗文化的全面了解，很难从精神文化层面思考继承古诗词文化的意义和重要性。

（三）学生群体对优秀古诗词传统文化的认知和行为存在脱节

分数原本是检验学生学习的一种手段，但后来逐步变为了学生学习的目的，使得学校和学生都格外重视学习的结果而轻视了学习的过程。在这种学习氛围中，学生逐渐失去耐心，丧失思考的能力，对文化产生了一种漠视。他们没有对古诗词真正产生兴趣，认为会背和应付考试就足够了。学生对学习的追求变得功利化，所以他们不会选择这条继承优秀古诗词文化的"无利可图"的道路。

新中国成立初期，重理科轻文科的观念影响深远，人文和社会科学遭到忽视，文化分离的情况在当时的教育中比较突出。以理工科大学为例，其课程只设置了专业课程，而没有设置文化课程。虽然有些高校开设了与思想政治相关的公共课程，但它们只注重灌输，而忽视了对学生文化素养的提高和学生个性的培养。就高校教育的评价机制而言，其评价标准仍然以分数为主，占专业课程成绩的大部分，甚至对学生思想的考核也只是通过一份试卷来完成，对学生性格的考核也是通过一篇汇报。与终结性评价相比，形成性评价所占的比例非常小，所以这也就导致了学生只关注学习的成绩和结果，而不在乎学习过程中的收获。以上这些问题，无论是课程设置中的传统文化缺失、对人文社科的削弱，还是评价机制中"二分法"的导向，都使学生失去了对于继承优秀传统诗词文化的内在动力。

尽管相对来说，大学生因为受过长时间的系统的教育，知识储备比较丰富，也对中国传统古诗词文化和中国历史存在基本的认识，对"仁、义、礼、智、信"等传统文化和伦理要求有着基本的了解，但是理论与实践始终存在差距。如果没有将理论知识应用于实践，那么这些理论知识就会逐渐成为"书本"知识，从而僵化、形成教条主义；如果只将这些理论知识进行背诵，而没有付诸实践，那么知识就无法内化到头脑中，也无法外化到实践中，大学生的认知和行为就会断开。这也就是说，如果大学生只知道中国古诗词文化是什么，却没有对其进行深入的理解，对古诗词文化的内涵和要求并不了解，那么就不会自觉地用优秀的古诗词文化对自己的行为进行约束。大学生对古诗词文化的认知和行为没有达成一致，那么必然会导致文化传承的创造性实践无法完成。

二、创造性传承古诗词的路径

中国古典诗词源远流长，是中华民族杰出的艺术创造和丰富的情感记录，是我们代代传承的文化瑰宝。学者、诗人闻一多曾说："诗人对诗的贡献是次要问题，重要的是使人的精神有所寄托。"古典诗词之所以能传承千载、经久不衰，正因为它寄托着中国人的精神追求，承载着中国人的诗情与诗心。今天，对古典诗词传承路径的探索接连不断，古典诗词正以多种面貌融入我们的生活，持续绽放魅力，唤醒更多人的诗情与诗心。

（一）内化于心，感知古诗词的文化内涵

要想更好地把握中国传统文化的精神内核，我们需要学习和理解其思想系统。教育是非常重要的一种途径，起着至关重要的作用。为了丰富学生对于古诗词的情感体验，教师可以定期带领学生开展一些有关古诗词的活动，如诗歌比赛、音乐朗诵、书法展示等。学生的想象力能够通过诗歌意象之间的联系得到提高，其语言感知能力在这个过程中也能被充分地发掘和培养，学生受到美学的深刻影响，故而文化底蕴也会得到提升，使他们对中国传统文化的追求在感受古诗词中传统文化精神的情境中得到增强。例如，教师可以将中国传统节日与现代文明进行融合，使学生精神生活的场景得到扩大，让他们能够在中国传统节日中亲身体验到优秀传统文化的价值、真正感受到中国传统节日的魅力。围绕节日的主题，教师可以组织学生在浓厚的书法氛围中读诗、写诗，使书法这一传统文化与古诗词相融合，从而让学生能够更好地继承传统文化。

此外，学校应该鼓励和支持学生成立中华诗歌朗诵（吟诵）社、诗社（主要进行诗歌创作和研究）等社团，聚集学校里热爱诗词的学生，对他们加强诗词方

面的培训和指导，使他们能够掌握诗词朗诵和诗词创作的技巧，将他们对于古诗词的热情转化为能力，使之成为诗词传承的主要力量。

学校还应该加强校园文化建设，为学生营造出一种诗词育人的学习氛围。可以在校园内设立能够定期展示教师和学生的诗词作品的诗廊，并开办可以发表学生作品的社刊，激发学生的创造力，同时鼓励学生向各种诗歌杂志和文学杂志投稿。

奥苏贝尔强调，学生学习的主要方式是有意义地接受学习，学习者必须积极主动地使已有的知识经验与新学知识产生相互的作用。[①] 对于学生学习古诗兴趣的培养，可以通过让他们在浓郁的诗风中学习古诗的方式来进行，使他们感受到中国优秀古诗词中所蕴含的复杂而丰富的情感。在许多情况下，诗歌中所蕴含的意境是无法用语言形容出来的。古诗写在纸上，不过只是一种文字符号，而要想将这种符号内化到读者的精神和灵魂就需要通过阅读来实现。无论是课堂上的古诗词知识教学，还是以古诗词为主题的课外活动，目的都是让学生体会诗词作者的高尚情操。教师对学生进行引导，使他们在古诗词中体会现在要赞美和发扬的主流文化，如爱国诗歌中体现的诗人爱国爱民的情怀，山水田园诗中体现的诗人"非淡泊无以明志"的心境，告别诗中体现的人与人之间的真挚友谊……学生们沉浸在古诗词的学习中，领悟古诗词中蕴含的文化，从而提升自己人生的境界。

（二）外化于行，修身齐家和谐一体

"文化传统决非仅仅滞留于博物馆的陈列品和古籍室的线装书之间，它还活跃于今人和未来人的实践当中，成为其思想—行为范式的重要构造因素。"我们对于中国传统文化的继承，不能只停留在思想上，还要在生活实践中进行落实，形成具有中国特色的思想—行为范式。

《礼记·大学》云："欲齐其家者，先修其身。"由此可见，修身和齐家之间存在着密不可分的关系。个人在家庭发展中起着重要作用，而家庭也会对个人产生深远的影响。每个人的第一所学校都是家庭，家庭和家风会在很大程度上影响人的教养。一个家庭的氛围就是由家风决定的，反映出一个家庭的文化。当父母崇尚古诗词文化，孩子们也会在这种家庭氛围的熏陶下对古诗词文化产生敬重和欣赏之情。个人要修正己身，离不开优良家风的熏陶。家长应自觉地对孩子进行教育，引导孩子学习中国优秀的古诗词文化，提高孩子的素质，营造良好的家庭氛围，鼓励孩子阅读与古诗词文化相关的读物，增强孩子对古诗词文化的理解和认识。

---

① 皮亚杰．教育心理学[M]．上海：上海教育出版社，2011：47．

"修身齐家"让学生能够在家庭中吸收中国传统美德的养分，不仅可以规范他们的行为，还可以促进家庭的和谐，在潜移默化的过程中传承优秀古诗词文化。

（三）美化于艺，丰富文化传承途径

教育者引导受教育者获得简单的习得并非教育的本质，教育的本质其实是受教育者对习得的知识进行内化和改变。中国优秀的古诗词不是诗人随便写下的，诗人通过精简的文字表达了自己无尽的情感。对当今社会的人们来说，这些古诗词可能只是一本书中的一篇文学作品，但对古诗词的作者来说，这些诗词是他们精神的寄托之处、灵魂的安放之所以及人生经历的真实写照，诗中的每一字和每一句都体现了诗人的亲身经历和真实的感受，是诗人经过深思熟虑、呕心沥血而获得的。诗人在有感而发之后力求完美地写诗作词，旨在达到"言有尽而意无穷"的境界，不仅要遵守诗词格律音韵的规则，而且在每一句中都蕴含着自己深刻的情感、不屈的意志、高尚的气节。因此，在研究古诗词时，我们应该对古诗词作者用"字"与造"句"的精炼之妙进行深入的理解和体会。

教师应该深刻地理解诗词的要旨，在课堂上让学生对古诗词产生初步的情感认知，然后引导学生分析诗词中的字句，体会诗词中传递的精神和文化，然后延伸到学生自己在生活中对古诗词具有的感受，从而实现与诗人在精神上的互通，传承古今优秀的诗词文化。在学习完一首古诗词之后，学生不仅要在教师的指导下积累知识和经验、体会古诗词的历史和境界，而且要在自主学习和主动发扬的过程中将古诗词中蕴含的精神进行继承，从而促进自身的学习和发展。

古诗词之所以能够历经千年而不衰，是因为它们大都是诗词文学中经典的优秀作品，虽然已经过去千百年之久，但是古诗词中所蕴含的意味仍然能够经得起时间的考验、符合现代社会的价值观和人们积极健康生活的本质，从而被大多数人所认可和接受。自古以来，中国就崇尚"富贵不能淫，贫贱不能移，威武不能屈"的大丈夫气概，坚守"君子不饮盗泉之水，志士不受嗟来之食"的高尚情操，追求"天行健，君子以自强不息"的自我超越精神……因此，在古诗词教学中，教师要让学生体会和理解古诗词作者想要表达的情感，学习他们不屈不挠的意志、不愧于心的高尚品格，以及对美好生活的追求，从而使学生的内心更加强大、精神更加丰富、人格更加完善。

参考文献

[1] 张红运. 时空诗学 [M]. 宁夏：宁夏人民出版社，2002.

[2] 王力. 诗词格律概要 [M]. 北京：中华书局，2014.

[3] 丁成泉. 中国山水诗史 [M]. 武汉：华中师范大学出版社，2014.

[4] 周啸天. 啸天说诗 [M]. 成都：四川人民出版社，2018.

[5] 王国维. 人间词话 [M]. 北京：中华书局，2018.

[6] 梁冬丽. 古代小说与诗词 [M]. 广州：暨南大学出版社，2018.

[7] 邹春霞. 文学经典选读 [M]. 重庆：重庆大学出版社，2017.

[8] 陈浩然. 诗词曲联鉴赏创作二十二讲 [M]. 北京：中国书籍出版社，2017.

[9] 王抒凡. 唐代诗学研究 [M]. 昆明：云南大学出版社，2015.

[10] 张健. 宋代文学论考 [M]. 北京：中华书局，2019.

[11] 赤井益久. 中唐文人之文艺及其世界 [M]. 北京：中华书局，2014.

[12] 李鹏飞. 中古诗歌用典美学研究 [M]. 武汉：武汉大学出版社，2016.

[13] 高明泉. 唐诗管窥 [M]. 宁夏：宁夏阳光出版社，2013.

[14] 丁成泉. 中国山水诗史 [M]. 武汉：华中师范大学出版社，2014.

[15] 孟二冬. 中唐诗歌之开拓与新变 [M]. 北京：中华书局，2019.

[16] 劳秦汉. 中国断代文化诗学 [M]. 成都：四川大学出版社，2015.

[17] 罗宗强. 唐诗小史 [M]. 北京：中华书局，2019.

[18] 于成我. 张若虚《春江花月夜》研究 [M]. 成都：西南交通大学出版社，2018.

[19] 陈橙. 文选编译与经典重构 [M]. 上海：上海外语教育出版社，2012.

[20] 蒋振华. 想象与理性 [M]. 北京：中华书局，2019.

[21] 朱自清. 经典常谈 [M]. 北京：中华书局，2019.

[22] 钟学惠，龚卫廉. 刘兼诗评注 [M]. 宁夏：宁夏人民出版社，2020.

[23] 曲景毅.曹操位列下品之原因解析[J].北京大学学报,2007(6):88-93.

[24] 蒋祖怡.钟嵘《诗品》四辨[J].苏州大学学报,1988(1):129-133.

[25] 谢文学.沈约与钟嵘《诗品》考索[J].许昌师专学报,2002(4):31-33.

[26] 曹旭,杨远义.钟嵘与沈约:齐梁诗学理论的碰撞与展开[J].上海师范大学学报,2009(6):50-58.

[27] 赵雪莲.传统文化与小学语文古诗词教学的融合策略[J].家长,2022(19):174-176.

[28] 周并.弘扬传统文化 深耕诗词创作——浅析近体诗创作教学的思路[J].小学教学研究,2022(07):31-32,38.

[29] 林秀丽.水文化在中国古代诗词中的呈现与情感表达[J].中学地理教学参考,2021(23):86.

[30] 于海英.以古典诗词为载体培养当代大学生的文化自信研究[J].牡丹江教育学院学报,2021(11):63-65,71.